KB020117

로크미디어가
유혹하는
재미있는 세상
ROK MEDIA
로크미디어

# 南宮魔帝
# 남궁마제

# 남궁마제 15

2023년 1월 13일 초판 1쇄 인쇄
2023년 1월 18일 초판 1쇄 발행

**지은이** 문운도
**발행인** 강준규

**기획** 이기헌 왕소현 박경무 강민구 조익현
**책임편집** 백승미
**마케팅지원** 이원선

**발행처** (주)로크미디어
**출판등록** 2003년 3월 24일
**주소** 서울시 마포구 마포대로 45 일진빌딩 6층
**Tel** (02)3273-5135 **Fax** (02)3273-5134
**홈페이지** rokmedia.com **E-mail** rokmedia@empas.com



값 9,000원

ISBN 979-11-354-8065-2 (15권)
ISBN 979-11-354-7200-8 04810 (세트)

南宮魔帝
문운도 신무협 장편소설
15
남궁마제
ROK MEDIA
로크미디어

차
례

# 다 죽일 진盡 칼날 번뜩일 화鏵 : 정당한 복수란

월하객잔.

황도 저자의 뒷골목에 자리한 거대한 객잔은 적호단과 창궁무애단, 제왕무적단을 모두 수용했다.

무단 단주들은 거의 천 명에 가까운 무인들을 수용하고도 바닥을 보이지 않는 그들의 규모에 놀라움을 금치 못했다.

"으흐흐, 황제 형님께서 서운해하시더군. 그래도 어쩌겠어? 단주인 내가 이 새끼들을 잡고 있어야지."

남궁경이 아침 일찍 황궁에 들어 황제를 배알하고 돌아왔다.

남궁세가가 은인지황의 가문으로서 현판을 하사받기는 했으나, 황제와 남궁경의 친분에 대해 믿지 못하던 많은 이들이 놀라움을 금치 못했다.

오직 제왕무적단 부단주 남궁해를 제외하고.

"그런 분이 어제 아니, 어제부터 오늘 아침까지 팽 단주님과 계단을 네발로 기어오를 때까지 술을 처마시셨습니까?"

어젯밤 제왕무적단원들의 방 배정과 머무는 동안의 행동 지침을 혼자서 결정하고 알리고 감독했던 남궁해가 이를 악물고 남궁경을 노려보았다.

"걱정 마, 황궁에는 멀쩡하게 갔어. 주취 따위 내공으로 한 방에 퐈-아!"

"누가 걱정을 했다고! 아니, 내공으로 날려 버릴 술은 대체 왜 그렇게 마신 겁니까?"

"……그놈 먹이려고."

시종일관 장난스럽게 대꾸하던 남궁경이 한순간에 진지해졌다.

계속해서 잔소리를 늘어놓으려던 남궁해가 놀란 눈으로 입을 다물었다.

그러자 남궁경이 목소리를 낮추고 음산하게 속삭였다.

"어제 진혜 놈 봤어?"

"지, 진혜가 왜요?"

"그놈이 내가 어제 팽치를 데려가는데 순순히 보내 줬어."

"……그게 왜요?"

"단주가 가면 어떻게 돼? 부단주가 덤탱이 쓰잖아! 그런데

진혜 놈이 지 주둥이에 술병을 나발 부는 게 아니라 순순히 팽치를 보내 주더란 말이지. 이 새끼, 마음이 있는 게 분명해! 안 그러면 그 망나니가 자청해서 일을 하겠어? 안 그래?”

“……그러니까, 단주가 자리를 비우면 부단주가 덤탱이 쓰는 걸 알면서 지금까지 그러신 거란 말이죠?”

남궁경이 열을 올리는 가운데, 부단주 남궁해의 이마에 혈관이 불뚝 돋았다.

순간 아슬아슬하게 맴도는 침묵.

“…….”

“이 망할 놈의 큰아버지 댁 망나니 새퀴야!”

남궁경의 눈동자가 또르르 굴러 도주로를 찾는 것과 동시에 남궁해가 소리를 지르며 주먹을 들어 올렸다.

그때, 월하객잔의 문이 열렸다.

찬란한 정오의 햇빛과 함께 문을 연 인영이 모습을 드러내고.

“아…… 진화야!”

남궁경이 그 어느 때보다 감격스러운 얼굴로 진화를 맞았다.

“아버……지?”

진화는 제게 달려오는 아버지가 평소와 다르다는 것을 남궁해의 주먹을 보고 알았다.

월하객잔에 마련된 회의장.

그곳에 적호단과 창궁무애단, 제왕무적단의 단주와 부단주, 그리고 숙청단의 단주로 진화가 자리했다.

진화의 옆에는 치열한 경쟁을 뚫는 대신 "이럴 거라면 생사결전을 벌이지."라는 말을 진지하게 함으로써 모두를 위협한 강무련이 의기양양한 얼굴로 자리했다.

"혼현마제가 보낸 사신들이 진짜와 가짜를 모두 보고 갔다지?"

"우리가 역천비지를 파괴하며 다니는 것을 아는 이상, 그 전에 역천비지를 차지하러 올라올 것입니다."

어쩌다 보니 팽치와 강무련을 제외하고 모두 남궁세가 사람들로 채워졌지만, 남궁경과 진화부터 진지한 얼굴로 회의에 임했다.

"문제는 정사연합 군사부의 판단대로 혼현마제가 진짜를 향해 올 것이냐 하는 것인데……."

"귀천성이 반으로 쪼개지긴 했지만 혼현마제의 무력이 역천마제에 비해 많이 부족한 것은 사실입니다. 역천비지가 흔한 것도 아니고, 진짜라는 걸 확인하고 갔다면 군사부의 판단대로 이번 기회를 놓치려 하지 않을 겁니다."

창궁무애단주의 말에 적호단주가 단호하게 답했다.

정의맹 소속이라 군사부의 편을 드는 것이 아니라, 그동안 귀천성을 상대하면서 역천마제와 혼현마제의 격차를 누구보다 잘 알았기 때문이다.

군사부의 계획에 대해 이런저런 이야기를 나누는 동안, 진화의 시선이 새삼스레 한 사람 한 사람의 얼굴에 오래 머물렀다.

이전 생에선 남궁진휘의 일을 조사하다가 죽었던 팽치.

호현기, 호명기 형제의 아버지로 지금 창궁무애단의 위상을 만들어 냈지만 의문의 죽임을 당했던 호방련.

마지막까지 진화를 지키고 그에게 살라는 말을 남겼던 남궁경.

창천원의 입구 앞에 목이 없는 시체로 서 있었던 남궁진혜.

그리고…… 창궁무애단 부단주 한령신검 남궁위.

눈썹 한 올조차 어그러짐 없는 단정한 얼굴에 매서운 눈매, 좀처럼 열리는 일이 없는 굳게 다문 입. 어딘지 서늘함이 느껴지는 미남자는 진화의 기억보다 훨씬 젊어 보였다.

팽치보다 열 살은 많은 주제에 열 살 더 어려 보이는 남궁위의 외모도 한몫하긴 했지만, 그보다 진화는 그가 젊다는 자체에 이질감을 느꼈다.

이전 생에 진화 자신의 스승이었던 사람.

남궁세가의 검에 차디찬 냉기를 주입한 독창적인 검술을

만들 정도로 남궁세가 검술 자체에 조예가 높던 사람으로, 그 때문에 창궁대연심법을 익히지 못하고 천뢰제왕심법조차 반쪽짜리였던 진화의 스승이 되었다.

억지로 스승이 된 것을 티 내듯 마음 한 자락 주지 않았던 냉정한 스승은, 끝까지 진화와 함께 결사대로 나서면서 광룡귀면대주 무맥의 손에 죽었다.

"스승님……!"

"커헉! ……네 탓이…… 아니다. 미……안하……."

한쪽 팔부터 가슴까지 떨어져 나간 채 죽어 가는 남궁위를 안았을 때.

냉정하기만 하던 스승, 저를 싫어하는 줄만 알았던 스승은 진화를 향해 사과의 말을 남겼다.

그의 유언과 달리 진화의 마음속엔 오래도록 죄책감이 남았지만, 오랜 시간 동안 많은 위로를 받았었다.

결국 직접적이든 간접적이든 모두 귀천성의 손에 죽었던 사람들.

진화는 이번 기회에 그들의 복수를 하기로 했다.

비록 그들은 알지도 못하고 그들에겐 아예 없었던 일일지도 모르지만, 적어도 진화에게는 그들과 함께하는 복수라는 의미가 있었다.

"군사부의 말대로 혼현마제가 수하를 보내거나 혹은 직접 확인하러 올지도 모르는데, 숙청단은 어디로 가겠나?"

남궁경이 진화에게 의견을 물었다.

"저희는 진짜에 가 있겠습니다."

"진짜라면?"

"가짜로 위장한 '진짜'에 가겠습니다."

"그러니까 놈들이 가짜라고 알고 간 곳에 간다는 거지? 좋아! 제왕무적단도 그쪽으로 간다."

"그게 무슨…… 윽!"

반발하려는 팽치의 허벅지를 남궁경이 엄지로 꾹 눌렀다.

팽가 사람들도 천력을 타고난다지만 남궁강과 남궁경, 남궁진혜로 이어지는 힘은 그 궤가 달랐으니. 팽치가 말을 하려다 말고 입을 다물었다.

하지만 힘과 연륜을 앞세워 망나니처럼 날뛰는 남궁경에게는 같은 망나니가 답이었다.

"말도 안 되는 소리 마세요! 숙청단 인원 절반이 적호단 출신이니, 함께 임무를 수행하기엔 적호단이 더 적합하다고요! 게다가 창궁무애단이랑 제왕무적단도 갑자기 적호단이나 숙청단이랑 호흡을 맞추기 힘들잖아요!"

남궁진혜가 강력하게 반발했다.

놀라운 것은 그녀의 말이 무척 합리적이고 논리적이었다는 사실이다.

달리 반박할 말이 없었던 남궁경이 몹시 분한 얼굴로 물러섰다.

결국 진짜로 위장해 놓은 '가짜'에는 창궁무애단과 제왕무적단이, 가짜로 위장해 놓은 '진짜'에는 숙청단과 적호단이 가기로 했다.

뒤바뀐 진짜와 가짜.

군사부가 준비한 첫 번째 함정이었다.

진실 속에 거짓을 숨기기 좋아하는 혼현마제의 속임수를 간파한 군사부가 '진짜 같은 가짜'를 만들려고 할 때, 진화와 숙청단이 아예 진짜와 가짜를 뒤바꾼 것이다.

"무엇보다 중요한 것은 사전에 정보를 끊어 놓는 겁니다. 정보를 알지 못할수록 급해진 마제들이 직접 나설 가능성이 높아지니까요."

"개미 새끼 하나 드나들 수 없게 하지."

적호단주가 다시 한번 군사부의 주의를 전하고, 제왕무적단주 남궁경과 창궁무애단주 호방련이 고개를 끄덕였다.

"그리고 최종적으로는……."

"아아, 어차피 지켜야 할 건 '진짜'밖에 없으니까. 놈들이 오는 것을 확인하는 즉시, 제왕무적단과 창궁무애단은 천라지망을 펼치고, 적호단과 숙청단은 역천비지를 파괴하고 놈들을 죽인다."

남궁경이 앞으로의 계획을 확인하는 것으로 모두가 고개

를 끄덕였다.

마치 남궁경이 알고 있다면 다 끝난 듯 보였다.

"젠장. 잔챙이들 정리는 빨리 끝내자고. 광마제 놈이 장안을 집어삼키고 언제 움직일지 모르니까."

"예."

창궁무애단주 호방련의 말처럼 낙양으로 적호단을 물론이고 남궁세가에서 두 개의 무단까지 보낸 것은, 비단 혼현마제 때문만은 아니었다.

장안은 낙양에서 물길로는 하루도 걸리지 않는 거리라, 한제국 황실과의 협력 관계를 생각해서 광마제를 상대할 수 있는 전력들이 지원을 나온 것이었다.

황제가 있는 황도에 무림인들이 대거 드나들기엔, 그나마 믿을 수 있는 남궁세가가 나았으니까. 남궁경이 아침 일찍 황제를 배알 하고 온 것도 그 때문이었다.

이 전쟁을 결판 지을 때까지 혹은 광마제를 죽일 때까지 적호단과 창궁무애단, 제왕무적단은 황도에 남을 예정이었다.

군사부의 논의 과정 중에 '혼현마제가 광마제와 정사연합을 이용해서 이이제이를 노릴 가능성'에 대해서도 말이 나왔지만, 결국 역천비지의 파괴 가능성을 두고 그렇게 늦장을 부릴 리 없다는 데에 의견이 모아졌었다.

그렇다고 진화 혼자서 증거도 없이 혼현마제가 광마제를

보낼 거라 주장할 수도 없었으니.

진화도 군소리 없이 군사부의 작전을 받아들였다.

'그래도 군사부에서 광마제가 뒤를 노릴 가능성을 배제하지 않은 것이 다행이지. 이만한 전력이라면, 부족하지 않을 테니까.'

진화는 그들이 황도에 머무는 날이 그리 길지 않을 거라 생각했다.

'놈들이 혼현마제보다 먼저 올 것이다. 광마제는 결코 혼현마제를 믿지 않을 테니까!'

그날 밤.

숲의 그림자들 사이사이로 달빛이 비치는 곳에 그림자처럼 까만 무복을 입은 사내들이 빠르게 숲을 지났다.

다섯 명쯤 되었을까.

그들은 붉은 흙으로 된 적벽을 발견하자 이전보다 더 빨리 움직이기 시작했다.

바람 소리가 그들을 따라 움직였다. 다섯 명의 사내들은 적벽을 따라서 조금 더 깊이 들어가다가, 적벽 사이로 난 작은 틈이 벌어진 곳을 발견하고 멈춰 섰다.

끄덕.

맨 앞에 있던 웅귀면을 쓴 사내가 고개를 끄덕이고, 일행들에게 손가락으로 뭔가를 지시했다.

그런데 바로 그때.

쉐에에엑-!

어디선가 날아든 빛이 눈앞에서 번뜩이고, 짙은 혈향과 함께 피 안개가 퍼졌다.

탁. 탁. 탁.

원귀 가면을 쓴 이들이 재빨리 주변으로 흩어졌다.

"쥐와 범, 말, 닭. 넷? 아니, 다섯이군."

몸과 떨어져 굴러다니는 머리에는 곰을 닮은 원귀 가면이 씌워져 있었다.

"누구냐!"

"함정인가?"

호귀면을 쓴 자가 입구를 노려보며 소리를 지르고, 서귀면을 쓴 자가 사방을 경계했다.

하지만 그조차도 소용없었다.

서귀면을 쓴 자의 바로 귓가에서 생각지도 못한 목소리가 들렸기 때문이다.

"응. 함정이야."

푸-욱.

서귀면을 쓴 자가 뭐라 반응하기도 전에 차디찬 단검이 그의 목을 꿰뚫었다.

단검을 뽑자 피가 분수처럼 뿜어져 나오며 남궁구의 얼굴을 적셨다.

한순간이지만 시리도록 냉정한 얼굴을 본 군조가 놀란 눈으로 그를 보았다.

그러는 동안.

파팟-! 퍼억!

나하연의 주먹이 마귀면을 쓴 자의 가슴을 때리고, 현오의 주먹이 마귀면을 부수고 깊이 들어갔다.

그때.

파파파파팍--!

어디선가 날아온 단검이 흙벽에 박혔다.

그 자리에 있던 나하연과 현오, 남궁구와 군조가 급하게 뒤로 물러선 후였다.

파파파파--팟-!

또다시 날아드는, 이번에는 수십 개가 넘는 듯한 단검 소리.

그와 동시에 나하연과 현오, 남궁구, 군조의 뒤에서 뛰어오른 이들이 그들의 앞에 서서 검을 휘둘렀다.

쉐에에엑-!

채-엥!

남궁교명과 제갈상, 관서겸이 단검들을 모두 쳐 냈다.

그러자 적벽 건너편 풀숲에 빼곡하게 숨은 검은 그림자들

이 모습을 드러냈다.

살아남은 호귀면과 계귀면도 어느새 풀숲 속으로 사라졌다.

숙청단이 긴장감 가득한 눈으로 풀숲을 노려보았다.

타박. 타박. 타박.

숙청단 사이를 벌리고, 달빛에 반짝이는 청색 무복을 입은 진화가 천천히 앞으로 걸어 나왔다.

"곰, 쥐, 닭, 범, 말. 어쩐지 익숙한 조합이다 했어. 광룡귀면대의 추격자들. 선발대구나. 익숙한 사냥법이야."

어둠 속에서 진화의 눈동자가 푸르게 빛났다.

그리고 곧 시릴 정도의 푸른빛이 풀숲을 향해 쏟아졌다.

파파파파팟---!

풀들이 폭발하듯 터져 나가고, 바로 뒤에 있던 광룡귀면대원들 또한 튕겨 나오듯 쓰러졌다.

풀숲에 숨어 있던 광룡귀면대원들이 사방으로 흩어졌다.

하지만 그걸 신호로 숙청단을 물론이고 주변에 몸을 숨긴 채 그들을 따라 들어온 적호단까지 모두가 몸을 날렸다.

쉐에에엑---!

챙! 챙!

"죽어라-! 단 한 놈도 살려 두지 마라!"

적호단주의 외침과 함께 거대한 푸른 기둥이 날아들어 광룡귀면대원들을 후려쳤다.

"광마제의 수하라면 내가 감정이 많아! 대가리를 터뜨려 주마-!"

남궁진혜가 살기를 뿜으며 날뛰었다.

'대가리'를 특정하긴 했지만, 마구잡이로 휘두르는 푸른 기둥은 걸리는 모든 곳을 후려쳤다.

"크아아악!"

허리가 쪼개지면 다행이지만, 비켜 맞고 날아가는 이들은 기다렸다는 듯 적호단의 칼이 온몸을 꿰뚫었다.

쉐에에에엑-----!

"죽어라! 죽어!"

진화의 시선이 남궁진혜에게 닿았다.

'……그때도 저걸 휘두르셨을까.'

이전 생에 죽는 순간까지도 검을 들고 있던 남궁진혜가 그때도 저런…… 기둥을 휘둘렀는지는 알 수 없었다. 진화가 본 당시에는 모든 빛이 꺼져 있었으니까.

그래서일까.

진화는 입가에 미소를 머금은 채 꽤 오래 남궁진혜를 지켜보았다.

파파파파팟--!

"감히!"

때때로 흥분한 남궁진혜의 뒤를 노리는 광룡귀면대원들을

처리하면서 말이다.

치열하게 벌어진 전투는 금방 끝을 향해 갔다.

잔인한 공방을 주고받긴 했지만 애초에 선발대로 보낸 광룡귀면대원들의 수가 서른 명을 넘지 않았으니, 수적으로 상대가 될 리 없었다.

금세 사방이 조용해졌다.

피비린내가 진동하는 가운데, 방금까지 타오르던 살의와 흥분을 진정시키려는 거친 호흡 소리만 가득했다.

진화가 주변을 둘러보았다.

광룡귀면대는 모두 죽었고, 몇몇 부상당한 적호단원들이 뒤로 물러나 치료를 받았다.

악착같이 손 속을 펼친 광룡귀면대원들의 살수에 운 나쁘게 죽은 이도 있었다.

하지만 뭔가 석연치 않았다.

'끝이라고……?'

광마제가 흡정 흡기까지 했다고 들었다.

광마제가 진짜 움직이기 시작했다는 건 광룡귀면대 역시 전성기의 힘을 찾았다는 것인데…….

진화는 뭔가가 계속 걸리는 듯 기감을 날카롭게 세웠다.

그때.

온몸을 엄습하는 듯한 살기가 적호단의 뒤에서 날아들었다.

"피해!"

진화의 목소리와 함께 적호단의 뒤로 검은 기운이 날아들었다.

채---앵!

남궁진혜가 본능적으로 검을 휘둘러 검은 기운을 쳐 냈다.

"모두 물러서라!"

뒤늦게 알아차린 적호단주가 소리치고, 숙청단과 적호단이 모두 진화가 있는 틈의 입구까지 물러섰다.

검을 든 채 정면을 노려보고 있는 남궁진혜의 앞으로 검은 갑주를 입은 거대한 사내가 천천히 걸어 나왔다.

한 걸음, 한 걸음.

걸음을 내디딜 때마다 짙은 혈향과 함께 피부가 따가울 정도의 살기가 남궁진혜를 자극했다.

남궁진혜가 사내를 향해 검을 겨누고, 사내 또한 천천히 검집에서 검을 뽑았다.

달빛이 훤히 밝은 아래에서조차 묵빛 검에서는 아무런 빛도 나지 않았다.

'마룡검 무맥…… 누님!'

진화는 본능적으로 알 것 같았다.

저놈이다!

저놈이 바로 이전 생에 남궁진혜의 목을 날린 놈이다!

쉐에에엑----!

무맥이 검을 휘두르는 것과 동시에 남궁진혜 또한 검을 휘둘러 맞섰다.

그와 동시에 새파란 번개가 무맥에게 날아들었다.

진화가 무맥을 향해 몸을 날렸다.

챙! 챙챙!

사방에 시뻘건 불길이 일었다.

"저쪽! 저쪽이다!"

불길에서 전해지는 열기가 곧 온몸을 산 채로 익혀 버릴 듯 뜨거웠고, 시커먼 연기는 점점 폐부에 쌓이면서 숨을 틀어막았다.

모두 죽을 것 같았다.

그때, 어김없이 목소리라 울렸다.

"견뎌라-!"

쇠를 간 듯 거칠고 투박한 목소리가 간절하게 울려 퍼졌다.

"견뎌라! 고향에 있는 가족들을 생각해! 옷으로 코와 입을 막고 그냥 견뎌! 내가 전부 죽이고 출구로 데려가 주마! 견뎌--!"

파지지지지직-----!

불길을 뚫고 하늘에서 번개가 떨어졌다.

"미친 대장. 번개로 어떻게 불을 끈다고……."

펑! 펑펑--!

누군가의 중얼거림에 답이라도 하는 듯 하늘에서 떨어진 번개가 불길 위로 떨어졌다.

파아아아아--!

번개를 맞은 불길은 성이 난 듯 크게 일어났지만, 곧 잇달아 떨어진 번개에 맞아 반으로 쪼개지고, 다시 쪼개지고를 반복했다.

그리고 흙더미와 함께 폭발했다.

퍼--엉!

"……되, 되네?"

검은 연기가 눈앞을 가릴 정도로 가득했지만, 살을 태울 듯한 열기는 사라졌다.

신기한 듯 되묻는 목소리엔 황당함이 가득했다.

파지지직! 파직!

세상 천지에 번개가 떨어졌다.

"크아아악!"

"으-악!"

비명이 난무하고, 살이 타는 냄새가 퍼졌다.

그러나 그건, 방금까지 고통받고 있던 남궁세가 결사대의 이야기가 아니었다.

남궁세가 결사대는 천천히 코와 입을 막고 주변을 돌아보았다.

까만 연기 속에서 사방에 번개가 수십, 수백 개씩 떨어지고 있었다.

"대장이…… 미쳤나 봐."

미쳤다.

미친 것이 확실했다.

아무리 경지를 넘어선 고수라고 내공이나 체력이 무한할 리 없는데, 결사대 대장 뇌왕 남궁진화는 세상을 깨뜨릴 듯 뇌전을 난사하고 있었다.

마지막 목숨을 불태우는 듯 불안감이 엄습했다.

그때.

"여기! 출구입니다!"

함정을 부수던 남궁진화의 귀에, 그를 걱정하던 결사대원들의 귀에 기적적인 목소리가 울렸다.

깜깜한 지옥 속에서 그들 모두를 건지는 소리였다.

"가자! 집으로-!"

지옥에서 나왔다.

모두를 살려 돌아갈 수 있다 생각한 진화가 기뻐서 소리쳤고, 결사대원들도 함성을 질렀다.

그리고 그건 곧 경악에 찬 비명으로 바뀌었다.

지옥을 나왔다고 생각했는데…… 그들을 기다린 것은 진짜 지옥이었다.

전장에 나가는 결사대원의 무사 안녕을 빌던 솟대에 늙은 어머니의 목이 걸려 있었다.

아내는 시체마저 농락당한 듯 알몸으로 양쪽 젖가슴에 검을 꽂고 마당에 널브러져 있고.

저녁이면 고소한 밥 냄새를 풍기던 아궁이엔 토막 난 조각들이 불쏘시개 대신 박혀 있었다.

머리가 깨지고 온몸이 찢긴 앙증맞은 작은 조각들은 차마 눈으로 볼 수가 없었고.

소천로를 지나 의천문으로 다가가면 갈수록, 남궁의 무사들은 눈도 감지 못한 채 처참하게 죽어 있었다.

양팔, 양다리, 머리와 몸통…… 여섯 개로 조각난 남궁가주의 시체가 창천원을 따라 쭉 이어지고.

창천원 앞에서 검을 들고 서 있는 누이 남궁진혜는 머리가 잘린 채 목에서 흘러내린 피가 천풍무의를 온통 붉게 적시고 있었다.

"아…… 아……."

"가, 가주님……. 크흑!"

"아…… 영애…… 진혜 누님…… 누님! 아아아!"

숨이 턱턱 막히고, 눈에서 폭포처럼 눈물이 흘러내렸다.

하지만 그런 걸 느끼지 못할 정도로 억장이 무너졌다.

검은 쥔 단단한 손을 잡고 그저, 그저…… 처음으로 누님이라 불렀다.

"누님……. 아아악! 제발 누님……."

무엇 때문에 빌었는지 모르지만 빌고 빌었다.

세상이 무너지는 느낌에 아무것도 할 수 없어 빌고 빌었다. 그대로 숨을 쉬지 못해 죽어 버릴 듯했지만, 그래도 상관없다고 생각했다.

그런 진화의 손이 닿자 남궁진혜가 쥐고 있던 검이 스르륵 떨어졌다.

툭.

힘없이 떨어진 남궁진혜의 팔.

무너지는 그녀의 몸을 곁에 있던 남궁세가 무사들이 안아 들었다. 그리고 진화는 제 손에 남은 남궁진혜의 검에서 눈을 떼지 못했다.

죽으려는 제게 남궁진혜가 복수라는 짐이라도 남겨 그를 살리려는 듯했다. 그래서 천화정에서 두 개의 목 없는 어미를 안아 들었을 때도 진화는 죽지 못했다.

콰―앙!

무맥의 마룡검과 남궁진혜의 청아검이 부딪혔다.

스스스슥.

남궁진혜가 뒤로 밀리기 시작했다.

단 일 합.

무맥의 검에 실린 광룡귀형공이 남궁진혜의 검을 타고 그녀의 내부를 공격했지만, 남궁진혜의 몸에 창궁대연심법으로 탄탄하게 쌓인 내공이 그것을 밀어냈다.

두 사람의 내공이 부딪혀 흩어지고.

지금 남궁진혜가 밀리는 건 순순한 힘에 있어서였다.

"크읏! 무슨 힘이…… 씨이!"

태어나서 처음으로 힘에서 밀린 남궁진혜의 얼굴이 일그러졌다.

천하제일 세가라는 남궁세가의 유일한 영애로, 가끔 망나니, 천둥벌거숭이라 불리긴 하지만 그것이 구박을 빙자한 애정이라는 걸 모르는 사람이 없는, 사랑받는 영애였다.

타고난 무재로 이제까지 그녀의 능력에 대해 의문을 품는 사람은 아무도 없었지만, 위대한 집안의 유일한 직계 영애라는 위치가 항상 더 후한 점수를 받게 했다.

남궁진혜 또한 그것을 모르지 않았다.

그래서 더 실력으로 증명하려 안달이었고, 더 위험한 전장으로 나갔다.

남궁진혜는 그녀의 자존심을 남궁세가의 직계 영애가 아니라 무인 남궁진혜에 걸었다.

"안 밀릴 거다……!"

남궁진혜가 이를 악물었다.

그녀의 눈동자에 선명한 청광이 빛나고, 창궁대연신공을 따라 정순한 내기가 그녀의 온몸에 힘을 불어 넣었다.

"크아아아---!"

기합과 함께 점점 뒤로 밀려나선 남궁진혜가 뒷발을 단단하게 버티고 멈춰 섰다.

남궁진혜가 유일하게 가면에 가려지지 않은 무맥의 눈을 노려보았다.

빛을 집어삼킨 묵빛 검처럼 감정을 잡아먹힌 듯 무맥의 눈동자엔 어떤 것도 느껴지지 않았다.

'진짜 괴물 같구나!'

뭘까.

온몸에 소름이 돋으며 속이 서늘하게 내려앉는 것은.

이렇게 유리알을 박아 넣은 듯 아무것도 없는 눈은 처음이었다.

무심함도, 냉정함도, 살기도.

결국은 그것들도 어떠한 감정인데, 무맥에게서는 그러한 것이 느껴지지 않았다.

온통 넘치는 애정과 호의 혹은 적의 속에서 살아온 남궁진혜로서는 그런 무감각한 눈은 처음 보는 것이었다.

그래서일까.

공포(恐怖).

그래, 남궁진혜는 저를 어떤 무기질하고 하찮은 것을 보는 듯 눈빛에 존재를 부정당하는 듯한 공포를 느꼈다.

남궁진혜의 눈빛이 흔들렸다.

하지만 그때.

파지지지지직-----!

그녀를 깨우듯 새파란 빛줄기가 무맥을 향하고, 무맥이 재빨리 남궁진혜의 검을 떨치고 그것을 막았다.

퍼—엉!

번개를 막아 낸 무맥이 세 걸음 밀려났다.

남궁진혜가 멍하니 그 모습을 보는데, 갑자기 푸른 무복을 입은 누군가가 무맥을 향해 달려들었다.

"진화야-!"

정신을 차린 남궁진혜가 놀라 소리쳤다.

그런 남궁진혜의 뒤로 적호단주 팽치의 목소리가 들렸다.

"남궁진혜, 움직여!"

적호단주의 말에, 남궁진혜가 주변을 돌아보았다.

그제야 무맥의 수하로 보이는 광룡귀면대에 맞서 적호단, 숙청단이 싸우고 있는 것이 보였다.

짝-!

"정신 차려, 남궁진혜!"

남궁진혜는 검을 들지 않은 손으로 제 뺨을 세게 때리며 뭔가 정신이 팔린 듯 멍해졌던 머리를 깨웠다.

그리고 무맥을 공격하는 진화를 한 번 돌아본 뒤, 검을 들고 전장으로 뛰어들었다.

무맥과 남궁진혜가 검을 부딪치고 남궁진화가 무맥에게 뇌전을 날리는 것과 동시에.

검은 숲에서 하나둘, 광룡귀면대원들이 모습을 드러내었다.

어둠 속에 까맣게 내려앉은 그들은 하나같이 흉악한 동물 원귀 가면을 쓴 채, 먹이를 노리는 듯 적호단과 숙청단을 노려보고 있었다.

어둠 속에서 붉게 빛나는 짐승 같은 눈빛.

그런 것이 수 개에서 수십 개, 수십 개에서 수백 개로 점점 늘어났다.

꿀꺽.

"준비해라."

적호단주의 명에 적호단이 등을 맞대고 진형을 만들었다.

"우리도, 간다!"

강무현이 숲속에서 자신들을 노리는 광룡귀면대를 노려보며 긴장감 어린 목소리로 말했다.

그때.

카---앙!

남궁진화와 무맥이 부딪히던 중 푸른 불꽃이 튀며 굉음이 울렸다.

그것을 신호로 광룡귀면대가 쏟아져 나오고.

“가자―아!”

적호단주의 목소리와 함께 적호단과 숙청단이 앞으로 나서 그들과 부딪혔다.

적호단과 숙청단.

모두 정사연합이 자랑하는 최고의 무인들이라, 그들 또한 적을 기다리지 않았다.

캉! 캉!

검을 든 이들이 앞서 부딪히는 사이.

쉐엑! 쉐에에엑―!

좌르르르르르―――!

달빛이 밝은 하늘을 뚫고 갈고리가 달린 사슬이 적호단과 숙청단을 향해 날아들었다.

그런데 그 앞으로 팽가 형제와 나하연, 적호단주와 남궁진혜가 뛰어나갔다.

“크아아아―!”

촤라라라―――!

팽수가 팽신의 몸을 잡고 휘두르듯 돌리는 것과 동시에, 팽신이 날아드는 사슬을 양팔에 감았다.

불끈.

팽신의 양팔과 팽수의 양다리에 근육이 터질 듯 부풀어 올랐다.

그들은 마치 한 몸처럼, 팽수가 팽신을 휘두르면 팽신이 휘감은 사슬을 휘둘렀다.

"으아아악-!"

사슬을 잡고 있던 광룡귀면대원들이 뽑혀 나왔다.

휘청이는 그들을 향해 남궁구와 남궁교명이 검을 휘둘렀다.

팔, 다리, 가슴, 얼굴까지.

매서운 천풍검법과 포악한 창군대연검법에, 광룡귀면대원들은 남궁구와 남궁교명의 검에 닿는 대로 몸이 잘려 나갔다.

그리고.

"하아아아압---!"

나하연이 용수팔반의 연속기로 수십 개의 사슬을 하나하나 터뜨려 나가고.

"나무아미타불 관세음보사-알! 핫핫핫핫핫! 성불해라-!"

현오가 붉게 달아오른 눈을 빛내며 광룡귀면대원들의 원귀 가면을 하나하나 부숴 나갔다.

불호를 외는 것은 그들의 명복을 비는 것이 아닌 현오가 소림을 떠올리며 제 이성의 끈을 붙잡기 위해 습관처럼 하는 행위일 뿐이었다.

자비로운 승려가 아닌 피 칠갑을 한 지옥의 관장이 다음 아귀를 찾아 헤맸다.

당혜군과 제갈상, 관서겸이 거리를 두고 동료들을 지켰다.

이제까지 몇 번의 경험으로, 그들은 광룡귀면대와 싸우는 방법을 알았다.

적들은 그때보다 더 빠르고 강해졌지만, 그들 또한 이전보다 훨씬 강해졌으니. 그들은 그들보다 많은 숫자와 정신없는 공격에 당황하지 않고 치열하게 광룡귀면대원들과 싸워 나갔다.

정의맹 출신 동료들이 싸우는 것을 본 강무련과 초서비, 군조, 이천평, 황계수가 눈을 마주쳤다.

"황계수, 이천평이 앞으로, 사슬을 막고 적을 끌어들인다. 내가 죽이고, 초서비와 군조가 우리를 보호한다!"

"예!"

"알겠어요!"

중원의 반쪽 숲 속을 지배하는 호걸들의 우두머리.

소산군 황계수가 터질 듯 부푼 근육으로 도끼를 휘둘렀다.

거대한 나무도, 사나운 맹수도 한 방에 쪼개던 그 힘으로 사슬 한가운데를 쪼개듯 베었다.

벌어진 사슬 그들 한가운데로 이천평이 뛰어들어 팔을 휘둘렀다.

붉게 물든 손가락은 마치 맹호의 발톱처럼 벌어진 사슬을 뜯어 버렸다.

카-앙!

팽팽하던 힘이 무너지면서 흐트러진 광룡귀면대원들에게

는, 미친 소가 된 강무련이 뛰어들어 날뛰면서 주먹을 휘둘렀다.

쇠뿔처럼 강한 주먹이 한 방, 한 방 살을 뚫고 뼈를 부러뜨렸다.

군조는 이천평과 황계수의 앞에서 그들을 보호하고, 초서비가 비검을 매섭게 휘두르며 강무련의 뒤를 노리는 적의 손발을 잘랐다.

한편.

적호단의 움직임은 그들보다 더 체계적이었다.

파파파파팟-!

"진형을 유지하고 검을 찔러라! 벨 필요 없어! 다가오는 놈을 찔러 죽이는 거다!"

파갑추를 휘두르는 적호단주의 주먹에 갈고리들이 부서졌다.

그 사이로, 남궁진혜가 끼어들어 검을 휘둘렀다.

쉐에에엑---!

캉! 캉! 캉!

남궁진혜가 휘두르는 천풍검법이 태풍이 되어 사슬들을 휘감고, 불꽃이 튀는 것과 함께 남궁진혜의 태풍에 휘말린 광룡귀면대원들이 날아들면.

적호단원들이 남궁진혜와 적호단주를 보호하며 그들을 향해 검을 찔러 넣었다.

일 조, 이 조, 삼 조…… 십 조까지.

지치지 않고 서로 등을 맞댄 그들은 누군가가 적을 막으면, 누군가는 적을 죽였다.

바다의 거친 소용돌이처럼 적호단주와 남궁진혜의 주변을 보호하듯 돌면서, 숙련된 대원들이 신입들을 지키며 최소한의 희생으로 적들을 죽여 나갔다.

수적으로 조금 열세이지만, 압도적인 몇몇 개개인의 무력과 체계적인 작전으로 광룡귀면대와 팽팽하게 맞선 동료들.

믿음직한 동료들을 등 뒤에 둔 진화는 거리낄 것이 없었다.

"너를 죽일 거다."

진화가 무맥을 향해 선언했다.

이제 그토록 기다렸던 복수를 시작한다고.

파지지지직----!

뇌전이 진화의 검을 회오리처럼 휘감고 번뜩거렸다. 마치 번개로 만들어진 뇌룡이 검을 감고 꿈틀거리는 듯했다.

"……."

무맥이 진화의 검을 보았다.

덤덤하게 가라앉은 눈빛과 가면에 가려진 표정 때문에 그의 생각은 전혀 드러나지 않았지만…….

무맥과 달리 진화의 얼굴은 그 어느 때보다 사납게 일그러

졌다.

가주님…… 누이…….

어머니……!

어머니 팽연화와 가모인 하후민도 목이 베여 죽었다.

정확하게 경동맥을 자른 흔적이 천화정 바닥에 손으로 퍼 담지도 못할 피 웅덩이를 만들었을 것이다.

모든 걸 한 길로 끊어 낸 예리한 흔적.

그 흔적의 주인이야말로 어쩌면 진화가 광마제보다 더 증오를 불태운 존재일 것이다.

"나는, 네놈이 세상에 흔적을 남기는 것조차 허락하지 않을 거다."

진화가 무맥에게 말했다.

그의 말처럼, 진화의 검에 베였던 무맥의 왼쪽 팔뚝은 단단한 근육이 흔적도 없이 사라지고 허연 뼈를 드러내고 있었다.

말끔하게 태워진 그곳은 핏방울조차 흘러내리지 않았다.

생을 거슬러 지금까지 품었던 증오.

"그분들보다 고통스럽게, 이 세상 누구보다 고통스럽게 죽여 주마!"

진화가 지독한 증오를 내뿜으며 무맥을 향해 검을 휘둘렀다.

진화가 복수를 시작했다.

마룡검 무맥.

광마제가 만든 세 번째 광신기의 주인.

지금은 그가 세 번째 무맥이었지만, 이전 생엔 그가 두 번째였었다.

광마제의 사냥개로서 광룡귀면대를 이끌고 남궁세가와 잠삼현을 몰살시키고, 진화가 복수를 하기도 전에 어디선가 죽어 버린.

사실 그가 몇 번째인지는 전혀 중요하지 않았다.

무맥은, 그들은 그저 광마제가 묵철을 가지고 만들어 낸 광신기를 쥐여 준 광마제의 개일 뿐이었다.

몇 번째 무맥이든, 어떤 광신기를 쥐었든.

누가 되었든 그들은 광마제가 시키는 대로 남궁세가를 몰살시켰을 것이었다.

까드득.

언젠가 남궁교명을 보며 불현듯 그런 생각이 든 적이 있었다.

어린 남궁자소의 미래를 망친 건 너무한 일이었을까.

이전 생의 남궁교명과 지금의 남궁교명이 전혀 다른 사람이듯, 다른 이들에게도 기회는 있었지 않을까.

아직 짓지도 않은 죄를 가지고 복수를 하는 것은 정당한

일일까.
물론 제갈세가 남매들과는 여전히 악연으로 얽혔고, 그들의 죄도 달라지지 않았다.
그렇다면 이번 생에 죄를 지은 이들에게만 복수해야 하는 것일까.
그러나 생각 이전에 진화의 증오가 진화를 움직였다.
쉐에에에엑-!
카강-! 캉! 캉! 캉!
마룡검을 쥔 무맥은 이제 막 세상에 나왔다.
그는 아직 남궁진혜나 어머니를 죽이지 않았고, 남궁세가는 안전했다.
그렇다면 저자는 죄가 없는 것인가.
그러다가 생각했다.
'내가 왜 저들의 죄를 따지고 있지……?'
내게 감히 정당함을 따질 자격이 있는가.
캉! 캉! 캉! 채-앵!
눈앞에서 불꽃이 튀었다.
진화는 그 불꽃을 뚫고 망설임 없이 검을 휘둘렀다.
쉐에에엑-!
진화가 검에 묻힌 적의 피, 상대를 파멸로 몰아간 생각, 겁 없이 뒤바꾼 미래.
그 모든 것들도 사실 운명을 거스른 죄가 아닐까.

만약 그것이 죄라면 자신은 여기서 멈추고 죽음을 받아들일 것인가.

답은 이미 정해져 있었다.

'아니. 나는 계속 싸울 것이다!'

들끓는 복수심.

분노와 증오, 지키고 싶은 간절함까지도.

모두 진화를 싸우게 하는 것들이었다.

진화는 결론을 내렸다.

제게 복수는 정당한 것이 아니라 투쟁의 연속일 뿐이라고.

아직 죄가 없는 마룡검 무맥.

진화는 그에게 품은 증오의 정당성을 따지는 것을 그만뒀다. 대신 그에게 품은 증오를 원동력으로 그와 싸우기로 했다.

쉐에에엑---!

그게 느껴질 리 없었건만.

무맥은 바람이 얼굴을 스치고 온몸을 휘감은 듯했다.

'이자가 주군의 제물!'

거의 완성 직전에 제왕검을 비롯한 십이좌회 놈들에게 빼앗기지만 않았어도, 지금쯤 주군이 몸을 바꿨을 제물.

주군이 직접 선별하여 어릴 적부터 체질까지 완벽하게 만

들어 냈다 들었다.

광룡의 봉인을 풀기에 완벽한 역천지체라, 그래서 다른 무공을 익히기엔 힘이 들 것이라고.

그런데 이 정신없이 몰아치는 천풍검법은 뭐란 말인가.

챙-! 챙챙!

무맥은 표정이 드러나지 않는 가면 속에서 마음껏 놀라고 있었다.

그러면서 눈으로 부지런하게 진화의 움직임을 좇았다.

'팔방으로 흐르는 듯 밟는 보법과 자유롭게 나부끼는 검결은 그렇다 쳐도, 매섭게 회오리치는 내기의 운용만큼은 역천지체가 할 수 없어야 하는데…… 어떻게 된 일이지?'

무맥이 뒤로 물러서며 진화의 검을 피했다.

살점이 사라진 왼팔의 움직임이 부자유스러웠다.

하지만 바람이란 한없이 자유스러우면서도 결국 한없이 하늘의 순리에 따르는 것이라, 천풍검법의 요결을 파악한 무맥은 흐름을 거스르지 않고 진화의 검을 흘려보냄으로써 회오리에 휘말리지 않았다.

그때.

카---앙!

무맥이 검을 세워 진화의 공격을 막았다.

가슴이 울릴 정도로 강렬한 내기가 진동했다.

'이번에는 창궁대연검법인가!'

파파파파팟---!

지진이 난 듯 무맥이 선 바닥이 뒤집어졌다.

무맥이 황급히 뒤로 물러섰다.

타타타탓-!

진화가 창궁대연검법 파해일몰(波海壹沒)로 땅바닥에 파도를 일으키며 도망가는 무맥을 쫓아갔다.

진화의 눈동자에 새파란 청광이 빛나고.

파—팟!

진화의 검이 바닥에 꽂히는 동시에 땅바닥이 폭발하듯 터져 나갔다.

무맥은 검과 팔로 앞을 막고 몸을 날려 폭발을 피했다.

하지만 진화가 터뜨린 기운의 여파와 땅에 박힌 돌과 흙이 그의 몸을 덮치면서.

쿠---웅!

무맥의 몸이 그대로 바닥에 처박히고 말았다.

갑주에 구멍이 뚫리고 온몸에 상처를 입었다.

"크읏."

몸을 바로 세우던 무맥이 저도 모르게 신음을 내었다.

고통스러운 곳에 손을 갖다 대니, 복부의 정면 갑주를 피해 그 옆으로 돌이 박혔다.

추적. 추적…….

무맥이 구멍이 난 옆구리에 손가락을 넣어 돌을 꺼냈다.

"……."

몸을 뚫은 돌을 맨손으로 꺼내면서도 신음 하나 흘리지 않던 무맥이, 조금 생경한 눈으로 손을 붉게 물들인 피를 보았다.

'천풍검법과 창궁대연검법 그리고 마지막에 바닥을 터뜨린 건 제왕무적검법인가? ……모두 역천지체로는 익히기 불가능한 것들이다. 그렇다면 역천지체를 극복했거나, 역천지체의 혈맥을 치료했다는 것.'

역천지체를 극복할 순 없었다.

그건 경지를 넘었다고 해서 극복할 수 있는 문제가 아니었다.

'그렇다면 주군께서 만들어 놓는 혈맥을 치료했다는 것.'

무맥이 고개를 들어 진화를 보았다.

그러곤 지독한 살기를 뿜고 있는 진화의 시선 따윈 전혀 알지 못한다는 듯 덤덤하게 말했다.

"너, 쓸모가 없어졌구나."

마룡검 무맥은 진화에 대해 결론을 내렸다.

그리고 빛을 집어삼킬 듯한 묵빛 검을 들고 진화에게 겨누었다.

"허어!"

무맥의 모습에 진화가 기가 막힌 듯 헛웃음을 터뜨렸다.

하지만 곧 진짜 웃음을 터뜨렸다.

"그래. 그게 네놈이지. 광마제를 위해서라면 타인은 물론 본인의 고통과 목숨까지도 아랑곳하지 않는. 네놈이 여전히 그러해서 다행이구나."

진화가 환하게 웃었다.

마치 마지막 짐 한 자락까지도 털어 버린 듯 홀가분한 웃음이었다.

그리고 진화의 눈동자 속, 끝도 없는 세상에 번개가 내리쳤다.

쉐에에에엑----!

무맥이 진화의 급소를 노리고 들어왔다.

진화는 창궁무애검법 동해창공으로 무맥의 검을 흘리고, 왼손에 천뢰장을 실어 무맥의 어깨를 때렸다.

파—앙!

무맥이 신형이 흔들렸다.

진화는 그것을 놓치지 않고 반원을 그리듯 검을 휘둘렀다.

카-앙!

무맥이 검을 세워 진화의 검을 막았다.

"파악은 끝났다."

무덤덤하게 말한 무맥이 전신에 광룡기를 끌어 올렸다.

스멀스멀 검게 피어오르는 기운이 무맥의 검을 감싸고 마치 수백 마리의 뱀처럼 꿈틀거렸다.

"죽인다-!"

무맥의 눈에서 검은 기광이 번뜩이고.

카아아아아아아---!

광폭한 검명과 함께 수십, 수백 가닥의 검기가 진화의 천풍검법을 피해 진화를 노렸다.

하지만 진화의 검이 그린 것은 천풍만이 아니었다.

진화는 역천지체를 극복하지 않았다.

물론 혼돈지체를 치료한 적도 없었다.

무맥은 상상도 못 했겠지만, 진화는 그저 혼돈지체를 있는 그대로 받아들였을 뿐이었다.

하늘의 순리는 감히 인간의 규정으로 정해지는 것이 아니었고, 진화의 혼돈지체 역시 그 순리 안에 존재하는 것이기에.

콰과광-----광!

수백 가닥의 검기를 정면으로 뚫고 들어간 제왕무적검법 일휘천낙이 무맥의 위로 철퇴를 떨어뜨렸다.

일회천낙의 철퇴를 실은 검에 뇌전이 번뜩였다.

파--팟!

무맥의 검과 부딪힌 진화의 검이 산산조각으로 깨어졌다.

"크읏!"

진화의 검을 막아 낸 무맥의 팔이 뇌전에 휩싸이고 무맥은 고통을 견디며 검을 놓지 않으려 안간힘을 썼다.

그리고 눈빛을 번뜩였다.

무맥도 보았다.

진화의 검이 산산조각으로 깨어진 것을.

그때, 진화의 목소리가 무맥을 비웃었다.

"희망 따윈 품지 마라."

파지지지직-----!

진화의 검을 본 무맥의 눈이 커졌다.

산산조각 나서 흩어진 줄 알았던 진화의 검이, 푸른 검강과 함께 더 거대한 모습으로 뇌전을 번뜩이고 있었던 것이다.

화경을 넘어 현경을 밟은 진화의 내공은 몸속의 천뢰기와 함께 자연스럽게 어우러졌고, 이제 어떤 검법을 쓰든 형식과 상관없이 진화는 자유롭게 기운을 움직였다.

하지만 진화에게 가장 잘 익숙한 검법은 뭐니 뭐니 해도 천뢰제왕검법이라.

천뢰제왕검법 낙엽--!

파파파파파팟---!

수십, 수백 가닥의 번개가 무맥에게 쏟아지며.

투둑. 툭. 툭. 툭. 파-앗!

산산조각 났던 검 조각들이 모두 무맥의 몸에 박혀들었다.

"커헉!"

무맥이 피를 토했다.

그의 미간에 박힌 검 조각에서 뇌전이 번뜩였다.

"끄아아아악——!"

온몸의 혈맥이 타들어 가는 고통에 무맥이 비명을 질렀다.

그런 그의 눈앞으로 한 줄기 섬광이 지났다.

쉐에에엑—————!

천뢰제왕검법 현뢰일섬(玄雷一殲)이 무맥의 목을 날렸다.

퉁. 툭.

고통스러운 비명을 지르던 얼굴 그대로, 무맥의 머리가 땅에 떨어졌다.

이전의 그가 남궁진혜에게 그러했듯, 무맥 또한 검을 놓지 못한 채로 분수처럼 피를 뿜으며 선 채로 죽었다.

'피 한 방울도 남기지 않겠다!'

진화의 눈이 다시 번뜩였다.

파아아아아아———!

무맥의 목에서 분수처럼 솟구친 피.

비처럼 떨어진 뜨끈한 핏방울에 광룡귀면대는 물론이고 적호단과 숙청단 모두 피 비가 떨어지는 곳을 보았다.

그 순간.

파지지지지직———!

목을 잃은 무맥의 몸에 벼락이 떨어지고, 공중에 뿌려진 피에도 뇌전이 번뜩였다.

'피가 번쩍거려?'

놀라운 광경에 눈을 크게 뜨는 찰나.

핏방울 속에서 번뜩이던 한 줄기 번개가 순식간에 사람들 사이를 가르고 지나갔다.

번-----쩍.

실로 눈 깜짝할 사이에 번뜩인 빛.

그와 동시에 전장에서 처음 듣는 듯한 고통스러운 비명이 울려 퍼졌다.

"아아아아아악-!"

"크아아아악!"

숙청단과 적호단의 빈틈을 파고들던 광룡귀면대원들이 뇌전에 휩싸여 타들어 가고 있었다.

파지지지지직---!

광룡귀면대원들의 온몸을 타고 뇌전이 번뜩이는 것과 함께 피부가 타들어 가며 연기를 피우는 모습이 적나라하게 보였다.

"윽."

보는 사람마저도 고통스러워 보이는 광경이었다.

그때.

파팟-!

바닥에 떨어진 사슬 조각에서 불꽃이 튀었다.

놀란 이들이 한 걸음 물러서는 것과 동시에.

파파파파팟——!

이번에는 사슬들이 번뜩이며 공중으로 솟구쳐 올랐다.

그리고 순식간에 날아가 광룡귀면대원들의 몸에 박혀 들어갔다.

팍팍. 팍. 팍. 팍—!

"크아아악!"

쿠웅!

머리, 가슴, 팔, 다리 할 것 없이.

인정사정없이 날아든 사슬에 광룡귀면대원들 수십 명이 쓰러지고 뒤로 밀려났다.

그 사이로 덤덤한 목소리가 들렸다.

"모두 죽여야 하는 적입니다. 손 속에 사정을 두면 우리 편이 다칩니다."

옥구슬처럼 맑은 목소리에 결코 어울리지 않는 단호하고 잔인한 말.

무맥의 피로 얼굴과 몸이 흠뻑 젖은 진화의 모습에, 광룡귀면대원뿐 아니라 적호단마저도 흠칫했다.

어색한 침묵이 흐르려는 순간.

"도련님…… 하하, 꼬라지가 그게 뭐야?"

"저 꼬라지를 하고도 우리보다 예쁘다는 게 환장할 노릇이지."

"나무아미타불 관세음보살."

남궁구가 먼저 웃음을 터뜨리고 당혜군이 투덜대자 현오가 세상의 불평등을 한탄하듯 불경을 외는 것으로, 숙청단은 진화에게서 느껴지던 서늘한 공포를 날려 버렸다.

"진화야-! 내 동생!"

이전과 달리 두 번째가 되었지만.

이번에도 남궁진혜는 이곳이 전장인 것도, 옷이 더러워지는 것도 아랑곳하지 않고 옷자락을 들어 진화의 얼굴을 닦았다.

싸우다가 소매를 찢어 버린 그녀는 옷자락을 드느라 배가 훤히 보이는 것도 신경 쓰지 않고 진화의 안위만을 살폈다.

그런 남궁진혜의 모습에 진화가 밝게 웃음을 터뜨렸다.

"괜찮아? 꽤 센 놈이던데 다친 곳은 없고?"

"하하하, 전 괜찮아요, 누님."

남궁진혜의 호들갑스러운 챙김에도 진화가 밝게 대답했다.

유별난 남매의 모습에 적호단주 팽치가 혀를 찼다.

"쯧, 하여튼. 여-어, 새끼들아! 대가리가 죽었잖아! 뭐 하고 있어? 숙청단주의 말대로 전부 죽여--!"

"추―웅!"

적호단주 팽치가 사납게 소리치고, 그의 투기를 전달받은 적호단이 다시금 투기를 끌어 올렸다.

"너희는 뭐 해? 현오, 넌 밥값 해야지."

"갑니다, 가!"

"허허! 나 참, 나 같은 불자가 먹으면 얼마나 먹는다고."

진화의 장난스러운 명에 숙청단도 웃으면서 검을 들었다.

이미 광룡귀면대의 숫자도 많이 줄었다.

게다가 무맥을 잃고 사기마저 땅에 떨어져, 어렵지 않게 전투를 정리할 수 있을 것 같았다.

그때.

콰------앙!

협곡을 울리는 커다란 굉음과 함께 지축이 흔들렸다.

"뭐, 뭐야?"

당황한 이들이 주변을 두리번거리고.

진화는 소리가 들린 곳을 향해 눈을 크게 떴다.

진짜. 그러니까 진짜처럼 보이도록 만든 가짜 함정이 있는 곳이었다.

진화의 눈동자가 흔들렸다.

"여긴 우리가 정리하지. 먼저 가 봐라."

"예."

적호단주 팽치의 말에 정신을 차린 진화가 급하게 몸을 날렸다.

아니, 몸을 날리려 했다.

그런데 진화가 몸을 날리기 전에, 수가 줄어든 광룡귀면대가 한쪽으로 모여들면서 비어 있던 옆쪽 풀숲에서 누군가 모습을 드러냈다.

"아무래도 내가 딱 좋을 때에 온 것 같군."

"호, 혼현마제! 당신이 이곳에 왜!"

적호단주는 물론 모두가 경악을 금치 못한 얼굴로 혼현마제를 보았다.

진화는 협곡 너머에서 들리는 굉음에 마음이 급했다.

혼현마제가 적호단과 숙청단, 진화를 돌아보며 의미심장하게 웃어 보였다.

낙양에서 가장 큰 포구는 낙양포구였다.

낙양포구에는 늘 큰 배들이 오가고 물건을 보관하고 거래하는 큰 창고들도 마련되어 있었다.

거래를 주관할 상단이나 상회의 분점도 있고, 물건을 옮길 수레와 인력을 제공하는 곳도 있었다.

하지만 그건 이동이나 거래를 위해 정식 관문을 오갈 수 있는 배에나 해당되는 사안이고.

지름길이 필요하거나 관문을 피해야 할 사람들에게는 그들만의 포구가 따로 있었으니.

강물 통하는 곳엔 언제나 길이 있었다.

스르르륵---.

배가 물 위에서 점점 속도를 줄였다.

그리고 배 위에 있던 선원이 불빛이 반짝이자, 반대편에서도 불빛이 몇 번 반짝거렸다.

잠시 후.

사라락, 사라라-락.

울창하게 강 주변을 채우던 나뭇가지가 치워지고 풀숲이 거두어지자, 중간치 정도의 배가 아슬아슬하게 드나들 수 있는 작은 물길이 나타났다.

옆에 있던 큰 나무의 가지와 수풀과 이어져 절묘하게 가려져 있던 수로였다.

선원이 배를 움직여 수로 안으로 들어가자, 다시 나뭇가지와 풀숲이 내려와 길을 가렸다.

물길은 북망산 뒤편까지 이어졌다.

북망산은 예전부터 고관대작들이 앞을 다투어 묘지를 만든 명당이라, 무덤 속에 있는 값비싼 보물을 노린 도굴꾼과 밀수꾼도 바글바글했다.

북망산 뒤편에는 그들이 도굴한 물품을 바로 거래를 할 수 있도록 만들어진 밀수꾼들의 포구가 있었던 것이다.

수심이 얕아지는 곳에서 배가 멈추고.

배에 있던 검은 인영들이 모습을 드러내었다.

휙-! 휙휙-!

흑의 인영들이 갈고리를 건 사슬을 커다란 나무를 향해 던지고, 까만 어둠을 따라 수많은 이들이 이동하기 시작했다.

마지막으로 느긋하게 뱃머리를 나온 노인이 만족스러운 얼굴로 주변을 돌아보았다.

"이곳에서 대기하도록."

"에, 예!"

노인이 말을 걸자 놀란 선장이 말을 더듬으며 고개를 숙였다.

노인이 싱긋이 웃으며 선장의 어깨를 툭툭 두드렸다.

그리고 발을 한번 박차는 것으로 공중으로 뛰어올라 단숨에 강을 넘었다.

선장과 선원들은 그 자리에 얼어붙어, 노인과 검은 인영들이 사라질 때까지 눈을 떼지 못했다.

뭍에 내려선 광마제가 주변을 보았다.

예사롭지 않은 기운의 왜곡이 느껴지는 것이 멀지 않은 곳에 역천비지가 있는 것이 확실했다.

광마제가 만족스러운 듯 웃었다.

"산속에 잡스러운 기척이 많은 것이, 혼현마제 놈이 뭔가 꾸민 게로군……. 안 그런가?"

광마제의 시선이 어두운 숲속으로 향하고, 그가 손을 뻗는 동시에 뭔가가 날아들었다.

휘이이익-!

"윽!"

숲속에서 날아든 것은 흑의 복면을 한 사람이었다.

광마제가 허공섭물(虛空攝物)로 사람을 끌어와 그 목을 쥔 것이다.

"크읏! 저, 저는……!"

흑의 복면인은 목을 조르는 손길을 견디며 뭔가 말을 하려 했지만, 애당초 광마제는 그가 무슨 말을 하든 관심이 없었다.

"네가 혼현마제가 보낸 쥐새끼로구나."

"끄륵…… 호, 혼현마제께서…… 꺼억, 꺽. 거, 거래를……."

툭.

광마제의 손아귀에서 조금씩, 조금씩…… 복면 속에서 얼굴이 붉게 변하고 핏줄이 도드라질 정도로 괴로워하던 흑의 복면인은 결국 허옇게 눈을 까뒤집고 정신을 잃었다.

눈동자 속에 보이던 두려움, 각오, 살 수 있다는 희망. 그리고 절망과 죽음.

죽는 순간까지 삶에 대한 미련을 버리지 못하던 비루한 발버둥과 손안에서 세차게 뛰다가 뚝 끊겨 버린 맥의 감촉.

그 모든 것을 지켜보고 즐긴 광마제가 손바닥을 풀었다.

쿵.

광마제의 손에서 풀린 흑의 복면인이 바닥으로 떨어졌다.

광마제에게 그는 저 땅바닥의 흙과 하등 다를 바 없는 흙이 될 무언가일 뿐이었다.

하지만 아주 짧은 유희치고는 제법 재미가 있었으니.

"흐흐흐, 인사나 해 볼까?"

광마제가 바닥에 널브러진 흑의 복면인에게서 시선을 돌려 언덕 너머를 보았다.

언덕 너머를 향한 광마제의 눈동자에 붉은 안광이 번뜩이는 것과 동시에.

크아아아아–!

콰––––––앙!

광마제의 손에서 빠져나간 검은 기운이 언덕으로 가 부딪혔다.

지축이 흔들리고, 뿌연 흙구름이 밤의 어둠마저 가렸다.

뿌연 연기 사이로 광마제와 광룡귀면대가 천천히 걸어 들어갔다.

이제 그들의 앞을 막고 있던 언덕은 없어졌으므로 그들을 막을 것은 아무것도 없었다.

천천히.

광마제와 광룡귀면대는 마치 산중의 호군처럼 위풍당당하게 협곡을 거닐었다.

적진에 와 있다는 불안감 따위는 전혀 생각지도 않았다.

광룡귀면대는 광마제가 이대로 황궁으로 가자고 해도 망설이지 않을 것이었다.

완성된 광룡귀면대는 그러한 존재였다.

광룡귀면대원들은 광룡귀형신공을 익힘으로써 강한 힘을 가지게 된 대신 광마제의 광룡기에 지배당하게 되었다.

개인의 감정, 사고, 본능까지도.

무감각해지거나 백치가 되는 것이 아니었다.

그저 모든 감정과 사고, 생존본능보다 광마제를 우선하는 것뿐이었다.

그렇게 완성된 광룡귀면대는 완벽하게 광마제의 명에 따라 움직이는 살인 노예였다.

그들은 광마제를 위해서라면 두려움이나 공포, 고통, 죽음마저 잊어버린 지옥의 악귀가 되었다.

광마제가 이전의 광룡귀면대에 애착이 없었던 것이나 광룡귀면대의 완성 자체에 의미를 둔 것도 모두 그 때문이었다.

광룡귀면대의 진짜 힘은 광마제에 대한 종속에서 나오는 것이기에.

이제 광마제는 잃었던 이전의 제힘을 모두 찾았다.

그와 함께 광룡귀면대의 안에 있는 광룡기 또한 완벽하게 광마제의 광룡기에 종속당했다.

몸속의 광룡기가 몸은 물론 마음까지 온전히 광마제의 지배를 받아들이게 만드니. 지금의 광룡귀면대원들이야말로 진정 수십 년 전 광마제의 뒤를 따라 무림의 삼분지 일을 집어삼키던 그 악귀들과 같은 이들이라 할 수 있었다.

광마제는 이제야 광룡귀면대원들이 한 보 안으로 들어오는 것을 허락했다.

"혼현마제가 사신을 보낸 것을 보면, 역시 거래를 생각한 모양입니다."

새하얀 서귀 가면을 쓴 흑의인이 광마제에게 말했다.

백서는 제법 머리를 신중하게 잘 굴려 광마제가 곁을 허락한 이들 중 하나였다.

"거래는 없다."

"하오나 아직은 혼현마제가 남아 있는 것이 역천마제의 주의를 돌리는 데 용이하지 않겠습니까?"

놀랍게도 백서에게는 역천마제에 대한 충심이나 경외도 존재하지 않았다.

광마제는 그런 백서를 한번 힐끗 본 후 인자하게 웃었다.

"허허허, 백서야, 너는 역천마제에 대해 전혀 모르는구나. 혼현마제 그놈이 귀천성을 천 갈래, 만 갈래로 찢은들 역천마제가 그놈에게 신경이나 쓸까."

"역천마제가 귀천성을 중요하게 생각하지 않는다는 것입니까?"

"귀천성을 중시하지 않는다기보다, 역천마제 자신이 곧

귀천성이라 생각하는 게지. 제 놈 외에 나머지는 그저 곁다리일 뿐.”

“아…….”

광마제의 말에 백서가 고개를 끄덕였다.

“하면 역천마제는 주군까지도 곁다리라 생각하는 겁니까?”

“…….”

순순한 물음이 폐부를 찌른 듯.

광마제가 말없이 백서를 보았다.

악의는 없고, 있을 수도 없었다.

그러니 저 물음이 불쾌한 것은 제 속에 있는 열등한 분노 때문일 것이라.

광마제의 눈동자에 붉은 광기가 일렁거렸으나, 광마제는 백서의 목을 꺾는 대신 눈을 돌렸다.

“역천마제에게는 그럴 자격이 있지. 강하니까. 그러니까 놈이 필요한 것이다. 내가 놈의 몸을 얻어 광룡의 봉인을 풀기만 한다면……!”

광마제의 눈이 다시 일렁거렸다.

광마제의 광룡기가 동요하면서 광마제의 열망이 백서에게도 전해졌다.

백서의 눈빛도 기대감으로 반짝였다.

“한데 혼현마제가 우리 쪽에만 왔을까요?”

"허허허, 그럴 리가. 놈은 언제나 빠져나갈 쥐구멍을 만들어 두길 좋아하는 겁쟁이지."

광마제와 백서가 다시 사이좋은 조손처럼 이야기를 이어갔다.

"하면 저들이 혼현마제의 거래를 받아들여 둘이 손을 잡으면 어찌합니까? 대원들이 많이 상할 것입니다."

백서가 걱정스럽다는 듯 말했다.

모든 것에 광마제를 우선하기는 하지만 광룡귀면대 또한 광마제의 충성스러운 수하들이라. 백서는 철저하게 광마제의 입장에서 자신들의 수가 줄어드는 것을 아까워했다.

그러자 광마제가 유쾌하게 웃었다.

"허허허허, 그건 걱정하지 않아도 된다. 거래는 없을 테니까."

광마제의 단언에 백서가 호기심 가득한 눈으로 물었다.

"어찌 그리 확신하십니까?"

그러자 광마제가 또다시 붉은 광기를 일렁이며 말했다.

"내게 통하지 않은 이야기라면 녀석에게도 통할 리 없지. 놈은 나를 증오하면서도 나와 똑 닮았으니까."

인생은 그 사람의 선택으로 완성된다.

같은 운명을 타고났다는 것은 결국 같은 선택을 한다는 말과도 같았으니.

그것이 아니라도 광마제는 확신할 수 있었다.

적어도 인격이라는 것이 생기기 시작했을 때부터, 광마제는 진화의 선택을 지켜보고 간여했으니 말이다.

"무맥과 선발대의 복귀가 늦구나. 우리 먼저 가 있자꾸나."

퍼---엉!

광마제가 다시 앞을 가로막은 커다란 바위와 낮은 언덕을 치웠다.

협곡을 지나지 않고 곧바로 역천비지로 가는 길이었다.

혼현마제는 여유롭게 웃으며 진화에게 거래를 제안했다.

"자네의 실력과 무위는 인정하지. 하지만 그게 광마제나 역천마제에게 닿을 거라 생각한다면 오산이야. 정사가 연합을 하고 십이좌회와 정사 무림의 결사대가 한꺼번에 달려들고도 고작 걸음을 멈추는 데에 만족했어야 했으니까."

"하고 싶은 말은?"

"내 제안을 받아들이게. 자네의 손에 한 제국을 쥐여 주지."

"당신이 바라는 것은?"

"내가 바라는 건, 그저 나와 함께하는 사람들과 작은 이상향을 만드는 것으로 족하네. 진국을 인정하고 그 존속을 유지하는 것."

말은 권유형이었지만, 혼현마제는 진화가 제 제안을 받아들일 것이라 확신했다.

이건 철저하게 서로에게 해가 되는 것이 없는 거래였기 때문이다.

"정사연합, 한 제국만으로는 이전과 달라진 것이 없지 않은가? 결국은 역천마제와 신 제국을 상대하기 벅찰 것이네. 마찬가지로 진국 또한 그러하지. 각자 살아남기 위해 서로를 인정하자는 것이네. 앞으로 우리가 서로 힘을 키우고 우리 사이에 신뢰가 쌓인다면, 또 아는가? 종국에는 서로 힘을 합쳐 역천마제와 신 제국을 물리칠 수 있을지도."

혼현마제가 부드럽게 말했다.

그는 진화 일행의 뒤로 보이는 역천비지에 시선이 가는 것을 숨기며, 우는 아이에게 달콤한 사탕을 쥐여 주듯 급하지 않게 천천히 서로의 달콤한 미래에 대해 떠들었다.

서로에게 전혀 나쁠 것이 없으니, 사탕발림이라도 거부할 이유는 없었다.

단 하나, 눈앞에 있는 것이 진화만 아니었다면.

"흥미 없는 이야기군."

"뭐?"

예상과는 전혀 다른 답변이라, 혼현마제가 놀라고 불쾌한 기색을 숨기지 않고 되물었다.

하지만 진화는 달콤한 사탕 맛을 아는 아이가 아니었고 손해나 이득에 관해서도 전혀 관심이 없었다.

"이상향이라고? 그게 뭔지 모르겠지만, 전혀 인정해 주고 싶지 않다."

"뭐라? 허어! 감정에 휘둘러 대의를 그르칠 셈이냐? 허어, 그래, 우린 적이었지. 하지만 진짜 악의가 있었던 것은 아니었다! 모든 대업에는 희생이 필요하다. 진국을 만드는 데에도 희생이 필요했던 것뿐이었다!"

혼현마제는 진화의 대답이 철없고 치기 어린 결정이라 생각했다.

혼현마제와 쌓인 감정에 휘둘려 눈앞의 이득을 보지 못하는 것이라고.

하지만 그의 생각은 반은 맞고 반은 틀렸다.

진화가 혼현마제의 제안을 거절한 것은 감정적인 결정이었지만, 감정을 떠나서 처음부터 진화는 혼현마제와 손을 잡았을 때 얻을 이득에 관심이 없었기 때문이다.

"그렇다고 당신이 한 짓이 없어지는 건 아니지."

진화가 여전히 감정적으로 나오는 듯하자 혼현마제가 다급해졌다.

"내가 싫다면, 좋다! 내 제안을 받아들이지 않아도 된다! 단순한 거래를 하지!"

혼현마제가 급하게 말을 바꾸었다.

그래, 아무래도 자신이 서둘렀던 것이다.

무위는 광마제와 맞설 정도로 올랐다곤 하나, 상대는 아직

치기 어린 애송이일 뿐이다.

혼현마제는 나중에 조금 더 계산을 할 줄 아는 정사연합 윗선에 다시 제안을 보낼 생각을 하며 한발 물러서기로 했다.

"내게 역천비지를 넘기게. 그러면 삼황자의 치부를 넘겨주지. 그러면 자네가 어렵지 않게 황태자 자리에 앉을 수 있을 거네!"

'아무리 계산을 못 하는 애송이라 하나, 황태자 자리가 어떤 것인지는 알겠지.'

혼현마제는 확신했다.

하지만 이번에도 섣부른 확신이었다.

"관심 없다."

"……뭐?"

"네 이상향도, 네가 생각하는 희생이나 진국 뭐시기도. 전부 다 관심 없다. 게다가…… 당신이 진짜 힘을 합쳐 역천마제와 신 제국을 물리칠 생각이었다면, '물리칠 수 있을지도.'라고 하는 것이 아니라 '물리칠지도.'라고 했겠지. 스스로도 믿지 않는 미래를 주저리주저리 떠드는데 그거에 속는 사람도 있나?"

진화의 물음에 혼현마제의 눈빛이 크게 흔들렸다.

작은 부분 하나까지도 정확한 그의 성격이 만들어 낸 실수였다.

그리고 혼현마제는 진화가 그것을 알아차릴 줄은 상상도

못 했다.

"이놈-! 그럼 대체 뭘 원하는 것이냐!"

결국 혼현마제가 본색을 드러내듯 목소리를 높였다.

그런 혼현마제를 보며 진화가 황당하다는 듯 헛웃음을 흘렸다.

"하! 내가 당신한테 뭔가 원하는 게 있어 보이나?"

"뭐라?"

"내가 당신한테 원하는 것이 있다면, 그건 단 하나. 당신의 목숨이겠지."

진화가 혼현마제를 향해 환하게 웃으며 뇌전을 일으켰다.

파지지직-----!

진화의 온몸에서 일어난 뇌전이 땅을 가르고 나아갔다.

파파파파파팟-!

뇌전이 향하는 곳은 혼현마제가 있는 쪽이 아닌 그의 반대쪽.

진화 일행의 뒤 적벽이 있는 곳이었다.

"아, 안 돼-! 그 역천비지는 내 것이다-!"

혼현마제가 다급하게 소리쳤다.

하지만 진화의 뇌전은 멈추지 않고 땅을 가르며 나아가 적벽에 부딪혔다.

쩌억. 쩌어어억.

적벽이 수십 갈래, 수백 갈래 번개 모양으로 갈라지고.

결국에는 아래에서부터 무너져 내렸다.

콰아아아앙-!

"안 돼----!"

혼현마제가 절망감에 소리치며 앞으로 나섰지만.

파-팟!

혼현마제의 발 앞으로 진화의 뇌전이 떨어지며 그를 막아섰다.

"너어!"

혼현마제가 독기 어린 눈으로 진화를 노려보았다.

진화는 그 눈빛을 당연하다는 듯 덤덤하게 마주했다.

"역천비지를 원했나? 당신이 나한테 얻을 수 있는 게 있다면, 그 또한 단 하나. 폐허뿐이다."

크라라라--락!

콰---앙!

진화의 말을 증명이라도 하듯, 진화의 뒤로 역천비지가 있던 적벽이 무너져 내렸다.

"네 이놈------!"

혼현마제가 분노에 찬 목소리로 소리를 질렀다.

광마제의 뒤로 광룡귀면대가 일제히 도열했다.

"호오……."

역천비지에 도착한 광마제가 주변을 돌아보며 탄성을 뱉었다.

기운의 느낌을 보면 역천비지가 맞았다.

이제 이곳에서 제 제물이 오기만 기다리면 되는 것인가.

광마제가 만족스러운 얼굴로 정면을 보았다.

걸리적거리는 잔챙이들이 엉겨 붙긴 했지만, 제물이 도착하기 전 유희 거리 정도는 될 것이라.

광마제가 붉은 안광을 번들거리며, 눈앞에 잔뜩 기세를 끌어 올리고 선 방해꾼들을 보았다.

"이런, 기대도 안 했던 대어가 걸렸네."

남궁경이 광마제를 향해 검을 겨누며 말했다.

쾅! 콰–광! 쾅!

한번 크게 충격을 받은 적색 흙벽이 연이어 무너지기 시작했다.

'피, 피해야 하는 거 아니야?'

'분위기 좀 봐라, 멍충아!'

'이 씨, 분위기가 내 머리 위로 떨어지는 돌을 막아 주는 것도 아니잖아!'

'이 흙먼지는 또 어떻고! 실컷 잘 싸우고 거지꼴을 하고 들어가면 그 소문은 다 어떻게 할 거야!'

'그, 그건 그렇다. 게다가 여기서 떨어지는 거 다 맞고 서 있는 것도 좀 멋이 없지 않나?'

'…….'

남궁구와 남궁교명, 당혜군, 강무련이 빠르게 눈을 마주쳤다.

눈썹과 입 모양, 눈빛으로 대화하던 그들은 결국 하나의 결론에 도달했다.

다행히 상황 또한 그들을 돕고 있었다.

"이놈---!"

분노에 찬 혼현마제의 목소리에, 숙청단은 잔뜩 긴장한 얼굴로 양쪽으로 퍼졌다.

'자연스러웠지?'

'좋아.'

남궁구와 남궁교명을 따라 현오와 팽가 형제가 움직이고, 당혜군을 따라 나하연과 초서비가, 강무련을 따라 군조, 이천평, 황계수가 모르는 척 적벽에서 떨어졌다.

숙청단의 움직임을 본 적호단도 슬슬 움직이기 시작했다.

'저 약삭빠른 놈들.'

'깔려 죽기 전에 우리도 가자!'

혼현마제의 뒤편에 숨어 있을 것이 뻔한 교성흑오대를 경

계하며, 적호단 여섯 개 조가 숙청단의 뒤로 움직였다.

그리고 적호단주와 부단주, 진화의 곁에 남았어야 했던 일 조와 이 조, 삼 조는 그들을 향해 부러움을 담아 매섭게 쏘아보았다.

'이 치사한 새끼들!'

'두고 보자!'

일 조 조장 서장원이 혼현마제를 경계하듯 슬금슬금 앞으로 나와 적벽에서 떨어지자, 다른 이들도 모두 그를 따라 했다.

다행히 무너질 만한 적벽은 모두 무너지고, 역천비지는 그 속에 완전히 파묻혔다.

숙청단과 적호단이 혼현마제를 경계하며 전투태세를 보이자.

"적호단주의 뜻도 저자와 동일한가?"

이제는 예의상 하고 있던 존대마저 치워 버린 혼현마제가 날카롭게 물었다.

그런 혼현마제의 물음에 적호단주가 한숨을 쉬었다.

무맥을 해치운 건 진화였지만 적호단 또한 수적 열세에서 어렵던 싸움을 방금 마쳤다.

희생은 크지 않았지만 아예 없는 것도 아니라 아직 수습하지 못한 수하들의 시체가 계속 눈에 밟혔다.

콰---광! 콰---앙!

적벽이 무너지는 것보다 더 큰, 범상치 않은 소리가 계속 들려왔다.

"일단, 너는 얼른 가 봐라."

적호단주가 굳은 얼굴로 말했다.

혼현마제가 아닌 진화를 향한 말이었다.

"……."

"저쪽에 심상치 않은 일이 벌어진 것 같으니까, 얼른 가 봐."

진화가 대답 없이 그를 보자, 적호단주가 인상을 찌푸리며 진화를 재촉했다.

숙청단주로서 혼현마제의 거래 제안을 거절하는 것까진 괜찮았다.

전장에 있는 단주들에게는 그만한 결정권이 주어지니까.

다만 진화가 이 갑작스러운 결정을 적호단주인 자신과 의논할 생각조차 없었다는 건 문제였다.

정사연합은 몰라도 이제까지 정의맹은 '적을 놓치더라도 희생을 줄인다.'는 대원칙이 있어 왔기에, 적호단주로서는 뒤에 수하들을 두고 고민해 볼 기회조차 없었다는 사실에 화가 났다.

경험이 없어 그랬겠지만, 그래도 상의도 없이 멋대로 새로운 싸움을 시작하려는 놈한테 짜증이 치밀었다.

하지만 그건 그거고, 이건 이거.

혼현마제와 일이 틀어진 마당에, 지금 고민해야 하는 것은 효율적으로 적을 상대하는 일이었다.

'진짜처럼 꾸며 놓았던' 가짜 현장이 있는 곳에서 들린 범상치 않은 굉음도 계속 신경이 쓰였다.

콰――――――――광!

마침 다시 그쪽에서 굉음이 들려오고, 이번에는 땅도 같이 흔들렸다.

"거치적거리지 말고 얼른 꺼져!"

"그래, 진화야, 얼른 가 봐."

적호단주가 으르렁거리며 진화의 등을 떠밀고, 남궁진혜도 걱정스러운 눈빛으로 굉음이 들린 곳을 힐끗거렸다.

이 함정으로 잡을 수 있는 가장 큰 적은 혼현마제였다.

그런데 혼현마제는 지금 이곳에 나타났고, 다른 곳에서 지축을 흔들 정도로 위력적인 힘의 여파가 느껴진다면…….

'무맥에 이어서 광마제마저 나타난 게 분명해!'

적호단주가 본인의 감정을 누르고 진화를 재촉하는 이유였다.

진화도 광마제가 나타났음을 눈치챘기에, 적호단주와 남궁진혜를 향해 고개를 끄덕였다.

"그럼 먼저 가 보겠습니다. 이쪽은 최대한 무난하게 일을 처리해도 좋습니다."

"……!"

진화의 말에 적호단주가 눈을 크게 떴다.

저는 가니까 여긴 무난하게 처리해도 좋다……?

혼현마제와 잠시 손을 잡아 전투를 피해도 좋다는 말이었다.

그런데 그렇게 처리해도 된다는 걸 아는 놈이 지금까지 혼현마제를 거절한 건……?

거절해도 되니까.

진화 자신은 혼현마제를 큰 피해 없이 죽일 자신이 있었던 것이다.

"저…… 건방진 새끼!"

적호단주가 숙청단과 함께 떠나는 진화의 뒷모습을 향해 욕지거리를 뱉었다.

그때.

"광마제가 온 모양이군."

혼현마제가 적호단주와 남궁진혜를 향해 비릿한 웃음을 보였다.

혼현마제의 표정이 말하는 것이야 뻔했다.

"저 천둥벌거숭이 황자가 내 거래를 파투 내는 바람에, 남궁세가가 자랑하는 무단과 정의맹 적호단이 모두 다 죽게 생겼구나. 재미있게 되었어. 후후후후후!"

"하하하하, 웃어? 아…… 씨발."

억지로 따라 웃던 적호단주가 순식간에 정색을 하며 쌍욕

을 뱉었다.

그리고 혼현마제를 노려보았다.

적색 안광이 이글거리며 온몸에서 살기가 뿜어져 나오는 모습이.

"아, 씨발. 단주 맛 갔다."

"예?"

"꼭지가 돌았다고."

남궁진혜와 일 조 조장이 곤란한 표정으로 서로를 마주 보았다.

적호단주 경격권 팽치.

하북팽가가 집으로 돌아오는 것조차 거부한 팽가의 망나니가 완전히 이성을 잃은 듯한 눈빛으로 혼현마제를 노려보고 있었다.

"이놈이나 저놈이나…… 혹시 하나 남은 눈깔이 무지개-눈깔이냐? 온몸을 적-갈색으로 물들여 줘 볼까, 이 미친 늙은이야?"

"허어! 입이 험하구나!"

적호단주의 막말에 혼현마제 또한 한쪽 눈으로 녹광을 번뜩이며 살기를 뿜었다.

"치기 어린 결정으로 내 대계를 흔든 대가를 치르게 해 주마!"

혼현마제의 한 손에서 현홍사가 뿜어져 나왔다.

적호단주 팽치는 자신에게 쏟아지는 현홍사를 보며 양손을 뻗었다.

퍼---엉!

적호단주의 팔을 자를 듯한 현홍사가 모두 터져 나가고.

적호단주의 양 주먹에 횃불이 타오르는 듯 적색 기운이 넘실거렸다.

"언제 적 귀천성이고 언제 적 팔마제야? 계속 도망치면서도 주제 파악이 덜 됐나 본데, 수박 씨 바르듯 강냉이부터 털어 주마, 늙은이-!"

적호단주 팽치가 혼현마제를 향해 돌진했다.

그는 피에 미친 호랑이라는 적호단의 위명이 어디서 시작되었는지 보여 주는 듯, 날아드는 현홍사에 아랑곳하지 않고 앞으로 나아갔다.

"우리도 간다-!"

"추-웅!"

남궁진혜가 푸른 기둥을 들고 외치고, 적호단이 그 뒤를 따랐다.

챙-! 챙-!

촤라라라라라락----!

날아드는 갈고리는 각 조의 조장들이 검기로 끊어 버리고, 검에 사슬이 감기면 그곳을 중심으로 조원들이 원을 그리듯 움직이며 상대를 안으로 끌어들였다.

채—앵!

광룡귀면대원들이 사슬을 끊고 물러섰다.

그러자 원형을 그리던 조의 앞으로 다시 다른 조가 나타나 광룡귀면대의 다음 공격에 대비했다.

타타타타탓--!

마치 소용돌이치는 대양 같았다.

소용돌이를 그린 창궁무애단이 적을 그들의 한복판으로 끌어들이면, 파도처럼 밀려든 제왕무적단이 지원을 끊어 버리듯 적을 분리시킨다.

소용돌이 속에 갇힌 소수의 적은 사방에서 날아드는 창궁무애검법 낭파석파(浪破石破)에 정신없이 검을 맞으며 죽어 갔다.

그렇기에 겁이 없고 무지막지하기로 유명한 광룡귀면대가 쉽사리 공격해 들어가지 못했다.

백서가 입술을 깨물고 누군가를 노려보았다.

창궁무애단 단주 단애구검 호방련.

잘 다듬어진 콧수염 외에는 흔하디흔한 동네 아저씨 같은 사내가 바로, 광룡귀면대가 주인의 곁에 있으면서도 힘을 쓸

수 없게 한 원흉이었다.

"파진(破陣)—!"

호방련의 말에 창궁무애단이 일제히 흩어지고.

모여 있는 창궁무애단을 향해 단검을 던질 준비를 하고 있던 광룡귀면대의 공격이 무산되었다.

"쳇."

새하얀 쥐 가면 쓴 백서가 혀를 차며 호방련을 보았다.

'대체 뭘 보는 거지? 어떻게 알고 움직이는 거야?'

백서의 눈이 호방련의 움직임을 집요하게 따라붙었다.

평범한 칼에 평범한 무공.

조금 강하긴 하지만 호방련은 보이는 것만큼 평범한 무인일 뿐이었다.

하지만 남궁세가 밖의 사람들은 결코 모르는 사실이 있었으니.

남궁경이 타고난 무재와 신체 조건으로 남궁세가의 모든 검술에 능통한 검술의 천재라면, 호방련은 다수의 무인들을 이끄는 집단 전투 지휘의 천재였다.

세간엔 잘 알려지지 않았지만 호방련이야말로 남궁세가 무인들의 희생을 줄이고 효율적으로 전쟁을 치르도록 창궁무애진을 만들어 낸 장본인이었다.

그게 벌써 수십 년 전, 그가 처음 신입 무사로서 첫 전투에 나섰을 때였다.

단주가 된 지금의 호방련은 그때보다 창궁무애진을 세분화하고 발전시킨 동시에 남궁세가 무인들을 완벽하게 전쟁에 적합하도록 조련하면서, '남궁세가의 움직이는 철벽'이라는 현재 창궁무애단의 위상과 명성을 완성시켰다.

호방련이 비록 일신의 무위가 뛰어난 무인은 아니었으나 집단 전투를 이끄는 데 있어서는 그를 따라올 자가 없었다.

창궁무애단의 전투에 있어서 호방련이 있고 없고는 하늘과 땅 차이였다.

지금, 광룡귀면대가 광마제를 곁에 두고 수적 우위마저 높은 상황임에도 힘 한번 못 쓰고 주춤하는 것이 그 증거였다.

'저자가 창궁무애단 전체를 움직이고 있어! 저자를 죽여야 창궁무애단에 빈틈이 생긴다!'

백서의 눈빛이 날카롭게 번뜩였다.

그리고 결단을 내린 그녀는 누구보다 빠르고 매섭게 호방련에게 접근했다.

쉐에에엑---!

가볍고 날렵한 몸이 화살처럼 전장을 뚫고 호방련의 뒤를 파고들었다.

그런데 그때.

채----앵!

창궁무애단의 부단주, 한령신검 남궁위가 백서의 검을 막아 내고 시리도록 차가운 눈으로 그녀를 노려보았다.

"단주님께 발톱 들이대지 마라, 쥐새끼."

호방련의 천재성을 가장 잘 아는 남궁세가는, 남궁경에 버금가는 세가 최고의 검술 천재를 호방련의 부단주로 붙여 두었다.

절벽을 뒤에 둔 좁은 길.

그 속에서 호방련과 창궁무애단은 자유자재로 소용돌이를 만들고 막다른 길을 만들어 내며 광룡귀면대를 상대했다.

남궁세가 최강의 무단이라 불리는 제왕무적단은 개개인이 광룡귀면대의 무력을 상회하면서 창궁무애단을 보호했다.

체력과 내공의 한계가 없다면 그들은 언제까지고 광룡귀면대의 공세를 버텨 낼 수 있을 것처럼 보였다.

문제는 남궁경이었다.

콰광------!

쾅!

날아드는 검기를 손으로 쳐 내자, 절벽이 움푹움푹 패며 흔들렸다.

"하하하하! 제왕검의 자식이 팔딱팔딱 개구리처럼 싸우는구나!"

광마제가 재밌다는 듯 웃으며 남궁경을 조롱했다.

하지만 이내 웃고 있는 광마제의 뒤로 남궁경이 나타나 검을 휘둘렀다.

쉐에에에엑---!

창궁무애검법 동해창공의 눈부신 검강이 광마제의 등을 가를 듯 날아들었다.

"허어!"

거대하고 새파란 검강을 보며 광마제가 감탄하듯 웃었다.

하지만 손바닥을 펼쳐 광룡기로 여유롭게 남궁경의 공격을 막았다.

콰-----앙!

남궁경과 광마제의 기운이 부딪히며 사방으로 흩어지자, 기운의 여파로 지축을 흔들었다.

거기에 아랑곳하지 않고, 남궁경이 터져 나가는 절벽을 파헤치며 창궁대연검법 파해일몰을 광마제의 머리 위로 떨어뜨렸다.

정신없이 이어지는 공격과 공격.

남궁경은 남궁제일검이라는 명성답게 남궁세가의 모든 검술을 동원하여 광마제의 빈틈을 노렸다.

하지만 힘을 찾은 광마제는 넘치는 광룡기로 여유롭게 남궁경의 검강을 막아 냈다.

검술은 결국 검을 휘두르는 다양한 방법일 뿐이었다.

광마제는 남궁경이 어떤 방향, 어떤 식으로 공격하든 절대적인 힘으로 그것을 깨 버렸다.

파파파파파팟---!

이번에도 광마제는 한 손으로 검은 광룡기를 뿜어 머리 위로 떨어지는 바윗덩어리와 남궁경의 검강을 모두 날려 버렸다.

동시에 다른 쪽 팔을 남궁경을 향해 뻗었다.

"젊은 시절의 제왕검보다 빠르고 다채롭구나. 하지만…… 약해."

광마제의 눈빛이 싸늘하게 식었다.

그리고 남궁경을 향해 뻗은 손에서 거대한 광룡기가 쏘아져 나갔다.

파아아아아아아-----!

거대한 흑룡이 입을 벌리고 남궁경을 집어삼킬 듯 사납게 날아갔다.

"젠장!"

아직도 더 커질 힘이 남아 있었다니.

남궁경이 욕지거리를 내뱉으며 검을 세웠다.

쉐에에에엑-----!

새파랗게 빛나는 거대한 기둥이 흑룡을 반으로 갈랐다.

제왕무적검법 일휘천낙-!

퍼—엉!

콰과광---쾅!

철퇴라는 말이 무색하도록 날카롭고 정확하게 광룡기를 반으로 가르자, 사방으로 기운의 여파가 퍼져 나갔다.

절벽이 부서져 떨어지고, 남궁세가 무인들과 광룡귀면대원들이 몸을 가누지 못할 정돌 크게 땅이 흔들렸다.

광룡기를 반으로 가른 남궁경은 다음 공격을 이어 가기 위해 뛰어올랐다.

그런데 그때.

섬-----뜩.

남궁경은 정수리에 송곳이 박히는 듯한 섬뜩함을 느끼며 본능적으로 검을 휘두르며 몸을 날렸다.

쉐에에엑-! 채-앵!

파--팟!

퍼------엉!

남궁경이 뛰어오른 자리를 지난 새까만 구체가 그대로 바닥으로 박히며 터져 나갔다.

하지만 그것이 끝이 아니었다.

펑! 펑! 펑! 펑! 펑!

수도 없이 떨어지는 광룡기의 연사에, 몸을 날려 피하던 남궁경이 마지막엔 급하게 검과 팔을 들어 기막으로 충격을 막았다.

남궁경을 중심으로 삼 장 정도 움푹 파인 거대한 원이 생겼다.

"크읏!"

몸속의 내장이 진탕된 듯 흔들리는 느낌에, 남궁경의 입에서 작게 신음이 흘러나왔다.

"호오, 확실히 제왕검보다 빨라."

광마제가 자신의 공격을 견딘 남궁경을 칭찬하듯 감탄했다.

그 표정과 여유로움에, 남궁경은 속이 진탕된 것보다 더 배배 꼬이는 느낌이었다.

"이 망할 늙은이 대가리에……!"

배알이 꼴린 남궁경이 용감하게 악담을 퍼부으려는 그때.

파파파파파팟--! 파파팟-! 파---팟!

남궁경의 악담이 현실이 되었다.

땅이 까맣게 타는 동시에 거칠게 파헤쳐졌다.

급하게 물러서는 광마제가 있던 자리에 새파란 뇌전이 번뜩였다.

"오랜만에 그 미친 대가리나 뚫어 줄까 했더니, 늙은 것치곤 빠르군."

낭랑한 목소리가 남궁경이 다 하지 못한 악담과 칭찬을 하며 끼어들었다.

"진화야---!"

# 나아갈 진進 따를 화化 : 운명의 굴레

밤하늘의 달보다 환한 얼굴.

홍룡의 꼬리처럼 매끄러운 눈매며 황궁 처마 끝보다 단단하게 솟은 콧날, 앵두꽃을 문 듯 맑고 도톰한 입술까지.

달빛으로 깎아 만든 작품처럼 빛이 나는 이목구비가 어느 것 하나 아름답지 않은 곳이 없었다.

순간 전장이 조용해질 정도로, 새삼 남궁진화의 미모가 돋보였다.

진화와 숙청단의 등장.

약관 이전에 경지를 넘어섰다고 알려진 진화의 등장에 창궁무애단주 호방련이 안도의 한숨을 쉬었다.

광룡귀면대를 상대로 남궁세가 무인들이 잘 버티고 있다

해도, 남궁경이 광마제에게 당한다면 결국 모두 전멸을 각오할 수밖에 없는 상황이었기 때문이다.

제왕무적단 부단주 남궁해만큼 대놓고 반가운 티는 나지 않았지만 창궁무애단 부단주 남궁위 또한 눈빛으로 진화를 반겼다.

진화와 함께 등장한 숙청단 또한 면면이 정파와 사파에서 내로라하는 신진 고수들이었으니.

"숙부님들, 수고하십니다."

"늦었습니다."

"그래. 일찍 일찍 좀 다녀라."

"하하하."

남궁구와 남궁교명이 자연스럽게 위치를 잡고 숙청단이 그 뒤를 따르자, 창궁무애단주 호방련이 농담 섞인 인사로 그들을 맞았다.

파지지—직.

"……."

광마제가 제 어깨 위에 남아 번뜩이는 뇌전을 신기한 듯 구경하는가 싶더니.

툭. 툭.

먼지를 털듯 털어 버렸다.

그리고 억지스럽도록 자애로운 얼굴로 미소를 지었다.

"허허, 내 제물이 제 발로 내게 돌아왔구나!"

광마제의 눈 속 붉은 광기가 진화를 향해 탐욕스럽게 꿈틀거렸다.

"진화야-!"

남궁경이 진화를 불렀다.

반가운데 막 반갑지 않은 듯, 반은 웃고 반은 울상인 이상한 표정이었다.

남궁경의 마음이 그대로 드러나는 표정을 보고 진화는 소리 내어 웃고 말았다.

표정이 웃겨서가 아니라 남궁경의 이런 표현이 기꺼웠기 때문이다.

'아버지…….'

남궁경은 솔직했다.

솔직해서 진화 자신을 향한 애정이 숨김없이 드러났다.

아마 이전 생에도 남궁경은 이런 성품이었을 텐데.

그때도 저 속에는 진화 자신을 향한 애정이 고스란히 있었을 텐데.

진화는 몰랐다. 아니, 모르는 척했다.

자신이 모르는 척하는 사이, 남궁경은 진화가 세워 놓은 가시에 움츠러들고 남궁세가에 닥친 연이은 불행에 매몰되어 저 뜨거운 애정을 속에만 꽁꽁 묶어 두고 있었을 것이다.

그래서 죽어 가는 그 순간에서야 겨우 제 볼을 한번 쓰다

듣고 '살아 달라'며 처음으로 웃어 주었던 것일 터였다.

"아버지."

진화는 남궁경을 향해 환하게 웃어 보였다.

제 안에 있는 애정이 모조리 드러날 수 있도록.

온 마음속에 있는 감사와 애정을 담아 밤하늘에 뜬 달보다 환하고 밝게 웃어 보였다.

그리고 광마제를 향해 달려갔다.

"저, 저건 의천검!"

누군가 경악에 차서 소리쳤다.

진화가 오늘을 위해, 광마제를 상징하고 준비한 무기를 알아본 것이다.

"물러서라!"

창궁무애단주 호방련이 급하게 소리쳤다.

남궁세가 무인과 숙청단뿐 아니라 광룡귀면대 또한 멀찍이 물러서 내공을 일으켰다.

콰---------광!

번—쩍!

눈부신 빛과 함께 온몸을 진동시킬 정도의 기운의 여파가 전해졌다.

눈을 질끈 감고 견디면서 무사들은, 특히 숙청단원들은 놀라움을 금치 못했다.

'설마 이 정도일 줄이야……!'

손쉽게 그들을 제압하는 실력에 반항을 포기하긴 했지만, 설마 또래인 진화와 이 정도로 차이가 날 줄은 생각도 못 했던 것이다.

파지지---직!

콰광광— 콰앙!

마른하늘에서 벼락이 떨어지고, 벼락 속에서 흉측한 모양의 광룡기가 부딪히고 깨어졌다.

콰---광!

밖으로 퍼지는 기운의 여파에 주변 흙벽은 물론이고 가짜 역천비지도 진즉에 무너졌다.

쉐에에에엑-!

파파파파파팟---!

두 명의 인영이 공중에서 부딪히고.

광룡귀면대조차 싸움에 끼어들지 못하고 물러난 마당이라, 남궁세가 무사들과 숙청단 또한 멀찍이서 기운을 여파를 버티며 진화가 싸우는 모습을 지켜볼 수밖에 없었다.

광마제와 대등하게 부딪히는 진화의 모습에, 진화의 곁에 가장 가까이 있었던 숙청단의 충격은 컸다.

그 남궁구조차 웃지 못했다.

"이건 나이나 체질, 뭐 그런 문제가 아닌 거 같은데."

"아이고, 부처님. 나무아미…… 썩을! 더럽게 불공평하군. 누군 천살성에 뚱뚱한 대머리인데!"

"……네가 뚱뚱한 대머리인 건 천살성이랑 관계가 없지 않나?"

"닥치게."

남궁교명의 바른말에 소림승인 현오마저도 거친 심경을 참지 못했다.

퍼-------엉!

"도련님!"

남궁구가 다급하게 공중에서 떨어지는 진화를 불렀다.

그 순간, 뇌전이 번뜩이며 광마제의 가슴을 때렸다.

쿵!

쿠---웅!

광마제의 광룡기가 진화의 왼쪽 어깨를 때리고, 균형을 잃고 떨어지던 진화가 검을 휘둘러 광마제의 가슴을 때렸다.

서로 한 번씩 주고받은 공방.

땅으로 떨어진 진화와 광마제는 조금도 지체하지 않고 다시 서로를 향해 달려들었다.

"이놈, 많이 강해졌구나!"

"그때도 말했지만 당신이 늙은 거야!"

펑! 펑펑! 펑-! 펑!

새까만 기운과 눈부신 푸른 기운이 서로 얽혀 들고 터져 나갔다.

검은 구체처럼 집약된 광마제의 광룡기를, 진화 또한 천뢰기를 실은 의천검으로 맞부딪혔다.

충격이 광마제와 진화에게 고스란히 전해지고.

결국 광마제와 진화가 한 걸음씩 떨어져서 서로를 노려보았다.

"……."

진화의 눈빛만큼 진화의 검이 시리게 빛났다.

그와 동시에 눈부신 뇌전이 검 전체를 뒤덮었다.

의천검(義天劍).

인간이 따라야 할 하늘의 도리, 인세에 정의(正義)를 구현하는 검.

지난 전쟁에서 의천검주 남궁호명이 결사대를 이끌고 들었던 검은, 남궁세가의 재력과 인력, 검에 대한 모든 지식이 집약되어 탄생한 다섯 자루의 검 중 하나였다.

남궁호명과 사제의 연을 맺으면서 진화가 강탈하다시피 물려받은 것으로, 과정은 우스울지 모르지만 이것을 넘겨주던 남궁호명의 마음, 이것을 넘겨받은 진화의 마음만큼은 차마 입 밖에 내놓지 못할 정도로 진심이었다.

남궁호명이 지금까지 악몽을 꿀 정도로 끔찍한 지옥도를 걸으면서도 지켜 냈던 남궁세가의 사람, 신념, 무공. 진화가 검과 함께 이어받은 것들이었다.

진화 또한 남궁세가를 지키는 데에 모든 것을 걸었다.

파지지––––––직!

사람 사이의 인정과 의리를 넘어 마땅한 옳음을 실현시키는 징벌의 검으로서, 의천검은 원래 진화를 위해 만든 검처럼 천뢰기를 온전히 받아 내었다.

쉐에에에에엑–––––!

뇌전을 품은 검이 광마제의 광룡기를 반으로 갈랐다.

"허어! 제법이고."

"……!"

광마제의 여유로운 목소리에 진화의 눈이 커졌다.

팽팽하다고 생각했는데…….

불길한 예감이 드는 순간.

휘이이이익–!

진화가 황급히 몸을 회전하며 자리를 피했다.

그와 동시에 진화를 스치고.

크아아아––––––!

역천마제의 등극식에서 광마제와 부딪혔을 때보다 훨씬 까맣고 거대한 흑룡귀기(黑龍鬼氣)였다.

콰------앙!

거대한 흑룡이 땅에 부딪혔다.

이전과는 비교가 되지 않을 정도의 여파가 주변으로 흩어졌다. 하지만 진화는 주변을 신경 쓸 여력이 없었다.

땅에 부딪히고도 부서지지 않은 흑룡이 진화를 향해 날아들고 있었기 때문이다.

크아아아악---!

이전보다 거대하고 사나운 입을 벌린 흑룡의 뒤로 여유롭게 진화를 향해 웃고 있는 광마제가 보였다.

'안심하지 마, 아직 이긴 게 아니니까!'

진화의 눈에서 번개가 내리쳤다.

진화가 광마제를 향해 한쪽 입꼬리를 올렸다.

그리고 눈부시게 빛나는 푸른 광채가 번뜩였다.

쉐에-----엑!

푸른 광채가 사나운 흑룡의 입을 가르고 들어가자.

흑룡의 입부터 순차적으로 뇌전에 휩싸이기 시작했다.

파지지지직---!

크아아아---!

진화에게 닿지 못한 흑룡이 고통스럽게 몸부림치며 찢어지고, 눈부시도록 빛나는 푸른 광채가 흑룡을 뚫고 그 뒤에 있는 광마제에게 날아갔다.

퍼----엉!

검은 기막이 진화의 검강을 막았다.

"……."

"……."

진화와 광마제가 무섭도록 굳은 얼굴로 서로를 마주 보았다. 무저갱처럼 끝이 보이지 않는 검은 눈동자와 붉은 용암이 이글거리는 듯 광기를 숨긴 눈동자가 부딪혔다.

숨 막히는 긴장감이 흘렀다.

갑자기 멈춘 진화와 광마제의 모습을 보면서도, 남궁세가 무사들과 숙청단은 물론이고 광룡귀면대 또한 꼼짝도 하지 못했다.

그때, 광마제가 돌연 자애로운 얼굴로 미소를 지었다.

"아이야, 너도 이 힘의 차이가 느껴지지 않느냐? 포기해라. 너만 나를 따라간다면, 저자들……."

광마제의 시선이 남궁세가 무사들과 숙청단을 향했다.

진화의 시선도 자연스럽게 그들을 향했다.

'진화야……!'

'이봐, 도련님, 괜찮은 거야?'

걱정 가득한 남궁경의 표정과 불안하게 떨리는 남궁구의 눈. 그들과 비슷한 얼굴을 하고 있는 사람들 하나하나와 눈이 마주쳤다.

"너만 나를 따라간다면, 저자들을 모두 살려 주마. 원한다면 저자들을 먼저 보내고 나를 따라나서도 좋다."

"하하……."

광마제의 말에 진화가 낮게 웃음을 흘렸다.

솔직히 이전 생에 들었다면 솔깃했을지도 모를 말이었다.

하지만 이번 생엔 아니었다.

"씨발. 내 새끼 다치기 전에 저 새끼들 전부 죽인다! 저 새끼들 다 죽이고, 우리 진화 도우러 갈 거다! 반대하는 놈 있으면, 그놈부터 대가리를 깨 버릴 테닷-!"

"나 참, 누가 반대한다고."

눈물을 글썽이며 소리치는 남궁경의 말에 창궁무애단주 호방련이 고개를 저었다. 반대할 이유가 없었다.

숙청단에 남궁제일검 남궁경까지 합류했으니, 그들이 광룡귀면대를 앞에 두고 물러날 이유가 전혀 없었던 것이다.

창궁무애단주 호방련의 눈빛이 차갑게 내려앉았다.

"창궁무애단, 멸진(滅陳)을 펼친다-!"

"추-웅!"

호방련의 부름에 창궁무애단이 답했다.

"씨발, 가자! 새끼들아!"

"추웅!"

제왕무적단 역시 단주 남궁경이 있고 없고가 천지 차이였다. 남궁제일검이 번잡한 적진에 길을 뚫어 검을 휘두를 수 있는 공간을 만들고 나면, 제왕무적단 무사들은 거칠 것 없이 검을 휘둘렀다.

"다 죽여!"

"와아아아악——!"

사기와 투지가 달라지는 건 더 말할 필요도 없었다.

"우리도……."

퍼————억!

퍽! 퍽! 퍽!

남궁구가 말을 하기도 전에 날아든 염주 알이 원귀 가면을 뚫고 박히면서 광룡귀면대원들을 쓰러뜨렸다.

"나무아미타불 관세음보살."

코를 진동하는 피 냄새와 살갗을 태울 듯한 투기, 살기.

온몸의 감각을 오싹하게 하는 고수들의 기운.

그리고 눈앞에 있는 반가운 원수들.

현오가 붉게 충혈된 눈으로 광룡귀면대를 노려보며 불경을 외고 있었다.

퍼—억! 퍼억! 펑!

불경을 욀 때마다 금빛 기운을 실은 염주 알이 광룡귀면대의 가면을 뚫었다.

"하아, 뚱뚱땡중도 많이 참았지. 우리도 가자! 도련님이 우리 때문에 발목 잡히면 열 받잖아!"

"아아, 정파 놈들이 생색내는 건 참을 수 없지."

"이봐, 같이 팔려 가던 동지끼리 이러기야? 하여튼 사파 놈들은!"

아웅다웅 주고받는 말과 달리 광룡귀면대와 전투를 시작하는 숙청단원들의 입가에는 미소가 걸려 있었다.

"도무지 죽으러 가는 얼굴들은 아니군."

"죽긴 누가! 죽이러 가는 거라고!"

진화는 저 괴물 같은 광마제와 맞서 싸우면서 한 발자국도 물러나지 않고 있었다. 그런데 자신들은 고작 기운의 여파에 몸을 사리면서 적들을 두고 가만히 구경만 하고 있다니, 말도 안 되는 일이었다. 동료가 목숨을 걸고 싸우고 있을 땐, 그들도 함께 검을 들어야 했다.

"숙청단과 제왕무적단은 멸진 사이로! 멸진이 움직이는 방향과 함께한다!"

창궁무애단주 호방련의 외침과 함께 남궁세가 무사들과 숙청단 그리고 광룡귀면대의 싸움이 다시 시작되었다.

"저런, 부나방들이 일찍 죽으려고 날뛰는구나. 네 선택의 시간이 줄었어. 어서 포기해라. 내게 와!"

다시 전투가 시작된 광경을 본 뒤, 광마제가 웃음을 흘리며 말했다.

저 광경을 보고도 저런 말이라니!

"미친 늙은이."

저들 하나하나와 눈이 마주쳤는데, 저들 중 누구 하나 포기하는 자들이 없는데!

어떻게 자신이 먼저 포기한단 말인가!

진화는 광마제를 향해 욕지거리를 뱉으며 힘을 끌어 올렸다. 검을 들고 싸우기 전, 오히려 저를 걱정하던 얼굴들을 떠올렸다.

이번 생에 자신은 그들과 함께 죽을 각오로 살 것이다!

진화의 눈동자 속에서 검은 우주가 펼쳐졌다.

천둥 번개가 몰아치고 별들이 깨어졌다 뭉쳤다 천지개벽을 반복하는 혼돈의 우주였다.

탓.

진화가 먼저 뇌전이 번뜩이는 검을 들고 광마제를 향해 뛰어올랐다.

"이놈, 기어이 권주를 마다하고 벌주를 택하는구나! 이젠 네놈의 시체라도 가져갈 것이다-!"

광마제의 양 주먹에 흑룡이 똬리를 틀었다.

그리고 광마제가 주먹을 휘두르자, 흑구 모양의 광룡기가 진화를 향해 쏘아졌다.

마치 흑룡이 뱉어 낸 여의주처럼, 광룡환은 공기마저 찢어발기며 날아가 진화와 부딪혔다.

콰광광----쾅!

뇌전이 광룡한을 꿰뚫었다.

그사이, 진화의 코앞까지 한걸음에 다가온 광마제가 진화의 머리로 주먹을 휘둘렀다.

퍼-억! 퍽! 퍽! 퍽!

사납게 고개를 치켜든 흑룡이 진화의 전신을 물어뜯을 듯 공격을 퍼붓고.

진화 또한 오른손에 쥔 검을 휘둘러 공격을 막고 왼손과 발, 머리까지 수단과 방법을 가리지 않고 빈틈을 노렸다.

퍼-억!

"큿!"

고슴도치가 아니라 불이 붙은 별처럼 번뜩이는 진화가 광마제의 얼굴을 이마로 들이받았다.

그리고 거리가 조금 떨어지자마자 검을 휘둘렀다.

쉐에에엑-!

카앙-! 캉! 캉! 캉!

섬전십삼검뢰 여여일식은 한 호흡이 채 끝나기도 전에 순식간에 이뤄지는 연속 공격이었다.

광마제가 흑룡귀기가 이전보다 더 강해졌듯 진화의 무공들도 이전과 차원이 달랐다.

'흑룡귀기, 어째서 이걸 잊고 있었을까! 모든 힘을 되찾고 광룡기를 다룬다고 이전의 흑룡기를 쓰지 않을 이유가 없지.'

진화가 광마제를 노려보았다.

'애초에 모두 같은 것이다. 그때의 그것처럼…….'

진화는 이전 생의 마지막 순간을 떠올렸다.

온몸을 찢으면서까지 광마제의 기운에 대항했을 때.

'광룡환에 흑룡귀기가 당신이 숨겨 둔 수라면, 내게도 그런 것이 있지. 바로 지금 같은 순간을 위해서 숨겨 두었던……!'

카------앙!

진화의 검이 흑룡의 머리에 물렸다.

오른팔로 진화의 검을 막은 광마제가 왼쪽 손에 광룡환을 만들었다.

그런데 그때.

파지지지직-!

진화와 눈이 마주쳤다. 진화의 눈동자 속 검게 번뜩이는 번개를 보았다고 생각한 순간.

광마제의 코앞에 진화의 눈에 있던 검은 번개와 똑같은 것이 다가와 있었다.

"너어……!"

광마제의 눈이 찢어질 듯 커지는 것과 동시에, 진화는 혼돈기를 실은 폭뢰신권으로 광마제의 가슴을 내리쳤다.

퍼---------엉!

쿠------웅!

거대한 빛과 함께 떨어진 광마제와 진화.

그리고 커다란 굉음과 기의 여파.

"주군!"

광룡귀면대원들의 고개가 일제히 광마제를 향해 돌아가고, 남궁경을 비롯한 남궁세가 무인들과 숙청단 또한 하던 전투마저 멈추고 진화를 찾았다.

"지, 진화야!"

누군가는 보았고 누군가는 보지 못했다.

하지만 광마제와 진화의 싸움을 본 사람들은 마지막, 진화의 손바닥이 광마제의 가슴을 내리치는 것을 보았다.

창궁무애단주 호방련도 그중 하나였다.

'둘째 공자의 무위가 이 정도였단 말인가!'

창궁무애단주의 얼굴에 경악을 넘어 경외감이 떠올랐다.

'의천검주의 제자라더니…….'

한령신검 남궁위가 새삼스러운 눈빛으로 진화를 보았다.

광마제와 함께 떨어졌지만, 진화는 쓰러지지 않고 바로 일어나 광마제가 있는 곳을 노려보고 있었다.

남궁위의 눈빛이 일렁였다.

남궁세가에 걸맞지 않게 곱고 여린 소공자로, 다행히 자질이 뛰어나고 노력하는 모습이 기특하다고만 생각했는데…….

광마제를 넘어뜨리고 우뚝 선 등이 그렇게 거대하게 느껴질 수가 없었다.

걱정과 놀람을 넘어 한 사람의 검사로서 경의로울 정도였다.

'마치 천하제일 고수의 탄생을 지켜보고 있는 느낌이라면 과하다 할까. 어차피 이 싸움도 무림의 전설로 남겠지. 의천검주님도 자랑스럽겠어.'

이전 생에 진화의 스승이었던 남궁위는 이번 생에 진화의 스승이 된 의천검주를 부러워했다.

검사로서 검의 극의를 보는 것도 일생의 염원이지만, 자신의 검을 온전히 잇는 후인을 가지는 것 또한 모든 무인들의 염원이었기 때문이다.

그렇게 광룡귀면대가 그들의 주군을 걱정하고 남궁세가 무인들과 숙청단은 진화가 승기를 잡았다 생각한 순간이었다.

모두가 방심한 순간. 그 방심을 뚫고 소름 끼칠 정도로 섬뜩한 웃음소리가 울렸다.

"흐흐, 흐흐흐흐흐……."

낮고 흐느끼는 듯한 웃음소리.

진화가 경계심 가득한 얼굴로 의천검을 곧게 들었다.

그와 동시에.

"크하하하하하하-!"

광마제가 광소를 터뜨리고.

콰아아아------아!

광소와 함께 포악하고 거센 기운이 깨어났다.

광마제를 중심으로 검은 기운과 붉은 기운이 소용돌이치

며 마치 포효하듯 주변 공기를 찢었다.

이제까지 겪어 보지 못한 거대한 기운이 모두를 흔들었다.

파바밧— 파파파파파팟——!

광마제를 중심으로 소용돌이치던 검은 기운과 붉은 기운이 거대한 태풍처럼 하늘로 치솟았다.

흑룡기와 광룡기의 소용돌이가 높이 올라갈수록, 바람이 세차게 불면서 흙먼지와 작은 돌덩이, 풀숲이 날렸다.

"큿!"

"대, 대체 뭐야!"

살갗을 찢을 듯 거센 기운에 광룡귀면대와 남궁세가 무사들도 잠시 움츠러들었다.

진화에게 타격을 입은 듯 보였던 광마제가 믿을 수 없을 만큼 강한 기운을 뿜자, 남궁세가 무사들과 숙청단원들의 눈빛이 흔들렸다.

그때.

콰아아아아아———!

불길한 굉음이 울렸다.

이번에는 정말 짐승의 울음소리 같았다.

거세게 부는 바람에 실눈을 뜨고 울음소리를 찾은 남궁세가 무인들과 숙청단의 얼굴이 경악으로 물들었다.

광마제를 둘러싼 태풍이 거대한 흑룡으로 변해 있었기 때문이다.

"저게 뭐야!"

"대체…… 무슨 짓을 한 거냐!"

거세게 휘몰아치던 검은 기운은 이제 온전한 흑룡의 모습을 하고, 붉은 광룡기는 흑룡의 눈과 뿔, 양손과 비늘 곳곳에 박혀들었다.

기분 나쁜 광마제의 웃음소리가 모두의 귀를 때렸다.

"크하하하하하-!"

콰아아아----아아!

광마제의 광소 뒤로 붉은 여의주를 쥔 흑룡이 용트림을 하며 하늘로 치솟았다.

퍼-------엉!

"크읏!"

"윽!"

이번에야말로 몸을 휘청거릴 정도의 기운의 여파가 주변으로 퍼져 나갔다. 그 중심에서, 진화가 눈 하나 깜짝하지 않고 검을 세우고 있었다.

"……."

진화가 서늘하게 가라앉은 눈으로 광마제를 노려보았다.

기운의 여파가 모두 흩어지고 나자, 이제는 거대하고 섬뜩한 무언가가 모두를 짓눌렀다.

"헉!"

"과, 광룡이……!"

광마제를 본 이들이 경악을 금치 못했다.

붉은 안광을 뿜고 여의주를 부리는 거대한 흑룡이 광마제를 둘러싸고 똬리를 틀고 있었기 때문이다.

"대체 그게 뭐였지?"

"……."

진화는 대답 없이 광마제를 보았다.

오히려 모든 사람들이 광마제에게 묻고 싶은 말이었다.

저게 대체 뭐냐고!

흑룡귀기가 만들어 내던 흑룡보다 족히 서너 배는 더 큰 크기에 흉측한 두 개의 뿔과 두 눈, 검은 비늘 곳곳에 용암처럼 붉은 광룡기가 꿈틀거렸다.

흑룡은 지옥의 염과 같은 검은 연기를 뿜으며 진화를 향해 사납게 이를 드러냈다.

단 한 사람 진화는 그게 무엇인지 알았다.

이전 생에 진화를 삼키려던 그 광룡(狂龍)이었다.

광마제가 손을 뻗자 거대한 흑룡이 여의주처럼 붉은 광룡환을 뱉어 냈다.

시각으로는 절대 좇을 수 없을 만큼 빠르게 다가온 여의주를 향해 진화는 아무렇지 않은 얼굴로 검을 휘둘렀다.

정확하게 광룡환을 보는 시선.

쉐에에엑-!

파—팟! 쾅! 쾅!

진화의 검에 양단된 광룡기가 폭발하며 흩어졌다.

하지만 안심할 순 없었다.

순식간에 수십 개의 광룡환이 진화를 덮쳐 왔기 때문이다.

섬전십삼검뢰 붕격우산-!

예측할 수 없을 만큼 급격하게 방향을 꺾는 움직임은 번개를 닮아 있고, 한 줄기 섬광을 그리듯 휘두른 검은 그보다 더 빨랐다. 섬광 속에 푸른 뇌전 번뜩거렸다.

진화가 섬전십삼검뢰 속에 천뢰제왕검 현뢰일섬을 담은 것이다.

"허허허, 또 재밌는 수작을 부리는구나."

광마제가 재밌다는 듯 웃었다. 단지 그뿐이었다.

광마제는 여전히 여유로운 얼굴로 진화의 뇌전을 손에서 터뜨리고, 한번 발을 떼는 것만으로 단숨에 진화의 앞까지 날아갔다.

"이것이 진짜 광룡귀형 산악(散惡)이다!"

콰아아아아아——————!

수십 개의 광룡환이 산개하여 진화를 향해 쏘아져 나가고,

광룡이 포효하며 진화를 집어삼킬 듯 날아들었다.

빛처럼 빠르게 쏟아지는 수십 개의 광룡환.

그리고 포효하며 날아드는 광룡.

진화의 눈동자 속 우주가 검게 물들었다.

'애초에 다른 건 없었다.'

남궁의 검이었다. 남궁이 그리는 하늘과 남궁이 닮고 싶은 바다였다. 진화는 천뢰제왕검 현천섬뢰에 천풍검법 산개여야를 담았다.

쉐에에에에-----!

진화의 앞에 새하얀 바람이 검막을 이루고, 광룡환이 그곳에 부딪혔다.

검막을 둘러싼 섬뢰가 광룡환이 닿을 때마다 번뜩였다.

파지지지직!

콰광! 쾅! 콰광-!

마지막으로 거대한 광룡이 검막을 부술 듯이 부딪쳐 왔다.

파파파파파팟---!

퍼엉! 펑! 펑!

천뢰기에 둘러싸인 검막.

철옹성 같은 벽을 뚫으려 포악한 광룡이 날뛰었다.

몸으로 부딪히고 이빨로 짓씹으며 광룡환을 퍼부었다.

그리고 마침내.

콰------앙!

붉은 폭발과 검은 연기를 뿜으며 검막과 광룡이 동시에 흩어졌다. 그 속을 진화가 파고들었다.

쉐에에에엑—!

퍼—엉!

진화가 광마제를 향해 검을 휘두르고, 광마제는 팔을 들어 그것을 막았다.

광마제의 얼굴에는 여전히 여유로운 미소가 있었다.

"괜찮은 묘수로구나. 남궁의 검을 섞다니 말이야."

"묘수? 당신에겐 이게 고작 묘수 따위로 보이나?"

파팟—! 팟!

진화의 검에서 천뢰기가 번뜩이고, 검은 연기가 광룡을 대신해서 그것을 막았다.

"허어, 별것 아닌 것을 두고 과하게 우쭐대고 싶은 게냐?"

검은 연기는 곧 수십 마리의 작은 광룡이 되어 진화를 향해 광룡환을 쏘았다.

"별것 아닌 것이라……."

파지지직——!

진화의 왼손에서 번뜩인 천뢰기가 광룡환을 막고, 오른손에 든 검은 곧장 광마제의 가슴을 노렸다.

콰아아아———!

파파파파팟———!

조금 더 커진 광룡이 나타나 진화의 검을 막아 냈다.

"이런 같잖은 수작 말고 아까 전에 그것은 무엇이더냐? 천뢰기와 다른 그 검은 번개! 두 개의 내공을 가진 것이냐? 그런 거야?"

광마제가 추궁하듯 진화에게 물었다.

진화를 보는 그의 눈엔 광기와 탐욕이 번들거렸다.

"아까의 그것이라……."

천뢰기와 다른 검은 번개.

진화도 그게 무엇인지 모른다.

혼돈지체로 태어나 선천적으로 가진 뇌전이라, 이전 생엔 그걸 천뢰기가 불렀고 지금에 와선 그걸 혼돈기가 불렀다.

이전 생에는 천뢰제왕신공을 익히지 못했고 지금은 그것을 완전히 익혔기에 둘을 구분하려 한 것이지만, 지금에 와서는 전혀 쓸모없는 짓이라는 걸 알았다.

천뢰제왕심법을 통해 쌓은 기운도, 혼돈지체로 인해 선천적인 기운의 충돌로 만들어진 뇌전도, 그 둘을 합쳐서 만든 기운도.

결국은 모두 하나였다.

인간과 자연, 세상을 가득 채운 기운의 일부분일 뿐이라, 그것을 합치든 분리하든 결국 본질은 달라지지 않는 것이다.

"당신은 여전하군."

"뭐라?"

진화의 말에 광마제가 눈살을 찌푸렸다.

별것 아닌 말이었지만, 이전에 진화가 한 말 때문일까.

신경에 거슬리는 말이었다.

“내가 말하지 않았던가? 당신은 그렇게 여전한 것이 문제라고.”

“쓸데없는 말이 많구나!”

광마제가 짜증을 내듯 버럭 소리를 질렀다.

콰아아아아악---!

수십 마리의 작은 광룡은 어느덧 다섯 마리의 거대한 광룡이 되었다. 그리고 진화를 향해 날카로운 이빨을 드러내며 날아들었다.

파지지지직!

펑! 펑-! 펑--!

진화의 검이 광룡의 공격을 막았다.

그리고 마지막엔, 진화의 검에서 번뜩인 검은 번개가 광룡의 목을 갈랐다.

콰아아아악-!

퍼-----엉!

마치 비명처럼 광룡을 이루던 기운이 찢겨 나가고, 광마제가 놀란 듯 사나운 눈으로 진화를 노려보았다.

“이놈---!”

광마제의 분노에 따라 그를 둘러싼 광룡들이 난폭하게 날뛰기 시작했다.

위협적인 움직임으로 진화를 둘러싸고, 또다시 수십 개의 광룡환이 만들어졌다.

하지만 진화는 전혀 두려운 기색이 없었다.

진화는 수십 개의 광룡환과 난폭한 광룡에 눈길도 두지 않았다.

진화의 시선은 오로지 광마제를 향했다.

"당신은 점점 늙어 가고, 시간은 당신 편이 아니지. 당신은 여전히 비참한 죽음을 향해 나아가고 있구나."

"닥쳐라---!"

휙! 휙! 쉐에에에엑--!

수십 개의 광룡환이 날아들었다.

진화의 눈동자 속 우주에서도 천둥번개가 내리쳤다.

파파파파파파팟---!

진화의 검에서 뿜어져 나온 수십, 수백 개의 뇌전이 광룡환을 흔적도 없이 태워 버렸다.

"역시 숨겨 둔 수가 있었어! 네놈의 몸에 힘이 숨겨져 있었어! 내놔라! 내가 만든 것이다! 그걸 내게 내놔--!"

광기로 물든 광마제가 진화를 향해 달려들었다.

다섯 마리의 광룡은 어느새 다시 거대한 한 마리가 되어 광폭하게 날아들었다.

콰아아아아아----!

이전에도 보았던 것이었다.

거대하고 흉포하며, 악의로 잔뜩 뭉친 미친 용.

이미 한번 죽였던 것을 다시 두려워할 진화가 아니었다.

"이전과 똑같이, 당신의 죽음에는 항상 이것이 있구나."

침착하다 못해 덤덤한 얼굴로 제게 날아드는 광룡을 보던 진화는, 광룡의 이빨이 검 끝에 닿자마자 검을 휘둘렀다.

제왕검형 불위-!

쉐에에에에! 쉐에에엑-

파파파파팟--!

화가의 붓질처럼 변덕스럽고.

방향을 알 수 없는 나비의 날갯짓처럼 가벼웠으며.

어디서 떨어질지 모르는 천벌처럼 강력했다.

진화는 입을 벌린 광룡의 사나운 이빨부터 오만한 두 눈, 악의를 품고 있는 기운을 모조리 베어 버렸다.

이전에 제 몸과 함께 그것을 터뜨렸을 때처럼 하나하나 조각조각.

그리고 이번에는 검을 들고 광마제의 앞까지 뛰어들었다.

"젠장! 이놈! 이 하찮은 제물 따위가--!"

콰아아아아아---!

광룡의 형체고 뭐고, 시커먼 광기에 둘러싸인 광마제가 진화를 향해 주먹을 휘둘렀다.

콰––––앙!

광마제의 광기와 진화의 기운이 부딪히며 다시 거대한 폭발을 일으켰다.

"크읏!"

진화가 이를 악물었다.

전진하려는 진화의 의지가 가로막히고 진화를 삼키려던 광마제의 광기가 흩어졌다.

핏줄이 터지도록 온몸의 기운을 내뿜었지만, 젊고 건강한 광마제는 이전 생의 마지막 순간보다 강했다.

'안 돼!'

싸우면 싸울수록 진화는 광마제를 죽이고 싶단 생각이 간절해졌다.

복수심 때문이 아니었다.

그가 이전보다 훨씬 강하기 때문이다.

이대로 광마제를 놓친다면, 광마제는 다시는 스스로 함정에 걸려드는 오만한 판단을 내리거나 진화와 맞붙으며 방심하지 않을 것이었다.

그래서 지금의 기회를 놓칠 수 없었다.

'죽인다, 여기서 반드시!'

눈앞에서 뇌전이 번뜩였다.

시계 가득 번뜩인 뇌전은 진화의 몸속, 진화의 온 우주에서도 번뜩이고 있었다.

진화의 모든 기운이 충돌하며 만들어진 뇌전이 진화의 몸 밖으로 뿜어져 나왔다.

"크아아아아아---!"

제왕검형 천하(天下)--!

비명과 같은 진화의 고함과 함께, 진화의 검이 광마제를 밀어붙이기 시작했다.

파파파파파파팟---!

수없이 많은 충돌이 광마제의 광기를 부쉈다.

"너, 너……!"

광마제의 얼굴이 경악으로 물들었다.

반면 진화의 얼굴은 그 어느 때보다 평온했다.

"죽어라!"

온몸의 힘이 쏘아져 나가는 느낌이었다.

하지만 진화는 멈추지 않았다.

함께 살 수 있다면 좋겠지만, 저들을 위해 죽어도 좋을 것이기 때문이다.

파파파파파팟-!

콰----앙!

진화의 검이 광마제를 꿰뚫었다.

공중에서 끊임없이 빛이 번뜩였다.

거대한 폭발음과 함께 어김없이 이어지는 굉음과 기의 여파만으로 그들이 치열하게 싸우고 있음을 짐작할 뿐이었다.

콰광광----광!

수십, 수백 개의 뇌전이 뿜어져 나오며 광룡이 조각조각 찢어졌다.

검은 광기가 순식간에 흩어지고.

퍼--엉!

검은 기운을 둘러싼 광마제와 푸르른 뇌전에 휩싸인 진화가 맞부딪혔다.

그러다가 곧.

파파파파파파팟---!

콰------앙!

진화의 손에 들린 번개가 광마제를 꿰뚫는 것과 함께, 두 사람이 공중에서 떨어져 내렸다.

"진화야---!"

"주군!"

남궁경과 백서가 동시에 몸을 날렸다.

"진화야! 진화야!"

남궁경이 창백한 얼굴로 진화를 안아 들었다.

창백한 남궁경보다 더 새하얀 얼굴로 쓰러진 진화는 남궁경의 부름에도 깨어나지 못했다.

"놓치면 안 된다!"

광마제를 안아 든 백서를 향해 창궁무애단 부단주 남궁위와 남궁구, 남궁교명, 현오가 뛰어들었다.

쉐에에에에엑————!

남궁구와 남궁교명이 그들의 앞을 막는 광룡귀면대를 베었다. 남궁구와 남궁교명의 비호 속에 거침없이 들어간 남궁위가 검을 휘둘렀다.

얼음처럼 시리고 찬 검기가 백서의 목을 지났다.

파팟———!

피가 분수처럼 치솟았다 바닥으로 떨어졌다.

그 피를 고스란히 맞으며 현오가 광마제를 향해 주먹을 뻗었다. 아니, 뻗으려 했다. 하지만 현오가 주먹을 뻗기 전에 광마제는 이미 죽어 있었다.

의천검을 가슴에 꽂고, 새하얗게 질린 피부 위로 검게 탄 핏줄이 드러났다.

전신이 조각조각 쪼개지듯 온몸에 검은 줄이 있었다.

"……."

팟—!

현오가 싸늘하게 굳은 얼굴로 의천검을 뽑았다.

피 한 방울까지 모두 태워 버린 듯, 검이 뽑혀 나오는 데에

도 피는 나지 않았다.

현오가 광마제의 시체를 보는 동안, 숙청단과 남궁세가 무인들이 광룡귀면대를 몰아붙였다.

남궁경은 아들을 안고 일어나지 않고 있었다.

남궁경이 진화를 한곳에 눕히고 검을 들었다. 영원히 아들과 떨어지고 싶지 않았지만, 아직 적들이 남았다.

"전부, 전부 죽여라--!"

속에서 울분이 터졌다.

당장 진화를 데리고 의원을, 아니 황궁으로 쫓아 들어가 태의를 내놓으라고 하고 싶었다. 하지만 제왕무적단주로서 수하들을, 남궁세가 무인들을 남기고 갈 순 없었다.

그건 남궁세가 무인들을 지키기 위해 목숨을 걸고 싸운 진화도 바라는 일이 아닐 것이었다.

쉐에에엑-!

"씨발! 죽어! 어서 죽으라고!"

남궁경은 보았다.

마지막, 진화가 광마제의 일격을 향해 정면으로 부딪치기 직전, 남궁세가 무인들을 보았다. 무슨 생각을 했을지, 그게 너무도 뻔해서 가슴이 먹먹해졌다.

고운 내 자식이, 그 어린 녀석이 어떤 마음으로 그런 결심을 했는지 알 것 같아서, 남궁경은 가슴이 미어졌다.

그럴수록 더 거칠게 검을 휘두르는 수밖에 없었다.

챙! 챙-!

"숙부님!"

뒤늦게 적호단이 도착하고.

남궁진혜가 급하게 남궁경을 부르며 눈으로는 진화를 찾았다.

"숙부님, 우리 진화는……!"

"죽여! 다 죽여! 어서 죽여!"

남궁진혜는 벌겋게 달아오른 눈으로 검강을 남발하는 남궁경의 모습에 크게 당황했다. 하지만 다른 남궁세가 무인들이나 숙청단원들의 얼굴도 남궁경과 크게 다르지 않았다.

불길한 느낌.

남궁진혜가 급하게 진화를 찾았다. 그리고 한쪽 바닥에 곱게 누워 있는 진화를 발견했다.

"지, 진화야! 우리 진화! 우리 진화가 왜! 숙부님! 숙부님-!"

놀란 남궁진혜가 헐레벌떡 진화에게 뛰어갔다.

진화는 새하얗게 질린 얼굴로 눈을 감고 있었다.

마치 죽은 듯이.

"지, 진화야…… 이…… 이……."

남궁진혜의 선택도 남궁경과 다르지 않았다.

"젠장! 빨리 죽어, 이 개새끼들아-!"

상황 판단이 빨랐던 적호단주 덕에 적호단은 도착하자마자 남궁세가 무인들과 숙청단에 합류하여 싸우고 있었다.

진화와 광마제의 싸움으로 인해 전투가 멈췄다 이어졌다를 반복하면서 힘을 비축한 남궁세가 무인들과 숙청단은, 광마제를 잃은 광룡귀면대를 상대로 일방적인 싸움을 이어 가고 있었다. 그런 상황에 적호단의 합류는 광룡귀면대의 전멸을 앞당겼다.

"뒤처리는 우리가 합니다. 그러니 어서……!"

적호단주가 진화에게 시선을 두며 말했다.

그의 말이 끝나기도 전에 남궁경과 남궁진혜가 움직였다.

"저, 저건 뭐지?"

성문을 지키던 군사들이 황궁 문으로 돌진하는 무언가를 보고 깜짝 놀랐다. 하지만 그 무언가는 순식간에 황궁 문에 도착했다.

"머, 멈춰……!"

"비켜----어!"

군사들이 그들을 막기도 전에 분명 사람의 형체를 한 이들이 지나갔다.

다급해진 군사들이 침입을 알리는 경종을 울리려는데, 그 전에 남궁구가 먼저 도착했다.

"양주대부님과 이황자전 사람들입니다. 급한 일이 있어서 그런 것이니, 이대로 통과시켜 준 것으로 해도 차후 문제 될 일은 없을 것입니다."

건희전 소속을 알리는 패를 확인한 군사들이 안도의 한숨을 쉬었다.

방금 무방비로 황궁 문이 뚫렸던 터라, 이대로라면 그들의 자리는 물론 목숨을 보존하지 못할 수도 있었기 때문이다.

"저기, 그리고……."

남궁구가 또 뭔가 말을 꺼내자, 궁문을 지키던 군사들이 호의적인 눈빛으로 남궁구를 보았다.

남궁구가 어떤 말을 하든 다 들어줄 듯한 눈빛이었다.

하지만 곧, 남궁구가 말을 꺼내기도 전에 군사들의 눈이 점점 커졌다. 궁문을 향해 달려오는 수백 명의 사내들이 보였기 때문이다.

"아, 저들도 좀 부탁드립니다. 하하하하."

남궁구가 민망한 듯 웃었다.

턱도 없는 부탁이었다.

"비-상! 비상! 종 울려! 젠장!"

"문 막-아!"

궁문 경비 군사들의 입에서 욕지거리가 나왔다.

성문에 소란이 있을 때.

성문의 소란은 소란도 아니라는 듯 건희전이 뒤집어졌다.

“흐어어어어엉---! 태의! 태의---!”

“허어어어엉! 우리 진화! 흐어어어엉!”

웬 커다란 울음소리에 놀란 건희전 궁인들이 뛰어나왔다.

울음소리에 놀란 궁인들은, 사회적 위치고 체면이고 전부 내던진 채 눈물, 콧물로 뒤범벅을 한 남궁경과 남궁진혜의 모습에 다시 한번 놀라고.

남궁경의 품에 안긴 진화의 모습에 세 번째로 놀랐다.

“대부님! 영애! 아니, 이게 대체 무슨…… 헉! 화, 황자님!”

동 태감이 헛숨을 들이켰다.

“아, 안으로! 고 내관, 어서 태의, 태의를---!”

동 태감이 전에 없이 목소리를 높였다.

동 태감의 명에 고 내관이 태의를 찾아 뛰어가고, 염 내관과 정 나인이 장추궁과 창신궁을 향해 달려갔다.

동 태감은 남궁경과 남궁진혜를 데리고 들어가 진화를 침소에 눕혔다.

잠시 후.

태의가 도착하고 연이어 황제와 황후가 도착했다.

“화, 황자가! 아아!”

“아이고, 마마!”

쓰러지는 황후의 모습에 정 상궁과 나인들이 그녀를 부축

했다.

황제 또한 망연자실한 얼굴로 진화를 보았다.

"이, 이게 대체…… 왜 황자가……."

"흐어어엉! 형님 폐하, 우리 진화 좀 살려 주세요!"

감히 무엄하게도 황제의 옷자락을 잡는 남궁경을 보고 황제는 깜짝 놀랐다. 나이 든 성인 남성이 이렇게 체면도 뭐도 없이 눈물 콧물 범벅을 하고 있는 모습을 처음 보았다.

게다가 남궁경이 이렇게 울 만한 일이라니, 설마…….

황제의 얼굴이 무섭게 굳었다.

"살려 달라니? 그게 무슨 뜻인가?"

"크허헝! 형님, 황궁 보고에 그 뭐냐, 영약 좀 내줘요! 애가 기력이 달려서 저렇게 잔다고. 허어어엉! 기력을 보충하는 데 영약이 필요하대요. 남궁세가에 연통을 보냈긴 한데, 킁, 그래도 황궁도 털어 줘요! 흐어엉!"

"……."

기력이 달려서 잔다라…….

황제가 눈을 감고 입을 꾹 다물었다. 그리고 다시 눈을 떴을 땐, 황제의 시선이 태의에게 향했다.

"양주대부의 말이 사실인가?"

"예, 예, 폐하. 황자 저하께서는 일시에 온몸의 기력을 다해 심신허혈지경에 실신을 하신 경우로, 허혈을 다스리고 기력을 채우고 나면 깨어나실 것입니다."

"그래……."

태의의 말에 황제가 고개를 끄덕이는 동시에 크게 한숨을 토했다.

"태의는 황궁 보고에 있는 어떤 것도 상관없으니 황자를 치료하는 데에 쓰라."

"황공하옵니다, 폐하. 만세 만세 만만세!"

"양주대부는 잠시 나와 어찌 된 일인지 말해 주겠나?"

"예, 큥! 예, 황제 형님."

황제의 권유에 내내 진화의 곁에 붙어 있던 남궁경이 자리에서 일어났다.

태의는 떨리는 눈으로 감히 고개도 들지 못했다.

놀라운 일이었다.

황제가 무엄하게도 제 옷자락을 잡은 양주대부를 벌하지 않는 것은 물론, 명령이 아닌 권유를 하다니.

이황자를 새 황태자 위에 올릴 정도로 총애가 대단하다더니, 이제 보니 그 소문이 소문만은 아닌 듯싶었다.

건희전에서 장추궁으로 돌아오자마자, 황제가 주저앉듯 자리에 앉았다.

"폐, 폐하!"

"물을…… 아니, 승상을 들라 하라. 사례교위도. 아니, 중서령과 무위중랑장도 들라 하라."

"예, 폐하."

황제의 명을 받은 엄 태감이 내관들을 움직였다. 그리고 물을 받아 황제의 앞에 내려놓았다.

황제는 엄 태감이 물 잔을 놓기 무섭게 단번에 물을 들이켰다.

탕-!

황제가 소리가 나도록 물 잔을 놓았다.

물 잔을 쥔 황제의 손이 부들부들 떨렸다.

또다시, 눈앞에서 자식을 잃을 뻔하였다.

진화를, 유일하게 사랑하는 아들을.

발밑부터 무너져 내리는 무력감은 실로 오랜만에 느끼는 것이었다.

"폐하, 승상 조위례, 중서령 사마윤, 사례교위 조정호, 무위중랑장 이조인 들었사옵니다."

"들라 하라!"

황제의 눈이 서슬 퍼렇게 빛났다.

잠시 후.

황제가 신료들을 향해 분노를 뿜었다.

"황도에 역도들이 들었다. 감히, 짐이 있는 이 황도에 무림인들과 전쟁을 치를 만큼 많은 역도들이 들었단 말이다!"

"죄를 청하옵니다, 폐하!"

"죄를 청하옵니다, 폐하!"

황제의 말에 사례교위 조정호와 무위중랑장 이조인이 무릎을 꿇었다. 하지만 이어진 황제의 말엔, 죄를 청한다는 말조차 나오지 않았다.

"이황자가 다쳤다."

"……!"

승상 조위례와 사례교위 조정호는 물론 중서령과 무위중랑장이 눈을 크게 떴다.

황제의 서슬 퍼런 시선이 그들 하나하나를 향했다.

"그러니 그 입에 닳아빠진 소리는 집어치우고, 진짜 죄인들을 잡아 오라. 그 진인지 뭔지 사신 나부랭이들을 모두 잡아들이고, 그 역적들의 출입은 물론 이황자의 부상과 관련된 건 모조리 알아 오라!"

분노한 용의 포효가 신료들을 움직였다.

심상치 않은 지존의 분노에 제국 황실에서 나는 새도 떨어뜨린다는 권력자들이 창백하게 질린 얼굴로 바쁘게 움직이기 시작했다.

죽은 듯 조용한 건희전과 더불어 침울한 황궁.

그리고 분노한 황제로 인해 황궁은 살얼음판을 걷는 듯 아슬아슬했다.

숨소리 하나조차 조심스러운 분위기 속에, 황궁 군사들이 한곳을 향해 달려갔다.

척. 척. 척. 척.

"꺄악! 이, 이게 무슨 짓입니까!"

"비켜라! 죄인을 잡으러 왔다!"

"아악!"

군사들이 염녕전 궁인들을 헤치고 거칠게 염녕전 안까지 들이닥쳤다.

"이게 무슨 짓이오! 감히 미인 마마의 안전에서…… 윽!"

앞에 나와 소리치는 기 상궁 또한 군사들의 손에 붙들렸다. 그리고 군사들을 이끌고 온 부장 하나가 앞으로 나섰다.

"죄인 원씨는 순순히 나와 오라를 받으라!"

"그게 대체 무슨 말이오! 죄인이라니! 폐하께서 아시는 일이오?"

"폐하의 명이다! 죄인 원씨는 순순히 나와 오라를 받으라! 순순히 나오지 않는다면 강제로 끌어낼 것이다!"

"마, 마마!"

부장의 외침에도 원미인의 침소 안에서는 대답이 없었다.

기 상궁과 염녕전 궁인들이 황망한 얼굴로 원미인의 침소를 보았다.

잠시 기다리던 부장이 군사들에게 고갯짓을 하고, 군사들이 강제로 문을 열 기세로 다가갔다.

그때.

타-앙!

"내가 누구인지 모른단 말이더냐! 비록 미인으로 강등되긴 했으나, 품계가 있는 단 하나뿐인 폐하의 후궁이자 황자를 셋이나 낳은 몸이다! 감히 뉘를 강제한단 말인가!"

원미인이 기세등등하게 소리치며 문을 열고 나왔다.

당당한 원미인의 모습에 오히려 황궁 군사들이 기세에 밀린 모습이었다.

"죄, 죄인 원씨는 오라를 받으라."

"내게 죄가 있는지 없는지는 따져 본 후에 오라를 받든 말든 할 것이다! 내 발로 순순히 따라나설 것이니 앞장서거라!"

"그, 그럼……."

원미인의 기세에 완전히 밀린 부장은 결국 원미인을 묶지 않고 어정쩡한 모습으로 그녀를 데려갔다.

다만 군사들이 염녕전 궁인들만큼은 밧줄로 포박하여 끌고 갔으니, 소문은 삽시간에 퍼져 나갔다.

한 시진도 지나지 않아 황궁 안에 원미인이 끌려갔음을 모르는 이가 없게 되었다.

살얼음판 같던 황궁에 결국 피바람이 불기 시작했다.

연일 염녕전 궁인들을 고문하는 소리가 궁 안에 가득 퍼졌다.

처절한 비명과 살이 타들어 가는 소리, 살이 찢기고 뼈가 부서지는 매질 소리까지.

그 모든 소리가 가장 잘 들리는 곳에 원미인이 있었다.

새까만 돌벽에 양 손바닥만 한 작은 창 하나가 전부인 냉방.

작은 창으로 들어오는 달빛이 아니었다면 저 창마저 막아 버리고 싶었을 것이다.

원미인이 창백한 얼굴로 입술을 깨물었다.

그때, 냉방의 문이 열리고 손님이 들었다.

손님과 함께 촛불도 들었다.

"아버님……."

원미인은 훤해진 냉방에 들어온 손님들을 알아보았다.

백수 백염이 되었음에도 여전히 기골이 장대한 전 대장군이자 그녀의 아버지, 상수원씨 가문의 가주인 원평선. 그리고 오라버니이자 현 북위대장군 원수경이었다.

"……고생하는구나."

원평선이 참담한 눈빛으로 원미인을 보며 겨우 한마디 뱉었다.

그러자 기다렸다는 듯 원미인이 원평선에게 애원했다.

"아버지, 저 고문을 멈춰 주세요. 저 애들에게 대체 무슨

죄가 있겠습니까.”

원미인의 말에 위장군 원수경이 눈살을 찌푸리고, 원평선의 얼굴마저 싸늘하게 굳었다.

“대체 무슨 일인지 모르겠으나…….”

“모른다고? 그게 참말이냐?”

원평선이 원미인의 말을 끊고 되물었다.

그러자 원미인이 입을 꾹 다물었다.

“무려 역도의 수만 수백이었다. 그 진국의 군주라는 놈도 수백을 끌고 들어왔었다는군. 그런데 그놈이 끌어들인 신 제국 놈들도 수백이었다. 그게 전부! 전부 황도에 들어왔어! 네가 감히, 폐하께서 계신 이 황도에 역도들을 끌어들인 것이다! 그런데 무슨 일인지 몰라!”

결국 원평선의 목소리가 높아졌다.

원평선이 살기 어린 눈빛으로 원미인, 아니 원승혜를 노려보았다.

황제의 명을 받은 사례교위가 현장을 조사했다.

죽은 이들만 해도 무려 칠백이 넘었다.

전멸한 광룡귀면대나 교성흑오대에 비하면 경미하지만, 남궁세가 무인들과 적호단에서도 기백이 넘는 무사들이 죽거나 다쳤다.

황제는 황도 안에서 칠백 명이 죽을 만큼 큰 싸움이 있었다는 데에 큰 충격을 받았다.

황제의 분노와 숙청단의 협조 속에 사례교위 조정호와 사례군은 북망산 뒤편에서 밀수꾼들의 포구를 발견했다.

역도들이 수로를 타고 움직인 것이 확인된바, 사례교위 조정호와 사례군은 황도를 오가는 수로를 모조리 조사하기 시작했다.

그 과정에서 나라에 신고되지 않은 작은 포구들이 몇 더 발견되긴 했지만, 밀수꾼들의 포구만 한 규모는 없었다.

그 말인즉, 역도들이 밀수꾼들의 포구를 지나기 전에 황도 수로를 지키는 관문을 지났다는 의미였다.

칠백 명이 넘는 역도들이 오가려면 중형급 배만 해도 몇 대나 필요한 일이었기 때문이다.

누군가 관문을 지나도록 해 준 것이다.

관문을 지키던 군사들이 연이어 사례군에 잡혀 들어가고, 그들의 입에서 나온 이름은 실로 의외였다.

황제가 차디찬 눈으로 바닥에 무릎 꿇은 이를 내려다보았다.

"원미인, 더 할 말이 있는가?"

"……."

차갑게 내려앉은 목소리가 천근만근이라도 되는 듯, 원미인의 고개를 땅으로 떨어뜨렸다.

일이 틀어졌음은 이미 알고 있었다.

하지만 지아비의 입으로 듣는 말은 또 달랐으니.

원미인이 입술을 질끈 깨물었다.

보통 내명부의 일은 황후궁의 소관이었다.

지난번 폐서인 허씨의 일 때에도 황제의 결정이 있긴 했지만 결국 그 일을 처리한 곳은 황후궁이었다.

하지만 이번엔 달랐다.

염녕전 궁인들은 감찰궁이나 황후궁이 아니라 국문장에서 병사들에게 고문을 받았고, 원미인도 궁에 갇히거나 냉궁으로 가는 것이 아니라 국문장에 마련된 임시 감옥인 냉방에 갇혔다.

바로 역모와 관련한 일이었기 때문이다.

원미인은 아버지 원평선의 말에 상황을 파악했다.

"내 일평생과 네 오라비의 일평생, 상수원씨의 북위군 수만이 목숨을 바친 이 나라를 네 손으로 역도들에게 넘길 뻔하였다! 일평생 이 제국을 위해 죽고 산 상수원씨 가문이 다른 것도 아니고 역모죄로 멸문지화를 당할 뻔했단 말이다!"

"……."

"이 일은 다시 내명부로 갈 것이다. 다행히 폐하께서 그간의 공을 생각하여 상수원씨의 멸문지화만큼은 막아 주신다니, 너는 집안의 도움을 기대하지 말거라."

"아버지……!"

원평선의 말에 원미인이 고개를 번쩍 들었다.

"이번 일은 못 막는다. 이황자가 쓰러져서 아직도 깨어나지 못했다. 이 일로 하남조씨가 우릴 잡아먹으려 들고 있다. 일이 이 지경이 될 때까지 연통 하나 받지 못했단 말이다! 폐하께서 따로 불러 주시지 않았다면 꼼짝없이 역모죄로 멸문을 당할 뻔했어!"

"하, 하오나 열양공주가 곧 서장 왕비에 오를 것입니다! 그 아이가 서장 왕비에 오르고 나면, 누구도 내 아들이 황태자가 되는 걸 막을 수 없어요. 설령 폐하라 하더라도요!"

조금만, 조금만 더 가면 된다.

자신은 약속을 지켰고, 이제 그들이 약속을 지킬 차례였다.

열양공주의 약혼자가 서장왕이 된다면, 상수원가와 서장 세력까지 제국에서 가장 큰 정치 세력이 만들어지는 것이었다. 그렇게만 된다면…… 오직 그 생각만이 원미인을 사로잡았다.

원평선이 그런 원미인을 안타까운 눈으로 보았다.

"그 욕심이 화근이었구나."

"아버님께서 욕심을 가지라 하셨잖아요!"

원미인이 반항적인 눈으로 원평선에게 반문했다.

그 모습에 원평선이 혀를 찼다.

"헛된 욕심과 욕망을 구분하라고도 하였지."

"삼황자도 폐하의 자식이에요!"

"이황자는 황후 소생의 유일한 적통 황자다!"

"……."

원미인이 분한 얼굴로 입을 꾹 다물었다.

"네가 후궁이 되겠다 했을 때부터 내가 말하지 않았더냐. 황후 소생의 황자가 하나라도 난다면 너는 뒷전이 될 것이라고. 너는 그래도 좋다고, 은애하는 사람을 곁에서 지키겠다고 하였다. 그런데 이게 무엇이냐? 폐하도 초심도 모두 잃고, 그저 권력욕만 들어찼구나."

"……."

"그땐 적통 황자도 없었고, 황후는 몸이 약했지. 혹여 그때 그렇게 생각했더라면, 이제라도 제대로 판단했어야지. 지금도 나와 눈이 마주칠까 봐 기둥 뒤에 숨어서 제 어미도 찾아오지 못하는 그 못난 놈은 황제감이 아니라는 게다!"

원평선의 호통에 원미인이 고개를 번쩍 들었다.

'삼황자가…….'

원미인의 눈빛이 흔들렸다.

믿고 싶지 않았다.

하지만 삼황자에 대해 말을 하는 원평선의 얼굴에 한심함이 가득한 것을 보면 그의 말을 믿지 않을 수도 없었다.

"저런 못난 놈에겐 나조차도 제국을 맡기지 못한다! 쯧쯧쯧, 불쌍한 것. 네가 헛꿈을 꾸다 큰 죄를 지은 게야!"

원평선은 딸의 처지가 안타까웠지만 그녀를 구명하러 나설 수도 없었기에, 그저 답답한 마음에 혀만 차다가 밖으로 나갔다.

원평선이 나가고, 오라비인 북위대장군 원수경이 조용히 원미인에게 그들이 이곳에 온 본론을 말했다.

"아버님께서 말씀하셨듯 집안의 구명은 바라지 마라. 상수원씨의 공로는 네 일을 내명부로 옮기는 것으로 끝이니. 또한…… 그 한심한 놈과 집안의 인연도 끝이라 전하거라!"

원수경은 원평선보다 훨씬 단호했다.

집안의 실권자이자 차기 가주의 말이었으니, 앞으로 삼황자는 상수원씨와 대장군부의 원조를 받지 못하게 될 것이 확실했다.

"삼황자."

"예, 예, 폐하."

황제가 나지막하게 삼황자를 부르자, 삼황자가 주춤거리며 앞으로 나왔다.

황제의 무심한 눈길이 제게 닿자, 삼황자는 혹시 눈이라도

마주칠까 봐 고개를 숙이고 식은땀을 뻘뻘 흘렸다.

"너는 이 일과 연관이 있느냐?"

황제의 물음에 삼황자가 대뜸 바닥에 엎드렸다.

"아, 아니옵니다, 폐하! 소, 소자는 이 일에 대해 저, 전혀 몰랐습니다. 사, 살려 주십시오, 폐하!"

삼황자가 바닥에 엎드려 소리쳤다.

차라리 어미를 살려 달라 빌었다면 좋았을 것을…….

한껏 몸을 웅크리고 바닥에 납작 조아린 채 제 안위만 챙기는 삼황자의 비굴하고 이기적인 모습을 황제와 중신들이 모두 보았다.

원미인은 모든 것을 포기한 채 눈을 감았다.

'너는 네 깜냥을 잘 알고 있었구나. 그래, 버려라. 황자로 살아남고자 한다면 어미를 버려야 할 것이다.'

모두 끝이 났다.

원미인은 삼황자의 말에 동의하며 모든 일은 혼자 한 것이라 죄를 시인했다.

원미인이 죄를 인정하자 황제가 잠시 원미인을 보았다.

"……이 일은 위장군에게 말한 대로 내명부의 법도대로 처리할 것이다."

"성은이 망극하옵니다, 폐하. 황제 폐하, 만세 만세 만만세."

원미인은 황제의 마지막 시선에 담담하게 고개를 숙였다.

황제가 가고, 창백한 얼굴에 얼음처럼 차가운 눈빛을 한 황후가 천천히 걸어 나왔다.

포근하고 그리운 냄새였다.

"아가, 그거 아니? 네 아버지께서 쓰러지셨다는구나. 어제도 네 안부를 물었는데, 본인은 그렇게 무리를 하시고…… 정말 속상하구나. 우리 아가는 아버지 저런 모습은 닮지 말렴."

낯설지만 따뜻하고 다정한 목소리.

계속 듣고 싶었다.

"하하하하! 인석! 성질머리 보게? 이 아비가 늦게 왔다 이거냐? 하하하하!"

힘차고 젊은 목소리.

거칠 것 없는 목소리에 애정이 어려 있어, 그 목소리도 듣기 좋다.

"으하하하하! 내 새끼! 예쁜 내 새끼! 넌 아무것도 하지 않아도 좋다. 힘쓰는 건 아빠가 다 해 주마! 평생 아빠랑 살자!"

"어머, 이이가. 우리 아들도 나중에 가정도 이루고, 행복하게 살아야죠. 아들, 엄마는 우리 아들이 행복하다면 네가 어디에 있든 좋단다."

"아, 아니, 그래도 나는 아들이랑……."

"쉿! 진화 가는 곳에 우리가 가면 되죠."

"아! 그건 그러네. 하하하하!"

아버지…….

어머니…….

나는 죽은 걸까.

"진화야--! 내 동생! 어여쁜 내 동생! 네가 가긴 어딜 가? 이 누님 옆에 평생 있어야지!"

"휴우, 제발 넌 시집갈 생각 좀 해라. 네가 출가외인이 되는 게 이 오라비의 소원이다!"

"제발 멀리 가라고 해 주겠니?"

"아니, 부인, 그래도 너무 멀리는……."

"보내긴 보내겠다는 말이네요?"

"아, 정말 다들 너무하네!"

"그나저나, 우리 진화가 있으니까 화병에 꽃이 필요 없구나. 호호호!"

누님, 형님, 큰아버지, 큰어머니까지.

팽가에서는 데릴사위로 보낼 생각이던데 괜찮으실까.

"헤에? 도련님 인기 많은데?"

"인기 따위 있어 봐야 무얼 하나. 공수래공수거지."

"그래서 스님은 만두를 그렇게 탐욕스럽게 움켜쥐었나?"

"뚠뚠돼지!"

"뚠뚠스님이라 불러라. 저자의 정체성이니. 그리고 그대의 정체성은, 꽃인가? 아니면 별?"

"단주님."

"단주!"

남궁구와 현오, 남궁교명을 비롯한 숙청단 사람들의 목소리가 들렸다.

숙청단뿐 아니라 적호단과 정의맹, 정의무학관에서 스친 인연들도 진화에게 한마디씩 하고 지나갔다.

보통 사람이 죽기 전에 일생의 기억이 스쳐 간다 했던가.

진화는 이것이 제 주마등이라 생각했다.

'인정해야겠군. 광마제를 죽이고, 나도 죽었나…….'

그때였다.

번---쩍.

눈을 뜰 수 없을 정도로 밝은 불빛에 눈이 부셨다.

'눈이…… 부시다고?'

순간, 진화가 눈을 번쩍 떴다.

정말로 눈이 부셨다.

"이, 일어났습니다!"

"뭐?"

"정말로?"

눈부신 햇빛 사이로, 진화가 주마등 속에 들었던 사람들의 얼굴이 모두 보였다.

황제와 황후, 남궁경과 남궁진혜, 남궁구와 남궁교명, 현오 그리고 다른 숙청단원들까지.

"이게 무슨……."

진화가 어리둥절한 얼굴로 말문을 여는데, 그 사이로 목소리가 겹쳤다.

"이게 무슨 일이야? 이게 진짜 효과가 있다고?"

"말도 안 돼! 진짜 만두 냄새에 깰 줄이야!"

"대체 만두를 얼마나 좋아하는 거야?"

"흠, 만두라고……."

만두라니.

어리둥절한 진화가 눈을 굴리자, 그제야 현오가 들고 있는 만두가 눈에 들어왔다.

'설마 그 포근하고 그리운 냄새가…… 만, 두?'

진화조차 믿을 수 없다는 눈으로 만두를 보았다.

그러자 현오가 모두의 앞에 나서며 의기양양한 얼굴로 만두를 한입 물었다.

"하하하, 소승이 말하지 않았습니까! 요즘 세상에 가족의 목소리, 우정, 간절한 기도 따위로 환자가 깨어난다고 믿는 사람이 어디 있습니까? 환자를 깨우는 건 황금! 황금으로 산 의원, 황금으로 산 비싼 영약! 황금으로 산 숙수가 만든 완벽한 만두! 아시겠습니까?"

"……그렇게 속물적인 말을 할 거라면 앞에 소승이라고 하질 말던가."

당혜군이 구시렁거렸지만 차마 현오가 틀렸다곤 하지 못했다.

실제로 진화는 정신을 잃은 와중에도 태의의 궁중보양침과 영약으로 기력을 보충하고, 숙수들이 숨만 쉬어도 넘길 수 있도록 곱게 간 영양죽으로 혈기를 회복했으며, 결정적으로 진화를 깨운 만두가 현오의 손에 있었던 것이다.

진화도 목소리 때문에 깬 것이라 하고 싶었지만, 스스로도 확신할 수 없어 찜찜한 기분이었다.

하지만 뭐 어떤가. 다시 눈을 떠서 이들의 얼굴을 보고 있는데 말이다.

"진화야, 아들, 이제 괜찮은 것이냐?"

"내 동생, 기력은 좀 돌아왔어?"

남궁경과 남궁진혜가 호들갑을 떨며 몸을 일으키는 진화의 등을 받쳤다.

"진화야……."

황후는 차마 말을 잇지 못하고 눈물을 글썽이며 진화를 보았다.

황제 또한 무뚝뚝한 얼굴로 눈빛을 일렁거리고 있었다.

그들의 모습을 보며 진화의 눈도 같이 일렁였다.

"눈을 뜨고 여기가 극락인가 했습니다."

진화가 환하게 웃으며 말했다.

진화의 환한 미소와 예상치 못한 말에 황제와 황후, 남궁

경, 남궁진혜가 눈을 크게 떴다.

그리고 이내 남궁경이 먼저 웃음을 터뜨렸다.

"하하하하, 아들, 그랬어?"

"이 누님 얼굴이 선녀를 닮았나?"

"하하하, 우리 조카, 못생겼어도 양심은 있어야지. 황후 마마 옆에서 얼굴 치워라."

"……칫."

남궁경과 남궁진혜의 티격태격에 황제와 황후는 오랜만에 소리 내어 웃었다.

신 제국 대륜궁.

촛불 하나 켜지 않은 깜깜한 어둠 속에 서늘한 한기가 맴돌았다. 새로 황좌에 오른 황제의 궁이라고는 믿을 수 없을 정도였다.

사람의 숨소리 하나 들리지 않는 침소.

제국 황제의 침소에는 은은한 빛을 내는 돌 침상 외에 아무것도 없었다.

황제의 침소라기엔 초라할 정도였다.

뚜벅뚜벅.

황제의 침소로 누군가 문을 열고 들어갔다.

앞을 지키는 내관도 없었고, 안의 허락도 구하지 않았다.
사내는 조용히 안으로 들어가 돌 침상을 보았다.
"좌활백설옥의 빛이 꺼져 가는군요."
사내, 검마제의 말에 좌활백설옥 위에 누워 있던 역천마제가 눈을 떴다.
녹빛 안광이 어둠을 뚫고 번뜩였다.
안광은 천천히 갈무리되었다.
"어찌 되었느냐?"
역천마제가 검마제에게 어떤 소식을 재촉했다.
검마제 또한 역천마제가 기다리는 소식을 알고 있었다.
"광마제는 죽고 광룡귀면대가 전멸당했습니다."
검마제의 말에 역천마제가 벌떡 몸을 일으켰다.
그리고 좌활백설옥에 자세를 바로 하고 앉았다.
"확인은?"
"첩자가 현학문에서 광마제의 시체를 가져가는 것까지 보았습니다. 다만 혼현마제의 시체까지는 확인하지 못했습니다."
"광마제의 시체를 가져갔다……. 흐흐, 으하하하하하하!"
광마제의 시체를 확인했다는 말을 곱씹던 역천마제가 광소를 터뜨렸다.
"하하하하, 드디어, 드디어 놈이 죽었어! ……누구냐? 누구더냐?"
한참 웃던 역천마제가 눈빛을 번뜩이며 물었다.

그러자 검마제가 조금 머뭇거리다 답했다.

"남궁진화, 한 제국의 이황자라고 합니다."

"남궁진화? ……그 어린놈이?"

"……."

지난번 진화와 부딪혀 부상을 입은 적이 있던 검마제는 대답을 생략했다.

진화를 얕보면 안 된다 말을 하기엔 이미 충분히 자존심이 상했기에 입을 다물기로 한 것이다.

"과연, 어린놈의 무공이 보통은 아니었지. 하지만 광마제를 죽일 정도는 아니었다. 놈이 제물에 눈이 뒤집혀서 방심을 한 게지. 허허허, 결국 혼현 그놈이 광마제의 죽음을 만들었어! 허허허허!"

등극식의 그 난리를 역천마제도 보았다.

불완전하긴 했지만 광마제의 흑룡을 부수던 진화의 모습은 역천마제도 인상 깊게 보았다.

하지만 그뿐이었다.

역천마제에게 위협이 되는 건 사람이 아니라 운명이었으니까.

"허허허, 일전에 한번 네가 물었었지, 왜 혼현마제 그놈을 그냥 두냐고? 이것을 보아라! 광마제가 그 어린놈에게 죽임을 당했다! 이게 바로 운명의 힘인 것이다! 허허허허! 신사월 병진월 을해일 묘시! 혼현마제의 배신이야 그놈이 내게 역천비록을 속였을 때부터 알고 있었다. 다만 흰 뱀이 피 흘리는 용으로 청돼지를 태울 때까지 기다렸을 뿐이다! 결국 황제의 씨로 광마제를 죽이지 않았더냐. 하하하하하!"

역천마제는 오랫동안 무겁게 이고 있던 짐을 털어 버린 사람처럼 홀가분하게 웃었다.

역천마제의 말에 검마제가 고개를 끄덕였다.

사실 한때 검마제는 역천마제가 너무 운명에 얽매인다고 생각했던 적이 있었다.

하지만 예언이 이렇게까지 맞아떨어진다면 믿을 수밖에 없지 않은가.

'피 흘리는 용이라니, 설마 그런 것까지 들어맞을 줄이야.'

보통 용은 황족을 의미하니 황제의 자식이 광마제를 죽이고, 흰 뱀인 혼현마제가 그 과정을 만들 것이란 예언이었다.

역천비록의 예언이 모든 것을 맞추고 나자, 검마제도 역천마제가 그토록 운명을 조심한 이유를 알 것 같았다.

"혼현마제의 시체는 확인하지 못했다고? 상관없다! 광마제의 죽음을 만들기 위해 놈의 배신을 용인한 것이다. 약한 놈들은 언제든 죽일 수 있으니까!"

역천마제의 눈에서 다시 시퍼런 녹광이 번뜩였다.

그와 함께.

파스스스스스스---!

역천마제가 자리에서 일어서며, 그가 앉아 있던 죄활백설

옥이 가루가 되어 흩어졌다.

"혼현마제마저 적호단에 당했다면, 이제 남은 놈들은 오합지졸들뿐이겠구나. 먼저 배신자들부터 친다. 모두 죽여라!"

"존명."

역천마제의 명에 검마제가 충실하게 고개를 숙였다.

그날 밤, 황제가 머무는 대륜궁에 환하게 불이 밝혀졌다.

진화가 깨어나자 건희전은 물론 황궁 전체에 훈풍이 불었다.

제국의 꽃, 황궁의 꽃이라는 황후가 활기를 찾으면서, 살얼음판 위를 걷는 듯 조심스레 행동하던 궁인들의 얼굴에도 웃음꽃이 피었다.

건희전 궁인들은 말할 것도 없었다.

"호호호호, 현오 스님, 숙수님이 오늘은 향주식 복만두 어떠시냐고 물으셨어요."

"오! 듣던 중 반가운 소리군요. 복 받으실 겁니다."

"어머? 제가요? 호호호호, 재밌는 분이세요."

건희전 궁인들은 현오의 재미없는 말에도 웃어 줄 정도로 숙청단에 호의적으로 변했고, 심지어 건희전 숙수는 진화가 깨어난 이후로 숙청단에 매일 매끼 다른 만두를 제공하고 있었다.

현오는 며칠 사이에 탱글탱글 오른 볼살을 씰룩이면서 궁인들에게 웃어 주었다.

아니, 웃겨 주고 있는 것일까.

톡 치면 데구루루 굴러갈 듯한 몸, 아슬아슬 간신히 연결된 끈과 승복, 중간중간 엉덩이에 낀 바지를 빼 주면서 곰살맞게 걸어가는 모습까지.

확실히 황도에 오기 전보다 살이 많이 쪘다.

"넌…… 그 승복 끈에 미안하지도 않냐? 움직일 때마다 끈이 부들부들 떠는구먼."

"대체 뭘 먹기에 그렇게 단번에 찌는 거지? 그것도 소림비기 같은 건가?"

남궁구가 현오의 목을 끌어안고 남궁교명이 현오의 뱃살을 찔렀다.

얼핏 보기에는 현오를 괴롭히는 듯 보였다.

그러자 건희전 곳곳에서 날카로운 눈길이 날아들었다.

숙청단에 대한 건희전 궁인들의 호의가 물만두 한 알이라면, 현오에 대한 호의는 숙수 특제 왕고기만두였으니. 결정적으로 진화를 깨운 사람이 현오라는 것이 알려진 후부터 현오에겐 건희전 궁인들의 절대적인 비호가 쏟아지고 있었다.

"오…… 시선."

"눈길이 따갑군."

"흐흐흐, 이래서 사람은 착하게 살아야 한다는 거네."

남궁구와 남궁교명이 궁인들의 눈치를 보며 현오를 놀리던 손길을 거두고, 현오가 위풍당당하게 배를 내민 채 건희전 장원을 거닐었다.

건희전 정원.

황궁에서 가장 아름다운 궁인 영수전에 버금갈 정도로 꽃이 화려하게 만발한 정원이었다.

진화는 정원 안에 지어진 전각에서 꽃들을 보고 있었다.

꽃구경은 이전 생을 통틀어 진화가 한 번도 즐겨 본 적이 없는 것이었다.

'꽃구경이라니. 한가한 사람들이 할 짓 없어 하는 놀이라고만 생각했는데…… 지금은 내가 그 한가한 사람이 된 건가?'

이제 하나둘 떨어지기 시작하는 능소화, 갈라진 꽃잎이 처연한 부용, 어떤 색으로 필지 알 수 없는 채송화, 피처럼 짙은 붉은색의 계관초, 연못에는 갖가지 색의 수련이 한창이었다.

'꽃을 보면서도 떠올리는 게 피라니, 나도 어지간하군.'

진화가 웃음을 흘렸다.

하지만 그 웃음이 씁쓸하다거나 애처롭지 않았다.

꽃 이름을 떠올리며 함께 떠올린 사람 때문이었다.

진화가 이렇게 꽃 이름을 많이 아는 건 전부 황후의 덕분이었다.

진화가 깨어난 뒤로 황후는 이전보다 더 적극적으로 진화에게 다가왔다.

진화에게 남는 시간을 청하던 이전과 달리 어미를 위해 잠깐 시간을 내어 달라 요구했고, 진화가 좋아하는 것들만 물었던 이전과 달리 이제는 자신이 좋아하는 것들에 대해 하나둘 이야기했다.

그중 하나가 꽃이었다. 진화를 위해 하나, 하나 고르고 골라 심고 손수 가꾸었다고.

진화는 그녀의 모습에서 어린 시절 팽연화가 제게 음식 하나하나를 쥐여 주던 때를 떠올렸다.

그때의 조심스럽고 애정 가득한 눈빛과 손길을 떠올리며, 서서히 황후를 어머니로 받아들이고 있었던 것이다.

그렇게 조용히 시간을 보내던 진화의 곁으로, 생각지도 못한 사람이 다가왔다.

몇 번이나 건희전에 오고도 연못을 한 바퀴 둘러야 올 수 있는 전각엔 눈길도 주지 않았던 사람이었다.

"현오, 무슨 일 있나?"

진화가 심각한 표정으로 물었다.

그 모습에 현오가 웃음을 흘렸다.

분명 웃었는데 눈을 찡긋한 것처럼 보였지만 말이다.

현오가 조용히 진화의 맞은편에 앉았다.

그리고 말없이 진화가 보고 있던 정원을 보았다.

잠시 동안, 둘은 옆으로 조금 틀어 앉아 각자 정원을 보았다.

"……다른 사람들은 저걸 보면서 평화롭다, 예쁘다 이런 생각을 하는 건가?"

현오가 물었다.

다른 사람이 그렇게 물었다면 '그럼 넌 꽃을 보면서 다른 생각을 하냐?'고 되묻겠지만, 현오는 꽃을 보고 '예쁘다'는 생각을 하기 어려운 사람이었다.

현오 또한 그런 자신이 비정상적이라는 걸 잘 알고 묻는 말이었다.

진화와 눈도 마주치지 않은 채 딱딱하게 굳어 있는 현오의 얼굴을 보며, 이번에는 진화가 웃음을 흘렸다.

"저걸 계관초라고 한다는군, 꽃이 닭벼슬을 닮았다고. 나는 저걸 보고 피 색깔 같다고 생각했지."

"푸—핫."

진화의 대답에 현호가 진짜 웃음을 터뜨렸다.

어쩐지 안심한 듯한 얼굴이었다.

실제로 현오는 같은 제물양육실 출신에 특별한 체질을 가진 진화에게 나름 동질감을 느껴 왔다.

고기를 좋아하는 것 외에는 평생 다른 사람들과 공감하기 힘들었던 현오. 심지어 소림에선 고기를 좋아하는 게 아무런 도움이 되지 않았다.

그런 현오가 진화에게 동질감을 느낀 건, 소림과의 가족 같은 유대감과는 다른 것이었다.

현오에게 진화는 자신의 생각과 감정을 알 수 있는 유일한 이해자였다.

그래서 현오는 최근 들어 달라진 진화의 변화를 민감하게 알아차렸다.

"원수를 죽인 느낌은 어떤가?"

"무슨 말이지?"

"자네는 광마제의 제물, 나는 역천마제의 제물. 따지자면 광마제야말로 자네의 진짜 원수라 할 수 있지 않나. 자네를 제물로 만든 장본인이니까."

"글쎄……."

현오의 물음에 진화가 즉답을 피했다.

이걸 어떻게 설명해야 쉬울까.

잠깐 고민하던 진화가 현오와 눈을 맞추고 진지하게 말을 꺼냈다.

"속이 안 풀려."

"……뭐?"

진화의 대답에 현오가 놀란 얼굴로 멈칫하다 되물었다.

그런 현오의 반응에 되레 진화가 이상하다는 듯 보았다.

"뭘 그렇게 놀라? 그게 목숨 하나 거둔다고 사라질 원한인가?"

"그래서, 광마제의 피 한 방울까지 남기지 않고 태워 버리고도 속이 안 풀린다고?"

"놈과 관련된 건 피 한 방울이 아니라 먼지 한 톨 남기지 않고 태워 버리고 싶다. 그 빌어먹을 역천비록에 귀천성까지 전부."

"허어! 허, 허허허허허!"

광마제를 죽이다 죽을 뻔한 주제에 귀천성까지 전부 없애겠다는 말을 저렇게 당당하게 하다니. 진지한 얼굴이 뻔뻔하게 느껴질 정도라 현오는 웃음을 터뜨리고 말았다.

그런 현오의 모습에 진화가 싱긋 웃어 보였다.

"참고로 저 계관초가 닭벼슬을 닮았다는 말에 진혜 누님은 '저것도 뜯어먹냐'고 물었지. 당혜군은 저걸 즙으로 짜서 자네에게 복통과 설사를 일으킬 거라 말했고, 나하연 낭자는 '저 붉은 꽃보다 내 가슴이 더 활활 타오르고 있습니다.'라고 했다."

"그리고 다른 시주들은 들은 척도 안 했겠군. 큭큭."

진화의 말에 현오가 다른 사람들의 반응을 떠올리며 낄낄댔다.

진화가 말하고자 하는 바도 알 것 같았다.

"우리가 비정상적인 게 아니라 다른 사람들도 다 이상하다는 건가?"

"……그냥 사람은 전부 제각기 다른 거라고."

"하긴 부처님께서 보시기에 우린 다 똑같이 손바닥에 올려놓을 정도로 작고 이상한 것들이겠지? 흐흐흐."

"하아, 그래."

대충 맥락은 통하는 것 같으니까.

진화는 현오의 깨달음을 바로잡는 건 금방 포기했다.

"광마제를 죽이면서 생각했지. 복수가 끝이 아니라고."

"복수가 끝이 아니라고?"

"이전에는 내가 죽는 한이 있더라도 광마제만 죽인다면 된다고 생각했다. 하지만 지금은……."

"지금은?"

"놈들을 다 죽이고 나는 다른 사람들과 함께 잘 살겠다고 생각한다."

"……."

단호하다 못해 선언과 같은 진화의 말에 현오는 더 이상 말을 잇지 못했다.

뒤늦게 '그런 이기적인 생각을 뭐 그렇게 당당하게 말하는가!' 하며 박장대소를 터뜨리긴 했지만, 현오도 진화의 말을 몇 번이나 곱씹었다.

진화가 깨어나고 많은 사람들이 다녀갔다.

적호단주와 조장들, 창궁무애단주 호방련과 부단주 남궁위를 비롯해서 황자와 공주들, 심지어 호양공주까지 들렀다.

"형님 저하, 일어나셔서 다행입니다."

"쾌, 쾌차를 감축드립니다."

사황자와 함께 온 육황자는 다소 어색한 태도로 진화의 눈치를 보았다.

그리고 꾸벅 고개를 숙였다.

"일전에 제가 실수가 컸습니다. 송구하옵니다."

얼굴을 발갛게 물들이고 사과를 해 오는 육황자의 모습에 진화가 놀란 눈을 떴다.

"실수? 아…… 정정당당하게 경쟁을 하자던."

"으아아! 소, 소제가 큰 실수를 했습니다!"

그때의 기억을 떠올리는 진화의 말에 육황자가 기겁을 하며 목소리를 키웠다.

놀리려던 것은 아닌데 육황자는 귀까지 빨갛게 달아올랐다.

그 모습을 사황자가 흐뭇하게 바라보았다.

"이 녀석에 제 생각 해 준다고 의욕이 과했습니다. 당사자는 생각도 없는데 말입니다. 많이 반성했으니 용서해 주십시오."

사황자가 의젓한 얼굴로 동생의 옆에서 같이 사과했다.

의젓하고 유연한 형의 얼굴과 함께 묘하게 어떤 부분을 강조하는 듯한 말투.

진화가 고개를 숙인 사황자와 육황자를 빤히 보았다.

생각도 없는 당사자이기는 진화도 마찬가지라, 황태자 위에 뜻이 없다는 걸 몇 번씩 다른 식으로 전하는 사황자의 행동이 조금 부담스러웠다.

그런 부담스러움이 절정으로 치달은 건 일황자와 호양공주가 찾아왔을 때였다.

그들은 사황자나 육황자보다 조금 더 노골적이었다.

"쾌차 축하 연회는 안 여신답니까?"

"그런 것도 엽니까?"

"아무렴, 적통 황자가 병석을 털고 일어난 일인데요."

호양공주가 큰일이라도 난 듯 호들갑을 떨며 말했다.

그 복잡미묘했던 귀환 축하연이 엊그제 같은데 또 연회라니, 진화의 얼굴이 살짝 질렸다.

"조만간 황태자 등극식도 해야 하니 그때 몰아서 할 생각이겠지요."

"네?"

일황자의 말에 진화는 놀란 눈을 했다.

일황자는 그런 진화의 반응이 의외라는 표정이었다.

"뭘 그렇게 놀라나? 이제 네가 황태자 위에 오르는 것이 온 조정에 기정사실로 굳어졌는데."

"아니, 그게 왜 기정사실입니까?"

욕망을 가지라는 말을 듣긴 했지만 그게 황태자 위라고는

하지 않았는데.

진화가 당황스러운 얼굴로 되물었다.

일황자는 그런 진화의 반응이 새삼스럽다는 듯 피식 웃었다.

"나는 폐위되었고, 오황자, 육황자, 칠황자는 나이와 건강상의 문제로 탈락. 사황자는 스스로 뜻이 없다 공언했고, 유일한 경쟁자나 다름없던 삼황자는 완전히 몰락했지. 상수원씨 가문과의 끈조차 끊어졌다는 소문까지 났으니 재기할 가능성도 없네. 무엇보다 폐하의 눈 밖에 났지. 결국 남은 사람은? 이황자 너뿐인 거지."

황당해하는 진화를 향해 일황자가 단호하게 말했다.

씨익 웃는 얼굴이 얄미워 보이기까지 했다.

"어머, 정말이네! 그럼 우리 등극식 전에 축하하는 뜻에서 작은 연회나 열까?"

"아니요!"

"고모님, 제발 참아요!"

반색하는 호양공주의 말에 당황하고 있던 진화는 물론 일왕자까지 즉각적으로 반응했다.

이제 겨우 황제와 황후를 부모로 완전히 받아들이고 궁에도 정이 들었나 싶은 생각이 든 것이 바로 오늘 오전이었지만, 진화는 당장이라도 황궁을 떠나고 싶어졌다.

다행히 진화가 황궁을 떠날 일은 없었다.

조정에서는 다들 뭐라 언질이라도 받은 듯 황태자 위에 대한 말이 더 이상 나오지 않았고, 진화를 불행하게 할 일은 연회밖에 없었다.

황후궁 주최의 큰 연회가 열렸다.

진화에겐 다행스럽게도 역도들을 물리친 이황자의 공을 치하하고 이황자의 회복을 축하한다는 명분의 연회였다.

오랜만에 대소 신료들은 물론 그 가족들까지 모두 참석하고, 궐 밖에 있던 적호단과 남궁세가 무인들까지 일부 초대를 받았다.

그들은 휘황찬란한 황궁 연회의 장식과 무희들의 공연, 입을 황홀하게 하는 음식에 입을 다물지 못했다.

호양공주는 연회장을 본인이 꾸미지 못해 아쉽다고 말했지만 오랜만의 큰 연회에 누구보다 화려한 행색으로 참가해서 연회를 즐기는 모습이었다.

그런 호양공주의 옆에서 난처한 듯 웃고 있는 일황자도 사실은 기분이 좋아 보였다.

일황자는 황태자 위에서 물러나고 살성의 핏줄이라는 소문 때문에 한동안 고생했지만, 이황자전과 사이좋게 지내는 모습을 보여 줌으로써 최근에는 황제의 장남으로 위상을 쌓아 가는 중이었다.

모두가 오랜만의 연회를 즐기는 가운데, 한 사람.

오직 진화만 불편함을 느끼고 있었다.

진화의 옆에서 낮은 웃음소리가 들렸다.

"하하하, 네가 불편함을 느끼는 걸 보니, 네게도 눈치라는 게 생긴 모양이구나."

"……."

황제가 재밌다는 듯 웃고 있었다.

진화가 그런 황제를 슬쩍 째려보듯 보았다.

지금 진화가 느끼는 불편함의 절반은 황제의 탓이었기 때문이다.

보통 황실 연회는 황제와 황후가 가운데 앉고, 그 양옆이나 아래로 황족들이 자리하기 마련이다.

순서대로라면 황제의 옆에는 장자인 일황자가 앉아야 했다.

그런데 오늘 연회에서는 황제의 옆자리에 진화가 앉아 있었다.

미리 이야기가 된 듯 엄 태감이 연회장에 들어오는 진화를 자연스럽게 이 자리로 이끌었다.

심지어 다른 황자와 공주, 황족 들은 모두 단 아래에 자리했다.

아무리 연회의 주인공이라지만 법도에도 어긋나는 노골적인 처사였다.

게다가 높은 자리에 앉으니 연회장이 한눈에 들어왔다.

'일황자에게 말을 거는 이들은 그냥 편한 친우 관계이거나, 폐헌 인근에 본가가 있는 호족들이다. 사황자와 육황자의 곁에 있던 문신들이나 황도 호족들은 이전과 달리 자기들끼리 모여 있거나 남궁세가에 말을 걸고 있고, 삼황자 측은…… 끈이 떨어졌다더니, 상수원씨나 군부에서도 완전히 배제되었군. 군부 무인들조차 남궁세가에 관심을 보이고 있군.'

세력의 판도가 완전히 바뀌었다.

아무리 눈치를 안 보는 진화라도 누구를 중심으로 움직이는지 모를 수가 없는 눈에 띄는 변화였다.

진화의 얼굴이 뻣뻣하게 굳었다.

그때, 옆에서 기다렸다는 듯 황제가 말했다.

"황태자가 되어라."

"……!"

황제의 말에 진화의 눈동자가 크게 떨렸다.

쿵.

심장이 내려앉는 듯했다.

진화의 시선이 무의식적으로 군부 무인들과 힘겨루기를 하고 있는 남궁경과 남궁진혜를 찾았다.

# 변하지 않을 진眞 꽃 화花 : 멈추지 않는 운명

잠잠하던 신 제국군이 움직였다.

국경의 동요는 한 제국에도 급하게 전해졌지만, 한 제국은 국경을 경계할 뿐 별다른 조치는 취하지 않았다.

신 제국군이 아직 나라의 형태조차 갖추지 못한 진국으로 움직였기 때문이다.

부지런히 첩자들이 오가고.

신 제국군의 공격이 시작되었다.

"문을 열어라! 성문을 열어라-!"

산길을 타고 숲에 숨었던 군사들이 일제히 밖으로 뛰어나왔다.

숲에 있던 작은 관문으로 신 제국 군사들이 몰아치고, 순식간에 관문이 무너졌다.

그리고 신 제국 군사들은 산불이 번지듯 진국 곳곳으로 퍼져 나갔다.

신 제국의 절반도 진국과 같은 지형이었기에, 신 제국군은 진국의 공략법을 잘 알고 있었다.

그들은 높고 험준한 산지 중간중간 분지에 곡창지대와 마을이 있는 진국의 특성을 이용해서 서로 소식을 주고받을 새도 없이 마을 하나하나를 각개격파 해 갔다.

마을 단위의 호족이나 군대뿐 아니었다.

귀천성 무인들 또한 배신자들을 처단하기 위해 밀려들었다.

쉐에에엑---!

챙! 챙!

"배신자들을 전부 죽여라!"

"누구 마음대로!"

챙-!

검은 옷을 입은 지신문 무사들과 붉은 옷을 입은 이화문 무사들이 치열하게 맞부딪혔다.

그때.

휘-익! 훽훽훽훽---!

어디선가 날아든 검은 철선이 이화문 무사들의 뒤를 노렸다.

동시에.

화라라라락--!

불이 붙은 채찍이 철선을 때렸다.

채-----앵!

채찍에 맞은 철선이 주인에게 돌아갔다.

홍매궁 궁주 전화(戰花) 주화란이 철선의 주인을 매섭게 노려보았다.

"칠보선 광한후! 당신까지 나서다니 역천마제께서도 꽤 급하셨나 보군요."

"허허허, 전화, 그대 같은 인물이 이화문에 있으니 이 노구라도 나서야 하지 않겠소. 감히 역천마제 님을 배신하다니. 그대답지 않은 어리석은 결정이었소."

칠보선 광한후가 비릿하게 입꼬리를 올리며 주화란을 비꼬았다.

그의 눈이 마치 '사방을 둘러봐라.'라고 말하는 듯했다.

홍매궁주 주화란이 눈매를 사납게 굳히며 광한후를 노려보았다.

"이런다고 달라질 건 없어요. 혼현마제께서는 이 모든 사태를 내다보셨고, 지금 이 시간에도 모든 진국 무인들은 안가로 이동하고 있을 거예요."

진국은 시작할 때부터 범과 늑대 사이에서 시작했다.

그들이 이화문에 자리를 잡았던 순간부터, 혼현마제는 어느 한쪽의 공격을 대비하여 모든 무인들을 이동시키고 있었다.

홍매궁주는 단지 남아 있는 진국 무인들이 더 이상 희생되지 않고 무사히 이곳을 빠져나가길 바랄 뿐이었다.

하지만 그런 홍매궁주의 생각을 읽어 내기라도 한 듯, 칠보선 광한후가 홍매궁주를 비웃었다.

"어차피 전부 죽을 목숨이오. 빠르고 늦음의 차이일 뿐이라오. 모르겠소? 전쟁의 업화가 진국 전체를 덮쳤소! 그분이 움직이셨단 말이오!"

칠보선 광한후의 말에 홍매궁주 주화란의 얼굴이 창백하게 질렸다.

광한후는 그런 주화란의 모습에 만족스러운 듯 미소를 지었다.

"하얗게 질려 벌벌 떠는 꼴이 볼만하구려, 전화. 언젠가, 그대의 이런 모습을 보고 싶다고 생각한 적이 있었지. 흐흐흐흐."

주화란을 조롱하며 칠보선 광한후가 비열하게 웃었다.

그 웃음소리와 함께.

푸-욱!

"컥! 이, 이게 무슨……?"

광한후가 믿을 수 없다는 눈으로 자신의 가슴을 뚫고 나온 뱀을 보았다.

뚫어져라 다시 보고 또 보아도, 노랗고 검은 줄무늬 뱀이

제 가슴을 뚫고 검은 혓바닥을 날름거리고 있었다.

"어, 어떻게, 어……."

광한후가 입에서 피를 울컥울컥 뱉어 내며 뭐가 말을 하려 했다.

그때, 그의 가슴을 뚫고 나온 뱀이 말을 걸었다.

"그러게. 전장에선 그 못된 심보에 취해서 방심해선 안 된다고 누누이 일렀지 않았나. 감히 본 이화문에 왔으면서 나를 만날 생각도 안 했던 겐가?"

"……!"

뱀의 입에서 들리던 목소리가 곧 그의 귀 옆에서 들렸다.

광한후가 붉게 충혈된 눈알을 데구루루 굴리자, 뱀처럼 세로로 길게 찢어진 노랗고 검은 눈과 마주쳤다.

"시, 식귀!"

지금 귀천성 무인들이 공격하고 있는 이화문의 문주 식귀 사멸찬이었다.

광한후가 급하게 다시 제 가슴을 보자, 노랗고 검은 뱀은 사람의 심장을 먹는 식귀 사멸찬의 손으로 변해 있었다.

"역천마제가 움직였든 뭐든 상관치 않는다. 혼현마제께선 이미 모든 걸 예측하셨으니. 네놈들을 죽이고 우리는 진짜 사도들의 이상향을 찾을 것이다!"

선언과 동시에 이화문주가 광한후의 심장을 잡아 뜯었다.

진국 무인들의 반격이 시작되고, 귀천성과 진국 무인들의 싸움이 점점 더 치열해졌다.

정사연합 군사부.

이전에 정의맹 군사부였던 이곳은 연합 군사부로 바뀐 뒤로 '들어간 군사들은 있는데 나오는 군사들은 없다'는 전설의 장소가 되어 가고 있었다.

군사부 소속 군사들 대부분이 철야 후 새벽 퇴근과 야근 후 야밤 퇴근을 밥 먹듯 하기 때문이었다. 하지만 그런 군사부에서도 전설이 사실화되어 가고 있는 곳이 있었으니.

"그러니까 역천마제 놈이 진짜로 움직였단 말이지."

천수현인 제갈길현이 만면 가득 미소를 지었다.

그는 역천마제가 자신의 예상대로 움직였다는 사실에 크게 만족한 듯했다.

역천마제의 행동을 맞춘 것만으로 그에게 한 방 먹인 것 같았기 때문이다.

"진국이라니, 이럴 줄 알았다니까. 그놈이 배신자를 용납할 리 없지, 역시 뒤통수를 맞는 척한 것뿐이었어. 음흉하고 속 좁은 영감탱이. 크흐흐흐."

대체 누가 누구더러 음흉하고 속이 좁다고 하는지.

제갈길현의 웃음소리야말로 누구보다 음흉하게 들렸다.

한쪽에서 제갈가주가 크게 한숨을 쉬었다.

"제발 그 나이에 누워서 음식 먹지 마십시오. 공동의 침구가 더러워지지 않습니까! ……불결한 영감탱이."

"뭐야, 이놈아?"

"들리셨습니까? 그 나이에도 아직 귀가 밝으시니 자식으로서 기쁜 일이군요."

"그럼, 코앞에서 말하는데 그걸 못 들을까! 아비 아직 안 죽었다. 송장 취급하지 마, 이놈아!"

"아, 예. 아버님께서 그제부터 공동 침구에 혼자만 누워 계셔서 혹시나 했네요."

"뭐야, 혹시나? 뭘 혹시나 했는데!"

눈코 뜰 새 없이 바빠서 최소한 기절하는 일만은 막아 보고자 집무실 한편에 들여놓은 침상이었다.

그 침상을, 나이를 깡패로 강탈한 천수현인이나 그걸 보고 꼬박꼬박 시비를 거는 제갈가주나.

도긴개긴 부자 싸움에 지칠 대로 지친 남궁진휘와 홍랑대부 초산하가 조용히 한숨을 쉬었다.

"하아, 그러지들 마시고 앞으로 일에 대해 의논해야 하지 않겠습니까."

"그렇습니다. 어쨌든 혼현마제의 배신이 성공했을 때부터 지금과 같은 사태를 예측한 천수현인 어른의 혜안이 정말 탁월하지 않았습니까."

남궁진휘의 중재와 홍랑대부의 칭찬에 제갈가주와 천수현인이 못 이기는 척 중앙의 탁자로 모였다.

“허허허, 뭐, 혜안이랄 것까지야. 역천마제 놈이 어떤 놈인데, 군사들은 계획을 세울 때 놈의 본질만 잊지 말고 기억하면 돼. 역천마제는 눈에 거슬리는 건 그게 온 세상이라 해도 치워 버려야 직성에 풀리는 놈이야. 그런 놈이 왜 눈에 거슬리는 광마제와 혼현마제를 그냥 두었을까, 답은 간단하지.”

“인내해야 할 이유가 있으니까.”

천수현인의 말에 제갈가주가 이어 답했다.

이럴 때 보면 죽이 척척 맞는 부자간이었다.

쉬는 시간마다 티격태격해서 사람을 피곤하게 만들어 놓고 둘이서만 신난 천수현인과 제갈가주를 보며, 조용히 있던 남궁진휘가 피식 웃었다.

“참 대단한 부자지간입니다. 저런 호부호자 밑에 어째서 견손들만 나왔을까요.”

이틀 동안 한숨도 자지 못한 자의 감상이었다.

“허어! 거참! 거참! 알고 보면 속은 저 젊은 남궁 놈이 제일 좁은 거 아니냐?”

“이 경우에는 뒤끝이 긴 겁니다. 지은 죄가 있거든요.”

“끄응.”

천수현인이 버럭 했지만 제갈가주의 자기반성적인 솔직한 말에 사그라들 수밖에 없었다.

천수현인과 제갈가주가 조용해지자 남궁진휘가 조금 개운한 얼굴이 되었다.

"어쨌든 역천마제가 역천비록에 나온 운명을 완성하고 있다는 게 확인되었습니다. 참 잘된 일이 아닙니까?"

역천비록의 운명.

그 빌어먹을 것에 대한 말이 나오자 천수현인의 얼굴이 사뭇 진지해졌다.

"운명의 중첩에 따라 역천마제와 혼현마제, 광마제의 운명이 얽혀 있었지. 그중에서도 을해년 정사월 계유일 묘시, 광마제의 운명은 '청돼지가 피 흘리는 뱀을 타고 검은 닭의 목을 비튼다'는 것이라."

"마지막으로 해석한 역천비록이었지요. 후후후."

"그래. 그것으로 역천마제가 무엇을 두려워하는지, 왜 혼현마제의 배신을 두고 봤는지 납득할 수 있었지."

역천비록의 해석에 나섰던 천수현인과 홍랑대부가 눈을 마주치고 웃었다.

제갈가주도 마지막 역천비록을 해석하며 역천마제를 죽일 방법을 찾았을 때를 떠올리며 입꼬리를 올렸다.

단 한 사람, 남궁진휘만 마음 놓고 웃지 못했다.

"혼현마제의 운명대로라면 '흰 뱀이 붉은 용으로 청돼지를 태운다.'는 거였으니까요. 붉은 용이 설마 황제가 아니라 황제의 아들인 진화일 줄은 몰랐지만요."

남궁진휘가 웃음 끝이 씁쓸했다.

진화가 걱정되었기 때문이다.

전투 이후 쓰러졌던 진화의 건강부터 앞으로 계속 범상치 않을 진화의 미래까지.

"혼현마제는 잘 살려 두었겠지?"

"예. 죽었다고 확신한 것처럼 적호단이 자리를 떴습니다. 이후 제자라는 자가 혼현마제를 수습해 가는 것까지 확인했고요."

모든 것이 치밀한 계획하에 한 치의 오차도 없이 움직였다. 더할 나위 없을 정도로.

남궁진휘는 물론이고 홍랑대부와 제갈가주의 얼굴에도 확신이 떠올랐다.

"혹시 모르니까. 혼현마제가 살아 있는 편이 독부를 움직이기 좋을 거야. 독부 은요가 검마제를 죽이는 운명을 완성하는 날…… 우리에게 역천마제의 목을 비틀 기회가 찾아올 테니."

천수현인 제갈길현이 차갑고 예리하게 눈을 빛냈다.

오랜 세월 끌어온 전쟁을 끝낼 때가 다가왔음에, 천수현인은 날카롭게 갈았던 마음의 칼을 꺼내 들었다.

"역천마제가 운명을 완성하게 두어야 하네. 그 운명이 놈의 명을 끊을 때까지."

"계획대로 각 무단에 전달하겠습니다."

"각 문파들에도 협조가 필요한 부분을 미리 알리겠습니

다.”

“한 황실에도 다음 계획을 전달하지요. 기다리고 있을 겁니다.”

천수현인의 말이 끝나기 무섭게 제갈가주와 남궁진휘, 홍랑대부가 움직였다.

신 제국이 진국을 공격한 것이 한 제국의 기회임을 모르는 이들은 없었다.

한 제국과의 국경에서 군사들을 치운 것은 아니지만, 전쟁 시 지원군이 곧바로 오지 못한다는 것만으로 충분히 위태로운 상황이었기 때문이다. 그런데 한 제국은 이 절호의 기회를 그대로 보고만 있었다.

잠잠한 황실이나 조정의 모습에 많은 이들이 의아함을 표했다.

한 제국 장추궁 황제의 집무실.

“결국 도망을 가셨다고요?”

승상 조위례가 떠보는 듯 물었다.

사실은 이미 다 아는 사실을 물으며 웃음을 참고 있는 것이었다.

대사마 원희나 대사농 정조인, 위장군 원수경도 비슷한 얼굴이었다.

중신들 가운데 다소 젊은 나이인 중서령 사마윤만이 황제의 눈치를 살폈다.

"끄응. 어젯밤에 급한 일이 있다며 패거리를 이끌고 야반도주했다는군."

황제가 신음을 내었다.

"허허허, 야반도주라…… 폐하의 아드님이 확실하십니다."

"크! 흠!"

아픈 곳을 찌르는 말에 황제가 헛기침을 했다.

조위례가 그런 황제를 향해 의미심장하게 웃었다.

"그러니까 제가 천천히 하시라 하지 않았습니까. 분명 도망가실 거라고요."

"오, 이미 충고를 하셨군요."

"하긴, 연회장 분위기를 보고 기겁하셨을 터인데 거기다 대고 '그' 말씀을 하셨으면…… 도망가실 만도 합니다."

승상 조위례가 약을 올리듯 말을 덧붙이고, 거기에 대사마 원희와 위장군 원수경이 한마디씩 보탰다.

결국 참지 못한 황제가 그들을 노려보았다.

"황제를 욕보이다니, 이 무엄한 작자들 같으니!"

"어이쿠! 욕보이다니, 큰일 날 말씀을 하십니다."

황제가 발끈하자, 대사농 정조인이 거기다 대고 펄쩍 뛰는 척을 했다.

결국 황제와 신료들 사이에서 웃음이 터졌다.

"허허허허."

"흐흐흐."

승상 조위례는 황제의 스승이자 한때는 딸 도둑의 다리뼈를 진지하게 노리던 황제의 장인이었고, 대사농 정조인과 대사마 원희는 황제와 함께 수학한 동문이었다. 또 위장군 원수경은 황제와 전장에서 함께 싸운 동료였다.

중서령 사마윤을 제외하면 모두 황제가 황제가 아니었을 때부터 함께했던 오랜 동지들이었다.

이렇게 한 사람을 희생시켜 다 함께 농담을 나누고 웃는 것은, 전쟁을 시작하는 그들만의 의식 같은 것이었다.

아니나 다를까.

황제의 눈빛이 서늘하게 가라앉자, 순식간에 분위기가 달라졌다.

"그래, 놈들이 어디까지 들어갔다고?"

"익주를 넘었다고 합니다. 귀천성 무인들은 위림군까지 들어갔다는 소식이 왔습니다."

황제의 물음에 중서령 사마윤이 답했다.

"그 정의맹인가? 그자들의 정보력이 보통이 아니군."

"목숨을 담보로 하는 첩자 운용과 상인들을 이용해서 연계

하더군요. 정보처만도 여러 단체가 따로 존재합니다만, 운용 방법만큼은 모방해 볼 만할 듯합니다."

황제와 승상 조위례는 황실 정보기관을 만들 생각을 하고 있었다.

제국에 그만한 사람과 중원 전역을 다니는 상단을 가진 사람은 하남조씨와 몇몇 가문뿐이라, 승장 조위례의 주도하에 준비 중이었다.

"그래. 그건 다음에 이야기하고……."

말끝을 흐린 황제가 눈을 번뜩였다.

"일단은 군을 움직여야지 않겠소?"

"준비는 모두 끝났습니다."

"명을 내려 주시옵소서, 폐하!"

황제의 물음에 대사마와 대사농이 읍하고, 위장군 원수경이 앞으로 나섰다.

"그 녀석에게 패를 주었네. 위장군에게 맡기지. 역도들을 죽이고, 내 아들에게 제국의 싸움을 보여 주게."

"명을 받자옵니다. 황제 폐하, 만세 만세 만만세!"

위장군 원수경이 우렁찬 목소리로 답했다.

패.

들고 있기 무서울 정도 귀한 황금 덩어리로 만들어진 패에는 황제를 상징하는 용 문양과 제국을 상징하는 한(韓) 자가 새겨져 있었다.

"황제를 대신하는 황룡금패다. 전에도 말했지? 욕심을 버릴수록 편안해진다는 말은 다 개소리라고. 그건 다 가지지 못한 자들의 변명이다. 힘은 가질수록 좋다. 힘이 있을수록 지킬 수 있는 것이 많아진다. 이 제국의 백만 대군을 움직일 수 있는 패다. 일단 한번 쥐어 보거라. 네 손에 쥐어진 힘이 얼마나 유용한지 느껴 보거라!"

진화가 가슴에 숨겨 놓은 패의 감촉을 느꼈다.
무슨 장난감을 던져 주듯 황제가 쥐여 준 패였다.
'백만 대군을 움직일 패라니…… 대체 이걸로 뭘 하라고.'
진화가 곤란한 표정으로 한숨을 쉬었다.

낙양 황도와 정의맹이 있는 양청현은 중원에서 가장 오가는 사람들이 많은 곳 중 하나였다.
황도 중앙군과 정의맹 정예 무인들이 지키는 곳이었으니. 큰 상단은 물론이고 호위 무사를 고용하지 못하는 보부상들

부터 일반 백성들까지 자유롭게 드나들 수 있었기 때문이다.

게다가 낙양 포구와 양청현 포구는 물길로 고작 반나절 거리였다.

그래서 바쁘게 두 곳을 움직이는 상인들이 급할 때 이용하는 곳이 뱃길이었다.

그런데 그 뱃길이 며칠 전부터 들썩거리기 시작했다.

"대체 무슨 일이야?"

"몰라? 이 사람, 소식이 늦구먼! 며칠 전에 포구에 있던 병사들 싹 다 끌려갔잖아. 황도에 역도들이 침투했었대!"

"여, 역도들? 역도들이 어떻게?"

"그러니까! 정신 빠진 놈들이 통과시켜 준 거지. 그 바람에 황도로 가는 길목에 있는 포구에 있던 병사들은 다 끌려가거나 물갈이 됐잖아!"

"그, 그랬어? 어쩐지 태반이 모르는 얼굴들이더라니……."

양청현으로 가던 상인들이 포구에 있는 병사들을 보며 수군거렸다.

그러자 앞에 있던 병사들이 신경질적으로 소리쳤다.

"어이! 거기 누가 떠드는 것이냐!"

이전에 있던 병사들은 전부 어찌 되었는지, 포구 관문에 있는 병사들의 기세가 무척 사나웠다.

"오늘은 저기 스무 명까지만 통과시킬 것이다! 나머지는 내일 진시까지 다시 와라!"

"아니, 그러는 게 어디 있소!"

"아, 나는 내일까지 양청현 안에 들어가야 한단 말이오! 먼저 좀 지나가게 해 주시오!"

"나도! 나도 급하오!"

"전부 다 닥쳐라-! 저기 스무 명까지! 나머지는 내일 진시다!"

병사들은 절대 사정을 봐주지 않겠다는 듯 험악한 말투로 사람들의 반발을 물리쳤다.

"자, 자, 흩어져라! 나머지 놈들은 다 흩어져! 남아 있는 놈들은 군문의 명을 어기는 것으로 여기고 전부 잡아가겠다!"

"저, 저……."

"이런, 쓰불. 내가 더러워서 진짜…… 지금은 어디 가서 잘 데도 없구먼."

"아이고! 아이고, 나는 망했네!"

병사들이 창까지 들고 위협하자, 결국 말 많던 사람들이 흩어지기 시작했다.

하루 상간으로 큰 손해를 입는 사람들은 주저앉아 넋두리를 하거나 거세게 항의를 했지만, 병사들은 처음의 경고가 거짓이 아니었다는 듯 그들을 끌고 가 버렸다.

그리고 남은 사람들.

아름다운 낭자들 셋과 건장한 귀공자들 일곱 그리고 한눈에도 범상치 않은 거대한 덩치 넷에 스님이 하나라, 평범하지 않은 일련의 젊은 남녀들이었다.

몇몇 이들의 허리에 검이 있는 것이 무림인들이 분명했다.

"당, 당신들은 뭐야? 지금 명을 거역하는 것인가!"

병사 몇이 잔뜩 긴장한 얼굴로 젊은 남녀를 위협하며 다가갔다.

하지만 막상 젊은 남녀를 가까이에서 대면하자.

"……!"

거대한 덩치고, 값비싸 보이는 검이고, 뭐고 하나도 눈에 들어오지 않았다.

밤하늘의 별처럼 반짝이는 눈을 가진 귀공자의 외모에 넋을 빼앗긴 병사들의 태도가 절로 조심스러워졌다.

"저, 저기, 뭐 하는 작자들……이십니까?"

"자, 자, 잠시 검문 좀…… 헉!"

아름다운 귀공자에게 다가가 그의 품에 손을 댄 병사의 입에서 신음이 터졌다.

툭.

아슬아슬하게 걸쳐 있던 것이 귀공자의 품에서 땅으로 떨어지고.

"……허억!"

땅에 떨어진 번쩍이는 황룡금패.

제국의 천자만이 사용 가능하다는 황룡이 새겨진 금패를 본 병사들이 일제히 바닥에 머리를 찧었다.

"화, 황룡금주를 뵈옵니다. 천세 천세 천천세!"

일행에게 다가온 병사들뿐 아니라 관문에 있던 전 병사가 바닥에 부복하고, 눈치껏 백성들까지 병사들처럼 바닥에 몸을 숙였다.

"황룡금주를 뵈옵니다, 천세 천세 천천세!"

"천세 천세 천천세!"

뒤늦게 달려온 장군 하나가 진화 앞에 부복하고 우렁차게 외치자, 때아닌 천세창이 포구 전체에 울려 퍼졌다.

"우와……."

현오가 부처님 대신 황금을 향해 눈을 반짝였다.

검문검색은 포구에서 끝난 것이 아니었다.

양청현 안으로 들어가기 전 성문에서도 한참 검문검색을 기다리는 줄이 길었다.

몇 시진 안에 다 끝날 것 같지 않은 줄은 보던 진화 일행이 서로 눈을 마주치고 음흉하게 웃었다.

"흐흐흐."

"역시, 그거지?"

"권력의 맛이 좋긴 좋더군."

"가시지요, 단주님!"

현오와 남궁구가 눈을 마주치고 웃고 강무련이 고개를 끄덕이자, 거대한 덩치의 산적 둘이 두목님을 모시듯 진화를 앞세웠다.

그리고 줄 제일 뒤에 섰다.

어차피 앞에서 줄이 끊기면 버텼다가 들어갈 속셈이었다.

"이럴 거면 새치기를 하던가."

"우리는 정파인이다."

툴툴대는 초서비에게 남궁교명이 단호하게 답했다.

어차피 오늘 내로 지나가는 성문, 초서비는 제일 처음으로 성문을 통과하는 것과 제일 마지막으로 성문을 통과하는 것에 큰 차이를 느낄 수 없었다.

'답답한 정파 놈들.'

결국 그들의 예상대로 앞쪽에서 끊기는 줄.

사람들이 흩어지고, 숙청단원들이 의기양양한 얼굴로 싫다는 진화를 밀고 앞으로 갔다.

오랫동안 양청현 성문에서 일한 병사들이라면 진화 일행을 알아볼 만도 했지만, 새로 바뀐 병사들은 '웬 미친놈들인가?' 하는 눈빛으로 숙청단을 보았다.

"후우. 저기, 조용히 하게."

한숨을 쉰 진화가 우물쭈물 황룡금패를 보이고.

"뭐요? 뇌물 같은 걸 줬다간…… 헉!"

금패를 본 병사들의 얼굴이 하얗게 질렸다.

"황룡금주를 뵙습니다, 천세 천세 천천세!"

바닥에 부복한 병사들의 목소리가 온 성문에 울렸다.

진화가 슬쩍 손을 들어 얼굴을 가렸다.

아무리 진화라도 백만 대군을 움직인다는 황룡금패가 이렇게 사용될 게 아니라는 사실은 알 듯했다.

정사연합 회의.

광마제와 광룡귀면대의 죽음이 전해진 후 처음 열리는 회의였다.

광마제는 귀천성을 무너뜨리는 데에 넘어야 할 세 개의 큰 산 중 하나로 손에 꼽혀 왔다.

실제로 이전 전쟁에서도 제왕검을 비롯한 십이좌회에 있는 고수 넷이 맞붙고도 죽이지 못했었다.

게다가 그 과정에 매화성검 구선용이 광마의 손에 죽었고, 선승 각오대사 또한 역천마제와 광마제에게 당한 부상으로 오랫동안 칩거해 있어야 했다.

그런데 그런 광마제가, 약관도 넘지 못한 어린 청년의 손에 죽었다 한다!

광마제의 죽음은 무림이 기다리던 희소식인 동시에 커다란 충격이었다.

"남궁진화라……."

낮게 진화의 이름을 곱씹는 목소리에 소란스럽던 회의장

이 순식간에 조용해졌다.

어색하게 맴도는 침묵.

말을 한 곤륜파 장문 진풍진인은 물론 회의에 참석한 이들이 슬쩍슬쩍 누군가의 눈치를 보았다.

상석에 앉은 제왕검 남궁강을 비롯한 십이자회 출신들, 옥허신검 청연과 선승 각오, 천수현인 제갈길현의 눈치를 살핀 것이다.

광마제를 죽인 남궁진화가 정파 제일 고수는 아닐까 하는 말이 나올 때 가장 눈치가 보이는 사람들이었다.

그때, 옥허신검 청연이 혀를 차며 자신들이 눈치를 살피는 후배들을 하나하나 보았다.

"쯧쯧, 내 팔이 고작 약관도 넘지 못한 검마제에게 잘렸어. 그걸 잊은 겐가? 우리가 역천마제와 광마제 놈에게 당했던 건 놈들이 불세출의 천재였기 때문이지."

귀천성 역천마제와 검마제, 광마제를 인정한다는 듯한 말투에 사람들이 불편한 기색으로 동요했다.

하지만 십이좌회 고수들은 정파의 정신적 지주이자 실질적인 정파의 수장이라 할 수 있는 사람들이라. 그들의 말에 대놓고 반발하는 사람들은 없었다.

제왕검 남궁강을 비롯한 십이좌회 고수들은 그런 지휘부의 모습을 한심하다는 듯 노려보았다.

"이 사람들아! 뭘 그렇게 눈치를 봐! 우리가 밀린 건 놈들

보다 약했기 때문이야! 중원 반쪽을 빼앗기고 아직까지 찾지 못했지. 우리와 자네들은 똑같이 밀린 세대가 아닌가!"

"구, 군사님……!"

"폐부를 찔리는 기분이지만 어쩌겠나, 인정해야지. 우린 그 세 놈 때문에 밀렸고, 세 놈에게 진 것이야. 그런데 남궁진화가 그중에 한 놈을 죽였어. 약관도 되지 못한 정파의 고수가! 기뻐할 일은 제대로 기뻐하세. 다음 세대의 불세출의 천재가 우리 정파에 나타난 거니까!"

천수현인 제갈길현의 일갈에 정사연합 회의에 참석한 지휘부 사람들 중 대부분은 어색하지만 썩 나쁘지 않은 표정을 지어 보였다.

"허허허허, 이 사람 눈치라면 볼 것 없네. 그놈이 내 손자인데, 내 눈치를 볼 필요가 무에 있겠는가. 게다가 내가 그놈보다 젊지는 않지만 아직 그놈보다 약하다곤 하지 않았네."

남궁강이 허허 웃는 동시에 눈빛으로 호승심을 번뜩였다.

역천마제에게 졌을 때부터 벌써 수십 년이 흘렀다.

그 굴욕적이고 무거웠던 패배에서 와신상담 절치부심하길 수십 년이었다.

제왕검 남궁강이 농담처럼 호승심과 자신감을 보이자, 그제야 분위기가 풀어지기 시작했다.

"아! 하하, 그렇지요, 하하하."

"천하제일 고수를 두고 손자분과 경쟁이라니. 이거 정말

부럽습니다! 하하하하!"

아직 어색한 웃음이 흘렀지만, 어쨌든 남궁진화에 대해 어떻게 반응해야 할지 몰라 불편했던 분위기는 순식간에 사라졌다.

"그러고 보면, 정의맹 무단주들을 비롯해서 마흔도 되기 전에 경지를 넘어선 이들이 많이 나왔습니다. 무림의 홍복입니다. 아미타불."

전 정의맹 맹주이자 소림 장문인 운현대사가 자애롭게 불경을 외었다.

그러자 그의 스승이자 선승 각오대사가 코웃음을 치며 어깃장을 놓았다.

"홍복은 지랄. 피가 강물이 되어 흐를 정도로 쏟았는데 발전도 있어야지!"

"스승님."

운현대사가 곤란하다는 듯 선승을 불렀다.

하지만 천수현인 제갈길현마저 선승의 의견에 동의했다.

"그간 쌓인 전쟁 경험과 발전된 무공. 그리고 돈으로 산 영약의 힘이지."

천수현인 제갈길현의 말에 몇몇 이들이 저도 모르게 고개를 끄덕였다.

대부분의 문파에서 지금의 인재들을 키워 내는 데에 문파의 사활을 걸었고, 어린 제자들에게 영약을 양보한 현 지도

부, 골짜기 세대의 희생도 무시할 순 없었다.
지금 군웅할거처럼 튀어나오는 인재들은 사실 하늘의 안배나 무림의 홍복 따위가 아니었다.
그들 중 대부분이 태어나자마자 무재를 판별한 뒤 문파 최고 고수에게 벌모세수를 받았고, 영양의 효과를 제대로 취할 수 있는 어린 나이부터 최고의 영약과 뛰어난 무사부들의 지도 아래 문파와 가문의 총력으로 길러진 이들이었다.
"우리가, 자네들이 만들어 낸 새 시대일세. 각자 자부심을 가지고, 이번에야말로 귀천성을 몰아내 보세."
제왕검 남궁강의 말에 대부분의 이들이 미소를 지으며 고개를 끄덕였다.
하나, 하나 지휘부들의 눈이 또렷하게 빛났다.
"이제 단 두 발자국 남았네. 역천마제와 검마제. 다들 알겠지만 놈들만 죽일 수 있다면, 귀천성을 몰아내는 것은 시간문제일세."
제왕검 남궁강이 결연한 분위기를 뿜으며 사람들을 집중시켰다.
그 분위기를 총군사인 천수현인 제갈길현이 이어받았다.
"역천마제 놈이 역천비록의 운명을 완성하려 하고 있네. 우리는 그걸 도울 것이네."
"그, 그게 무슨……!"
천수현인 제갈길현의 말에 겨우 잡힌 분위기가 다시 술렁거렸다.

그때, 제갈가주가 차분한 목소리로 말했다.

"임신년 경오월 갑자일 술시. 검은 원숭이가 청쥐와 흰 말을 탄다…… 역천비록에 나온 검마제의 운명이 지난번 환마제를 죽일 때 이뤄졌습니다. 갑자년 임신월 신사일 술시. 청쥐가 흰 뱀을 위해 검은 원숭이를 죽인다는 해석입니다. 독부 은요가 혼현마제를 위해 검마제를 죽인다는 뜻인데, 우리는 이 역천비록에 나온 독마제의 운명이 그대로 이뤄지게 할 것입니다."

"아아!"

제갈가주의 설명에 사람들이 그제야 이해가 된 듯 탄성을 터뜨리며 고개를 끄덕였다.

모르는 사람들은 그저 고개를 끄덕이고 말았지만, 남궁진휘와 홍랑대부는 고소를 삼키는 장면이었다.

일부러 마음을 동요하게 하거나 긴장하게 한 후에 신뢰가 가는 설명을 한다면 상대를 설득하기 쉽다. ……제갈가주가 늘 사용하던 방법이었는데, 그게 누구로부터 시작되었는지 확실해졌기 때문이다.

'허허허, 아버지는 말로, 아들은 눈빛으로 일단 사람들을 흔들고 시작하는군.'

'자식 교육 실패의 고리가 보였군요.'

남궁진휘와 홍랑대부가 눈을 마주치며 웃었다.

"그런데 말일세……."

잠자코 있던 옥허신검 청연이 신중하게 말을 꺼냈다.

"검마제는 역천마제의 가장 충직한 수하이며 그가 가장 신뢰하는 수하일세. 그게 아니더라도 역천마제의 가장 강력한 방패막이지. 그런 검마제를 역천마제가 죽게 내버려 둘까?"

옥허신검 청연의 말에 다시 좌중이 조용해졌다.

청연의 말이 일리가 있는 것이, 광마제야 처음부터 왜 역천마제와 함께하는지조차 의심스러웠던 자라 역천마제가 일부러 사지로 밀었대도 고개를 끄덕일 인물이었지만, 검마제는 달랐다.

그는 자타공인 역천마제의 오른팔이었던 것이다.

상식적으로 역천마제가 검마제를 사지로 몰 이유가 없었다.

군사부 계획의 허점이 꽤 합리적으로 지적된 터라, 모두의 시선이 천수현인 제갈길현을 향했다.

그런데 천수현인의 반응은 예상 밖이었다.

"흐흐흐, 그게 상관있나?"

천수현인 제갈길현이 낮게 웃음을 흘리며 음흉한 표정으로 되물었다.

"뭐?"

"역천마제가 용이 될 욕심이라면 검마제를 죽일 것이고, 충직한 수하와의 의리를 택한다면 검마제를 살리겠지. 우리는 그냥 그놈들의 앞에 혼현마제와 독마제를 데려다 놓으면 그만일세. 이번 일로 우리가 진짜 노리는 건, 소리마제와 살각이니까.”

“……!”

“혼현마제를 죽여서 분노한 독마제가 검마제에게 한을 품어도 좋지만, 그렇지 못해도 혼현마제와 역천마제가 다시 합칠 가능성은 전혀 없지. 역천마제는 이미 배신자들의 징벌을 천명했고, 그사이에 우린 놈들의 세력을 약화시키고 이후 벌어질 전쟁을 준비할 것이네.”

천수현인 제갈길현이 눈빛을 번뜩였다.

‘이후 벌어질 전쟁을 준비한다’는 말에는 귀천성 세력을 일망타진하겠다는 의미가 포함되어 있었으니.

“그 일환으로 제일 먼저, 혼현마제가 죽은 뒤 역천마제에게 붙을 수 있는 놈들부터 먼저 제거할 것이네.”

고요해진 분위기 속에 회의장엔 마른침을 삼키는 소리만 들렸다.

“놈들의 땅에 침투해서 혼현마제 일당의 은신처를 알아낼 소수 정예를 보낼 것이네. 위험한 임무이니만큼 정사를 가리지 않고 실력자로만 선별하겠네. 실질적인 전투를 수행할 지원대로는 적호단과 청룡단…… 흑살대를 보내지.”

천수현인 제갈길현의 말에 사패천주가 만족스러운 듯 웃어 보였다.

한 제국의 황실.

조용히 국경의 경계를 강화하는 듯했지만, 사실 조정은 대대적인 전쟁 준비로 바빴다.

완벽한 전쟁을 위해선 준비해야 할 것이 산더미였지만, 황제는 이 절호의 기회를 놓칠 생각이 없었다.

"북위군은 준비가 끝났나?"

"예, 폐하."

"진화 녀석은?"

"어제 관문 세 곳을 지나 정의맹에 드셨다 하옵니다."

"그래? ……음?"

집무실에서 문서에 파묻혀 있던 황제가 이상하다는 듯 고개를 들었다.

"관문 세 곳이라니? 어찌 그리 자세히 아는 게냐?"

가뜩이나 황실의 정보력을 가다듬는 중이라, 군의 정보 전달 수준이 어느 정도인지 잘 아는 황제였다.

아무리 황자의 일이라지만 절대로 이렇게 빨리, 자세히 전달될 리 없었다.

설마 진화에게 따로 사람을 붙인 걸까.

황제가 엄한 눈으로 묻자, 엄 태감이 감히 황제와 눈을 마주치지 못하고 고개를 숙였다.

"그것이, 아뢰옵기 송구하오나 관문마다 황룡금패를 사용하셨다 하옵니다."

황룡금패는 추상같은 황제의 명을 대신하는 것이라, 천금보다 귀한 황제의 명이기에 정말로 백만 대군의 지휘권을 가져올 때같이 귀중한 때만 꺼내는 권위일진대…….

"……뭐라?"

"송구하옵니다, 폐하."

뭔가 잘못 들은 듯 되묻는 황제에게 엄 태감이 더 깊이 고개를 숙였다.

차마 눈을 마주치지 못한 것은 아뢰기도 민망해서였던 듯했다.

정사연합은 북망산에서 혼현마제를 살려 준 뒤 제자 수오가 혼현마제를 데려가는 것을 확인했다.

그 이후, 백매단원들이 수오가 눈치채지 못하도록 사람을 바꿔 가며 추적하길 여러 날.

백매단은 수오와 혼현마제의 최종적인 행선지는 놓쳤지만, 그들이 한 제국과 신 제국의 경계에 숨어들었다는 것은 알아냈다.

"지난 전쟁으로 파군 인근을 한 제국이 수복하긴 했지만,

완전히 한 제국 영역이라고 하긴 애매하지. 혼현마제에게 넘어간 문파들의 본거지가 있는 곳이니까. 그런 곳이 몇 군데 더 있지만, 우리는 가장 가능성이 높은 두 곳에 조를 나눠서 가게 될 거다."

진화의 말에 남궁구와 남궁교명, 강무련, 나하연이 각자 고개를 끄덕였다.

숙청단에서도 눈에 띌 수 있는 사람들을 제외한 인원이었다.

"다른 조는 누구누구입니까?"

"책임자로 진휘 형님과 진혜 누님, 소애검 호명기, 청수검 무현과 녹수룡 당혜평이 간다는군."

"아……."

진화의 말에 일행 사이에서 탄성이 터져 나왔다.

단신으로 마제들을 상대할 수 있는 진화가 이쪽의 책임자였으니, 반대쪽도 어느 정도 비등한 실력자들로 구성한 듯했다.

하지만 일행이 탄성을 낸 것은 다른 것 때문이었다.

"저쪽 조는 어떻게 침투하려나?

"……또 팔겠지, 뭐."

남궁진휘에 대한 강렬한 기억이 남아 있는 일행은 다른 조의 운명을 예감한 듯 입을 다물었다.

"하하하, 좋네. 거래하지."

남궁진휘의 호쾌한 웃음소리가 울려 퍼지고.

남궁진휘의 앞에는 뱃살이 두둑하고 돼지 꼬리 같은 수염이 인상적인 상인이 얄미운 소리로 웃고 있었다.

"홍홍홍, 요즘 귀천성 출신 무인 노예들이 간혹 있다더니, 저 정도 상태면 값을 제법 받을 겁니다요, 암."

"오, 그거 잘됐군. 쓰러져 있는 저놈들 치료하는 데 돈이 꽤 들었거든."

"암요, 암요. 제가 값을 잘 쳐드리라 전서라도 보내 놓겠습니다요. 홍홍홍홍!"

"하하, 이 사람 장사를 잘하는군. 좋아, 내 어르신께 자네 이름을 말해 놓지."

"천하의 청하상단의 거래에 제 이름이 남는다니, 그거 영광입니다. 홍홍홍홍!"

남궁진휘와 상인이 마주 보고 웃었다.

남궁진휘가 거래의 신뢰를 높이기 위해 청하상단의 이름을 팔았는데, 상인이 '거래에 이름이 남는다'는 말로 넌지시 남궁진휘의 말을 확인해 볼 거라 협박을 한 것이었다.

'만만치 않은 놈이로군.'

남궁진휘가 새삼스러운 눈빛으로 상인으로 보았다.

하지만 그런 만만치 않은 상인을 상대로 '포로를 파는 정파 상인의 호위무사'를 뻔뻔스럽게 연기하는 남궁진휘도 결코 만만하진 않았다.

가장 효과적인 거짓은 진실 속에 숨긴 거짓이라고 했던가.

상인은 남궁진휘의 전신에서 느껴지는 정파 무인의 기도와 천연덕스러운 연기에 깜박 속았다.

상인의 눈이 남궁진휘의 뒤쪽을 향해 탐욕스럽게 빛났다.

남궁진휘의 뒤에는 언젠가 많이 보았던 마차가 있었는데.

나무 창살과 낡은 자물쇠가 전부인 허술한 감옥 마차 안에는 당장이라도 수레를 부수고 나올 듯 튼튼한 사내 셋과 사내들보다 우락부락한 여인 하나가 이를 갈고 있었다.

"크으으으. 저 오라비 놈, 언젠가 죽여 버린다."

"말리지 않겠습니다."

남궁진혜가 짐승처럼 으르렁거리자 호명기가 비장한 얼굴로 동조했다.

"가신이 그래도 돼?"

"들키지만 않으면 돼."

"아. 그러네."

당혜평은 호명기의 대답에 고개를 끄덕이며 소매에 품고 있던 단검을 집어넣었다.

일을 가장 은밀하게 처리하는 방법은 확실한 타인에게 맡기는 것이라, 당혜평은 눈빛으로 남궁진혜에게 응원을 보냈다.

그사이 청수검 무현이 엉덩이를 꼼지락거리며 일행과 거리를 벌렸다.

"하하하, 많이 기다렸나? 저 돼지 새끼가 은근히 돈을 바라는 것 같아서 떼어 놓는다고."

상인과 대화를 마친 남궁진휘가 마부석에 앉았다.

호탕하게 웃으며 유들유들 거래를 이어 가던 젊은 무사는 어딜 가고 남궁진휘의 얼굴은 차갑다 못해 얼어 버릴 정도로 냉정하게 굳어 있었다.

남궁진휘는 등 뒤에서 자신들을 주시하는 상인의 눈길을 느끼며 얼른 마차를 출발시켰다.

"다행히 저놈과 연결된 상인을 만나는 조건으로 관문은 통과다. 다음 관문에 저놈과 연결된 상인이 직접 마중 나온다는군. 돼지치곤 의심이 많더라고."

남궁진휘는 마지막까지 상인에게 웃어 주며 빠르게 관문을 통과했다.

관문을 통과하고 나자, 남궁진혜가 기다렸다는 듯 툴툴거렸다.

"그냥 돈을 줘 버리지, 돈도 많으면서!"

"하하, 아무리 돈이 많아도 돈을 쓰레기통에 넣는 건 너로 족하단다, 동생아."

"하여튼 일 끝나고 봐. 가만 안 둬!"

남궁진휘에게 으름장을 놓으며 남궁진혜는 남자들과 같이

있든 말든 벌러덩 몸을 뉘었다.

허술해 보이지만 경지를 넘어선 무인인 남궁진혜가 편하게 있다는 건 뒤를 쫓는 인기척은 없다는 뜻이라 다른 이들도 한결 자세를 편하게 했다.

"저자와 한패가 마중을 나온다면 좀 위험하지 않습니까? 어찌저찌 관문을 통과한다고 해도 상인을 떨궈 내려면 무공이 드러날 수도 있습니다."

호명기가 조금 걱정스럽게 물었다.

하지만 남궁진휘의 표정은 여유가 만만했다.

"그러려고."

"네?"

"우리 임무를 잊었어? 검마제가 알아야지, 우리가 들어와서 누군가를 쫓고 있다는 걸."

"아!"

남궁진휘의 말에 호명기가 탄성을 뱉었다.

하지만 그들의 말을 듣고 있던 당혜평이 고개를 갸웃거렸다.

"일단 그 전에 혼현마제와 독마제가 어디에 있는지 알아내는 게 먼저 아닌가? 우리가 뭘 알아내기 전에 검마제가 우릴 노리면 말짱 꽝이잖아."

"헉."

"그, 그러네요!"

당혜평의 지적에 호명기와 무현이 놀란 얼굴로 남궁진휘를 보았다.

하지만 그들이 잠시 잊은 것이, 실수라는 말과 가장 어울리지 않는 남자가 바로 남궁진휘라는 사실이다.

"하하하, 걱정 마. 아까 그 상인이 구마문 소속이야. 마중 나오는 상인도 구마문 소속이니까, 잘 팔려 가다 보면 혼현마제의 잔당이 나올 거다."

남궁진휘가 자신만만한 얼굴로 명쾌하게 답했다.

"……우리 진짜 팔려 가는 거였어?"

"크아아아! 말리지 마! 내가 오늘 저 오라비 놈을 죽이고 만다! 부모님 영전 앞에 대가리 한번 박지, 뭐!"

"멀쩡하게 살아 계신 가주님과 가모님은 왜 죽이고 그러십니까! 참아요, 아가씨!"

갑자기 손발에 감겨 있던 사슬을 끊고 일어선 남궁진혜 때문에 마차의 감옥 안이 순식간에 아수라장이 되었다.

"하하하, 무식한 게 기운이라도 좋아 다행이야."

오직 남궁진휘만 편안한 여정이었지만, 어쨌든 그들의 침투는 원활하게 진행되었다.

은밀하게 파군으로 들어간 남궁진휘 조와 달리 진화와 일

행은 일사천리였다.

"이거……."

"헉! 화, 황룡…… 읍! 읍!"

"우리는 그냥 조용히 지나가겠다. 비밀 유지 부탁하지."

"읍읍!"

진화가 국경 지역의 강직한 병사에게 조용히 황룡금패를 내밀면, 나하연의 놀라는 병사의 입을 막고 남궁구와 남궁교명, 강무련이 진화와 병사의 모습을 가렸다.

진화와 일행이 관문을 떠나고 나면 그 관문에는 반드시 소란이 일어났지만, 어쨌든 진화와 일행은 조용히 관문을 통과했다는 데에 의의를 두기로 했다.

"와, 세상에 이 관문을 이렇게 빨리 돌파할 수 있을 줄이야."

남궁구가 그들이 지나온 길을 돌아보며 감탄했다.

불과 얼마 전 신 제국에서 수복했거나 광마제의 공격에 빼앗겼다 이번에 다시 찾아온 곳들이라, 한눈에 들어오는 길 위에도 병사들이 지키고 있는 곳이 세 군데가 넘었다.

파군에서 장기군으로 들어오는 동안 그런 길을 수십 곳 지났다.

불과 사흘 만에 말이다.

"권력의 힘이지."

남궁교명이 진화를 향해 존경을 눈빛을 보냈다.

그때, 강무련이 힘없는 목소리로 일행을 불렀다.

"지금 이 거지 같은 몰골로 그런 말을 하면 부끄럽지도 않나? 일단 어디에 좀 들어가지. 일행 중에 여성도 있는데."

"그렇다. 오늘 아침도 먹지 못해 몹시 배가 고프군."

"……."

관문 돌파가 빨랐던 만큼, 사흘 내내 이어진 노숙으로 일행의 행색도 초라해졌다.

강무련은 건장한 사내도 불편한 작금의 사태에서 여성인 나하연의 불만 사항이 아침을 거른 것뿐이라는 데에 할 말을 잃었다.

"그런데 이렇게 티 나게 침투해도 되는 건가?"

강무련은 화제를 돌리기로 했다.

하지만 돌아온 답변은 그의 가벼운 마음과 달랐다.

"아, 우리는 저쪽과 좀 다르다. 죽이러 오라고 미끼를 흔드는 거니까."

"뭐?"

"우리의 일차적인 목표는 혼현마제와 그 일당이 숨은 안가를 찾는 것이지만, 최종적인 목표는 소리마제와 살각이기 때문이다."

진화의 말에 강무련의 눈이 커졌다.

사랑탑대전을 더럽히고 달아난 배신자들을 목표로 한다는 건 기다리던 일이었지만…….

"우리…… 다섯 명이서?"

강무련의 얼굴에 당황한 기색이 역력했다.

진화가 광마제를 죽일 정도로 강하다는 건 잘 알았다.

제 얼굴에 금칠하기지만 자신과 다른 동료들도 정사를 대표할 정도로 강했다.

하지만 상대는 살각이다.

암살자들의 수준은 무인과 같은 잣대로 평가할 수 없다는 게 정론이 아니던가!

너무 놀라 눈을 크게 뜬 강무련을 보고 무슨 생각을 한 건지, 진화가 안심하라는 듯 미소를 지었다.

"그러니까. 지원이 조금만 늦는다면 우리끼리만 그들을 상대할 수 있을 거다."

웃으며 답하는 진화의 모습에 강무련의 입에서 실소가 새어 나왔다.

"하하……."

웃다가 굳어 버린 얼굴과 달리 강무련의 머릿속은 상당히 복잡했다.

'저 말이 무슨 뜻이지? 우리끼리만 살각을 상대해서 좋다는 건가? 상대는 그 소리마제와 암살자들인데…… 잠깐, 지원이 조금만 늦는다면, 지원이 조금만 늦는다면이라고 했지?'

"하, 하, 하."

'무슨 일이 있어도 제시간에 지원 요청을 한다! 반드시!'

수천만 사패천 동도들을 위해 반드시 살아 돌아갈 결심을 한 강무련이 결연하게 눈을 빛냈다.

신 제국 황성 대륜궁.

칠흑같이 어두웠던 궁은 언제 그랬냐는 듯 밤중에도 대낮처럼 환하게 불을 밝히고, 신 제국 조정도 이제 온전히 정상적인 모습을 되찾았다.

파별군을 중심으로 진국을 공격하며 시끄러운 외부와 달리, 신 제국의 내정은 승상 복건주를 중심으로 빠르게 안정되었다. 거기에 흑수군이 성도를 지키고 서한군이 국경을 지켜 내며 동요하던 신 제국 민심도 많이 사그라들었다.

게다가 혼현마제의 배신과 광마제의 죽음으로 흔들릴 줄 알았던 귀천성 무인들은 오히려 눈앞에 펼쳐진 기회에 술렁이고 있었다.

"칠보선 광한후가 죽은 뒤, 그 자리를 적세방이 차지했다고?"

"예. 적세방주 원길이 빠르게 움직였습니다."

"허허허, 기회를 일찍 포착하는 것도 능력이지."

역천마제가 자애롭게 웃으며 물밑에서 벌어지는 귀천성 무인들끼리의 전투 소식을 읽어 내렸다.

역천마제의 손에는 귀천성 소식뿐 아니라 조정과 군문에서 올라온 여러 문서들이 있었는데, 그는 의외로 성실하게 황제 업무를 수행하며 제국과 귀천성을 다스리는 데에 부족함이 없는 능력을 보여 주고 있었다.

신 제국 조정이 빠르게 안정화된 데에는 병석을 털고 나와 이전의 황제들과 달리 제대로 업무를 수행해 주는 역천마제의 공이 컸다.

"정사연합 놈들이 파군을 통해 장기군 외곽까지 들어왔습니다."

"호오, 배신자 놈들이 감히 내 영역에 숨은 건가?"

검마제의 보고에 이제까지 잠잠하던 역천마제의 눈빛이 순간 녹광으로 번뜩였다.

"진짜 혼현마제 일당을 쫓는 것인지 유인인지 아직 확인하지 못했습니다. 수하들을 보낼까요?"

"허허허허. ……나도 그렇지만 너도 천수현인 그자를 제법 알지 않느냐. 그자가 고작 유인이나 하자고 귀한 목숨들을 보냈을까?"

검마제의 물음에 역천마제가 유쾌한 듯 웃었다.

역천마제의 되물음 속에 답이 있었다.

천수현인이 정파 무인들의 목숨을 제 목숨만큼이나 애지중지하여 하나의 목숨으로 두 배, 세 배의 결과를 얻지 못할 일에는 결코 위험을 감수하려 하지 않는다는 걸, 그와 싸워

본 역천마제와 검마제가 누구보다 잘 알았다.

"예상대로 놈들이 혼현마제를 살려 둔 모양이다. 혼현마제를 인질 삼아 독마제를 건드릴 셈인 게야."

역천마제가 천수현인의 생각을 꿰뚫을 듯 눈을 예리하게 빛냈다.

그리고 낮게 웃음을 흘렸다.

"흐흐흐, 놈들이 널 노리는 모양이구나."

역천마제의 시선이 검마제를 향했다.

예리하게 빛나는 눈 또한 검마제를 향했다.

검마제의 동요를 찾으려는 듯 구석구석 칼날 같은 눈빛이 검마제를 헤집었다.

하지만 검마제는 역천마제의 눈빛 앞에 어떤 동요도 없이 의연하게 섰다.

그의 충성심은 늘 시험당하지만, 늘 완벽했다.

"독부 은요의 운명이 너를 해하려 할 것이다. 그년의 독이 문제로구나. 하지만 상관없다. 독부를 죽이고 운명의 사슬을 끊거라."

역천마제가 검마제에게 명을 내렸다.

검마제는 기꺼이 그 위험한 명을 받들었다.

"나는 운명을 완성하기 위해 광마제를 죽인 것이 아니다. 광마제를 죽이는 데에 운명을 이용한 것이지. 내 충직한 수하를 죽이는 것이 운명이라면, 끊어 버려도 좋다. 내 앞을 방

해하는 것이라면 운명이라도 부술 것이다!"

역천마제가 대륜궁 너머 어딘가를 향해 섬뜩할 정도로 강렬한 녹광을 내뿜었다.

장기군 외곽의 작은 마을.

작은 마을이었지만 국경 길목에 있는 곳이라 그런지 마을도 제법 크고 사람들도 많았다.

코앞에 한 제국 군대가 있었지만, 저자의 사람들은 전쟁 걱정이라곤 모르는 사람들처럼 활기가 넘쳤다.

"신기하네."

강무련이 저자를 둘러보며 감탄하듯 말했다.

그러자 남궁교명이 의아한 듯 물었다.

"뭐가 그렇게 신기한데?"

"이 사람들, 불과 얼마 전에 옆 마을이 다른 나라가 되었어. 그런데도 전혀 아무 일 없다는 듯 살고 있잖아?"

강무련이 저자의 백성들을 보며 말했다.

하지만 남궁구가 보기엔 전혀 신기할 것이 없는 모습이었다.

"무림인들은 내일 죽을지 오늘 죽을지 모르잖아."

"응?"

"옆 마을이 다른 나라가 됐다곤 하지만 성문이 무너지고 신 제국군이 물러난 후에 저절로 편입된 곳이야. 본래 관리도 없던 곳이라 호족들도 그대로고 사는 사람들도 그대로지. 관문이 설치되면 그땐 좀 달라지겠지만, 저 사람들 입장에선 별로 달라진 게 없다는 소리다. 그리니 저들이 보기엔 우리처럼 칼 들고 다니는 무림인들이 더 하루살이 같지 않겠어? ……실제로도 그렇고."

장황하게 말을 이어 가던 남궁구가 중간에 조금 움찔하고 말았다.

그 모습에 강무련과 남궁교명이 바짝 긴장했고, 나하연은 주먹을 쥐었다.

"……갔나?"

"어이, 하연 낭자, 주먹은 왜 쥔 거냐?"

"나도 모르게 습관적으로 그만."

남궁구의 날카로운 물음에 나하연이 슬쩍 주먹을 내렸다.

그리고 일행이 다 같이 약속이나 한 듯 한숨을 쉬었다.

"흑오문이라고 했나? 무슨 소매치기 놈들이 이렇게 노골적이지? 너무 티 나게 손을 대니까 나도 모르게 움찔하고 말았잖아."

남궁구가 전낭이 있던 허리를 손바닥으로 문지르며 말했다.

그러자 남궁교명이 남궁구에게 얄미운 비소를 흘렸다.

"거짓말, 나하연 때문에 쫀 거잖아."

"젠장, 저 주먹이 눈에 보이는데 너는 안 쫄 것 같아?"

"……."

정직한 남궁교명은 '나는 안 쫄 거다.' 확신하지 못했다.

"일단 여기가 귀천성에서, 아니 혼현마제 일당 중 하오문 역할을 한다는 흑오문의 영역이고, 우리는 순조롭게 놈들의 표적이 된 것 같네."

"모른 척하기도 힘들었지만."

남궁교명과 강무련이 한시름을 놓은 듯 주변을 둘러보며 말했다.

은근히 느껴지는 시선이 아직도 놈들이 이쪽을 주시 중인 듯했다.

"도련님, 너는 이제 제법 천연덕스럽게 모른 척을 잘하네?"

"남궁 공자는 만두를 사고 있다."

"아……."

남궁진휘나 남궁구처럼 뻔뻔스럽게 연기를 잘할 자신이 없었던 진화는 진짜 저자 구경에 집중하기로 한 듯 자연스럽게 만두 가게 앞에 줄을 서고 있었다.

잠시 후, 차례가 된 진화가 남궁구를 불렀다.

손에는 만두 봉지가 들려 있었다.

"도련님, 왜?"

"계산해라."

"아, 잠시만 여기…… 헉!"

진화의 만두를 계산하려던 남궁구가 갑자기 신음을 내었다.

일행의 머릿속으로 불길한 예감이 스쳤다.

아니나 다를까.

"이 새끼들…… 진짜 전낭까지 다 털어 갔는데?"

남궁구가 낭패한 얼굴로 텅텅 빈 허리를 보였다.

"미쳤어? 그걸 그냥 다 넘기면 어떡해!"

"젠장!"

"놈들을 빨리 잡아야 할 이유가 생겼군. 가지!"

이제 겨우 사람다운 위생 상태를 유지하는가 싶었는데…….

남궁교명과 강무련의 안색이 창백하게 질리고, 나하연이 결연한 얼굴로 주먹을 쥐었다.

하지만 누구보다 낭패한 사람은 다름 아닌 진화였다.

"보슈, 어쩔 것이오?"

"……."

만두 가게 주인이 험상궂은 얼굴로 묻는 말에, 진화는 만두 봉지와 흑오문 소매치기를 잡으러 간 일행을 번갈아 보았다.

가슴 속에 딱딱한 무언가가 크게 느껴졌다.

타닥타닥타닥타닥.

저자 뒷골목을 이리저리 달리는 급한 발소리.

막다른 골목 구석으로 들어가며 지친 발소리가 조금씩 느려질 즈음, 뛰는 자 위에 나는 자가 있다고 지붕 위에서 두 명의 인영이 뛰어내렸다.

"멈춰."

"일단 돈부터 내놔라."

남궁교명과 강무련이 진지하고 단호하게 말했다.

"이런 씨!"

잿빛 옷을 입은 마른 사내가 욕지거리를 뱉으며 당장이라도 뛰어나갈 듯 뒤를 돌았다.

그러자 막다른 길을 막고 남궁구와 나하연이 걸어왔다.

"못 간다."

"맞기 전에 일단 돈부터 내놔."

나하연이 기세를 뿜으며 길을 막고 남궁구가 손바닥을 내밀었다.

그들의 뒤에 진화가 조용히 자리를 지켰다.

젊은 사내는 당황한 얼굴로 진화까지 확인했다.

그리고 표정이 돌변하더니 비릿하게 웃어 보였다.

"흐흐, 전부 쫓아왔네?"

젊은 사내의 비웃음과 함께, 막다른 골목을 둘러싸고 있던 건물들 안에서 잿빛 무복을 입은 사내들이 우르르 뛰어

나왔다.

"네놈들이 이곳에 발을 들였을 때부터 기회만 보고 있었지. 제 발로 죽을 자리를 찾아왔구나."

흑오문 사내들이 빼곡하게 진화와 일행을 둘러싼 가운데, 그들을 가르며 입에 담배를 문 중년인이 천천히 걸어 나왔다.

얼굴을 가로지르는 자상에 한쪽 눈이 하얗게 멀어 버린 중년인은 흑오문 문주 백안사였다.

"혼현마제께선 네놈들의 행적을 모두 알고 계셨다. 다른 쪽 놈들도 지금쯤 곤란한 상황에 빠졌을 게다. 지금 너희들처럼."

백안사는 멀쩡한 한쪽 눈으로 진화와 일행을 보며 비릿한 미소를 머금었다.

"어서 오십시오! 청하상단 분이시죠? 이 사람들입니까?"

남궁진휘와 일행이 마지막 성문 앞에 도착하자, 뚱뚱한 상인이 말한 사람이 나와 있었다.

건장한 사내는 마치 잘되는 식당의 점소이처럼 친절하고 살갑게 남궁진휘에게 다가왔다.

하지만 그가 다가오기 전 남궁진휘를 보고 살짝 움찔거리는 것을 모두 놓치지 않고 보았다.

'생각했던 것보다 훨씬 크네. 게다가 풍기는 기도도 범상치 않고…… 역시 남궁이라 이건가?'

사내가 데구루루 눈알을 굴리며, 감옥 안에 있는 다른 사람들의 모습을 빠르게 훑었다.

'하나같이 범상치 않군.'

사내의 시선이 남궁진혜의 잘 쪼개진 삼각근에서 머물자 남궁진휘의 눈매가 가늘게 변했다.

그때, 사내가 짐짓 곤란한 듯한 표정으로 남궁진휘를 보았다.

"아, 하하하, 물건들이 좋네요. 그런데 이걸 어쩌죠? 안쪽 상회가 있는 곳에 가려면 마차에서 내려야 하는데……."

"무슨 문제가 있습니까?"

"아, 그게…… 이 사람들이 귀천성 출신 무인이라 하지 않았습니까? 마차에서 내려 상회까지 가야 하는데, 통제는 되는 겁니까? 하하하, 제가 겁이 많아서요."

사내가 민망한 듯 웃는 동시에 남궁진휘의 표정을 세밀하게 살폈다.

남궁진휘는 그런 사내에게 눈 하나 깜짝하지 않고 감옥의 문을 열었다.

덜컹!

"아, 아니, 잠깐……!"

"하하하! 걱정 마십시오."

남궁진휘가 놀라는 사내를 향해 호탕하게 웃으며, 남궁진혜의 손과 발에 감긴 쇠사슬을 보여 주었다.

철렁철렁.

남궁진휘의 손짓에 따라 쇠사슬이 출렁거리며 소리를 내자, 불안하던 사내의 표정이 대번에 밝아졌다.

'이게 웬 떡이냐! 흐흐흐, 멍청한 놈들.'

사내는 진심으로 쾌재를 부르고 있었다.

그들의 본거지까지 잠입한 정사연합 고수에 남궁세가 출신이라는 이야기가 있어서 잔뜩 긴장하던 차였다.

그런데 스스로 쇠사슬을 차고 가겠다니!

'이제 이놈만 경계하면 되겠군.'

사내는 남궁진휘를 힐끗거리며 위로 올라가려는 입꼬리를 눌렀다.

출렁출렁.

차르르르르르…….

남궁진혜와 호명기, 무현과 당혜군이 걸을 때마다 발에 달린 사슬이 부딪치고 끌리는 소리가 났다.

사내는 일행을 저잣거리에서도 제일 안쪽에 있는 인적이 드문 건물로 안내했다.

흔히 있는 붉은 부적조차 붙이지 않은 검은 기와와 검은 기둥, 검은 현판이 눈에 띄는 건물이었다.

남궁진휘가 사내를 보았다.

“이 안쪽입니다.”

“네에…….”

남궁진휘가 한숨을 쉬듯 말끝을 흐렸다.

떨떠름한 대답에 사내가 마른침을 삼켰다.

‘다 왔는데, 뭔가 눈치챈 건가?’

혹시 남궁진휘가 발을 멈출까 봐 사내가 얼른 문을 열었다.

“안으로 들어가시지요! 특별히 값을 잘 치르라는 전갈도 받았습니다. 마, 만족스러우실 겁니다!”

“……그런가요.”

사내의 재촉에 남궁진휘가 마지못한 듯 안으로 들어갔다.

출렁출렁.

캉캉캉캉캉.

남궁진휘를 재촉하는 듯 공격적인 쇠사슬 소리가 뒤를 따랐다.

그리고 일행이 모두 안으로 들어서자.

덜컹. 쾅! 쾅!

급하게 문이 닫히고 걸어 잠그는 소리가 크게 울렸다.

도저히 거래를 앞두고 있다곤 생각할 수 없을 정도로 적막한 분위기 속에, 검은 옷을 입은 사내들이 단상을 기준으로 양쪽으로 도열해 있고 이 층 난관에도 빠짐없이 서 있었다.

무겁게 가라앉은 표정과 눈빛들이 남궁진휘 일행을 향했다.

단상에 앉은 검은 도포를 걸친 사내가 남궁진휘 일행을 내려다보았다.
“잘도 이곳까지 왔군.”
위엄이 느껴지는 낮은 목소리.
피식- 웃음이 새는 소리와 함께 남궁진휘의 입꼬리가 삐뚜름하게 올라갔다.
“너무 대놓고 수상쩍어서 무시당하는 기분은 처음이었어.”
비틀어진 속내처럼 비꼰 말이었다.
그와 동시에.
“헉!”
일행을 안내한 사내의 눈이 휘둥그레졌다.
쿵! 쿵!
철컹. 철컹. 철컹.
포로, 아니 포로로 위장한 정사연합 무인들의 손발에 메여있던 쇠사슬이 동강동강 땅으로 떨어지고 있었다.
“젠장. 모르는 척하고 있기도 더럽게 힘들었네. 뭐가 이렇게 어설퍼? 성의 없게.”
남궁진혜가 구시렁거리며 다른 일행의 쇠사슬을 힘으로 끊어 주고 있었다.
“그 덕에 숨기고 있던 검은 안 들켰지 않습니까.”
남궁진혜가 쇠사슬을 끊어 주자, 청수검 무현이 부자연스럽던 다리에 숨기고 있던 검을 꺼냈다.

청수검 무현은 물론 소애검 호명기와 청명화 남궁진혜도 모두 검을 쓰는 이들로, 그들의 걸음이 부자연스러웠던 건 쇠사슬 때문이 아니라 다리에 숨긴 검 때문이었다.

마지막으로 당혜평도 숨기고 있던 검을 꺼내 남궁진휘에게 주었다.

"쇠사슬만 보고 몸수색조차 안 하다니. 잘도 안 들킬 거라 생각했나 봐?"

남궁진휘가 단상에 앉은 구마문주 구마멸살 신형권을 향해 들었던 말을 돌려주었다.

구마문주의 눈매가 파르르 떨렸지만 그는 여전히 여유를 잃지 않았다.

"알았다 해도 소용없다. 혼현마제께선 모든 것을 읽고 계셨으니까. 네놈들은 눈치를 챘다고 해도, 과연 다른 쪽도 그럴까?"

구마문주가 말하는 '다른 쪽'이 누굴 말하는 것인지는 명백했다.

남궁진혜조차 발끈할 정도였으니까.

하지만 남궁진휘는 전혀 당황하지 않았다.

남궁진휘 또한 남궁진혜 못지않게 진화를 아꼈지만, 동시에 진화가 광마제를 단신으로 죽일 정도로 강하다는 걸 인정하고 있었기 때문이다.

"주제 파악을 못 하는군. 이 모든 걸 다 알면서 막다른 길까지 따라 들어온 이유가 뭐라고 생각하지?"

"무슨 말을 하고 싶은 거냐?"

"범이 막다른 길에서 사슴을 대면하면, 그건 사슴과 만났다고 하지 않아. 막다른 길로 사슴을 몰았다고 하지."

"……!"

남궁진휘의 자신만만한 말에 구마문주의 눈이 커졌다.

크게 뜬 눈으로 살기가 번져 나왔다.

"광오하구나. 그 광오함 때문에 제왕검이 손자, 손녀를 잃겠어."

구마문주는 이미 남궁진휘와 일행을 정체를 파악하고 있었던 듯했다.

그 말인즉, 남궁진휘 일행의 목숨을 노리기에 구마준의 준비가 부족하진 않을 거란 의미였다.

동시에 '다른 쪽', 진화와 일행을 노린 자들의 준비도 부족하지 않으리라.

"내 말을 잘 못 알아들었군. 내 말의 요지는, 이제 네놈들이 사슴 같은 약자가 되었다는 말이다."

남궁진휘의 눈매가 사납게 가라앉았다.

장기군 전체에 걸쳐 있는 기면산의 어느 동굴.

깊은 산속 동굴이라곤 믿을 수 없을 정도로 정교하고 체계적인 구조를 가지고 있었다.

긴 복도를 따라 여러 개의 방들이 줄지어 있고, 방들끼리도 복잡한 구조로 이어져 있었다.

처음부터 지금과 같은 상황을 염두에 두고 만든 안가.

"복잡하네."

"멋모르고 들어오면 함정에 빠지거나 마제님의 환각에 빠지겠지."

"우리의 안전을 위해 만든 안가니까."

동굴을 드나드는 무사들은 동굴의 복잡한 구조에 불편함을 느끼기보다 지금과 같은 상황을 내다본 혼현마제의 혜안에 탄복했다.

그 복잡한 동굴에서도 복도가 아니라 몇 개의 방을 지나쳐야만 나오는 가장 깊은 방.

방에는 환자라도 있는 듯 독한 약재 냄새와 연기가 자욱했고, 침상에는 누워 있는 사람을 가리기 위해 촘촘한 발이 쳐져 있었다.

독부 은요가 걱정스러운 얼굴로 침상을 보았다.

독부가 이처럼 애틋하게 볼 사람은 단 한 사람뿐이었다.

"놈들이 함정에 들어왔다고 해요."

"……그렇군."

독부가 전하는 소식에 침상에서 조금 늦게 대답 소리가 들렸다.

거칠게 갈라진 목소리가 힘겹게 들렸다.

독부가 가볍게 한숨을 쉬었다.

“가가, 저는 걱정이에요. 가가의 몸이 정상이 아닌 때이니만큼, 지금은 조용히 은거하는 것이 좋지 않겠어요?”

독부 은요가 걱정스러운 마음을 전했다.

그러자 침상 안에 비치는 그림자가 들썩이며 격한 기침 소리가 났다.

“콜록! 콜록! 콜록! ……컥!”

“가가!”

독부 은요가 어찌할 바를 모르다가 침상으로 다가가는데, 침상에 있던 그림자가 손을 들어 독부를 막았다.

“피, 콜록! 필요 없다. 나는 괜찮다. 잠시 시간이 필요한 것뿐이야.”

“가가…….”

“콜록! 나는 이대로 시간을 가지면 그만이다. 하지만 앞으로를 위해 정리할 것은 정리를 해야지. 처음부터, 모든 계획이 최선의 길에서 어긋난 것은 변수 때문이었다. 이참에 그 변수를 없애야 한다! 콜록! 콜록!”

“가가!”

급해지는 기침 소리에 독부 은요가 약재를 피우는 향로에 검은 가루를 더 넣었다.

그러자 기침 소리가 점점 잦아들었다.

"정파 놈들이 일부러 날 살려 둔 거다, 지금을 위해. 날 인질로 삼아 널 이용해서 검마제를 처리하려 했겠지. 흐흐흐, 천수현인다운 방법이야."

침상 위의 그림자가 낮게 웃음소리를 흘렸다.

독부가 넣은 약재 때문일까.

기침 소리가 잦아든 목소리가 한결 맑아졌다.

"그놈 앞에 내 시체를 던져 줄 것이다. 내 시체를 본 놈의 표정이 어떻게 변할지 궁금하구나. 하하하하!"

맑아진 목소리는 마치 소년의 그것처럼 낭랑하기까지 했다.

지난 전쟁에서 중원 무림을 차지하고 있던 정파가 귀천성에 밀린 이유는 크게 두 가지라.

첫째는 갑자기 나타난 귀천성 고수들의 무공을 잘 알지 못해서, 둘째는 큰 전쟁을 치러 본 적 없었기에 귀천성의 공격에 제대로 대응하지 못했기 때문이다.

……그것이 정파 무림이 표면적으로 내세우는 이유였다.

하지만 십이좌회로 대변되는 정파 지도층의 생각은 달랐다.

특히 총군사인 천수현인 제갈길현은 정의맹 패배의 가장

큰 이유로 역천마제와 검마제, 광마제를 꼽았다.

그들과 대등하게 싸울 절대 고수들만 있었어도, 아니 십이 좌회가 힘을 합해 그들을 이길 정도만 되었어도 정도 무림이 그렇게 속수무책으로 밀려나진 않았을 것이라는 게 전쟁을 이끈 총군사의 생각이었다.

수십 년간 귀천성과 전쟁을 하며 수많은 희생을 통해 무림 절반을 지켜 낸 정의맹 수뇌부의 생각도 천수현인의 생각과 크게 다르지 않았다.

지난 수백 년 동안 정파는 당연한 듯 중원 무림에 군림했다.

과시하듯 수련을 하면서, 다툼과 갈등은 정치적으로 해결하는 일이 늘었다.

죽음과 희생을 두려워하며 현실에 안주한 무림인의 말로는, 결국 제대로 싸워 보지도 못하고 모든 터전을 빼앗기는 것이었다.

귀천성과의 전쟁은 안일했던 정파를 깨웠다.

죽음을 무릅쓰고서라도 지켜야 할 신념과 명예에 눈을 떴고, 문파와 가족, 제 사람들을 지키기 위해선 목숨을 걸고 싸워야 한다는 걸 깨달았다.

정파 수뇌부는 인재를 키우는 데에 혈안이 되었다.

문파와 세가의 모든 무학을 집대성하고 학사들을 동원해 무공에 대한 해석을 다는 것부터 시작해 창고에 모아 두기만 했던 영약을 풀고 모자란 것은 중원을 뒤져 사들였다.

그 결과가 바로, 정의무학관을 졸업한 지금의 세대들이었다.

이전 세대가 귀천성을 두려워했다면 지금 세대는 그들을 향해 복수심을 불태웠고, 이전 세대가 수많은 희생을 통해 겨우 얻었던 승리를 지금 세대는 귀천성과 싸워 쟁취했다.

지금은 오히려 상황이 역전된 듯했다.

콰─광!

퍼어어어억!

남궁진혜가 검을 휘두르자 구마문 무사들이 우수수 쓰러졌다.

이제는 온전하게 푸른 광채를 뿜은 거대한 강기가 검을 감싸고, 남궁진혜가 그것을 휘두를 때마다 어디든, 무엇이든 부서지는 듯한 둔탁한 소리가 났다.

퍼-----억!

"꾸에에에엑-!"

내장이 끊기는 듯 절절한 비명이 울렸다.

실제로 남궁진혜의 검강에 얻어맞은 구마문도는 울컥 핏물과 함께 뭔가를 뱉어 냈다.

"자, 다음! 어디 와 봐!"

소매를 다 뜯어 버린 옷 밖으로 터질 듯한 근육을 뽐내는 남궁진혜는 수십 명의 구마문도를 상대하고도 전혀 지친 기색이 없었다.

강도 높은 수련과 단단하게 쌓인 내공은 남궁진혜를 지치지 않는 괴물처럼 만들어 놓았다.

싸우는 내내 남궁진혜를 살피던 남궁진휘가 짧게 한숨을 쉬었다.

"진짜 적호단주한테라도 보내야 하나……."

쉐에에에엑---!

남궁진휘를 노리던 구마문도는 검을 들고 달려들던 그대로 소애검 호현기의 검에 몸이 두 동강 났다.

파-앗!

단번에 척추를 끊어 내는 힘과 예리함.

남궁세가의 검이 가진 정수였다.

남궁진휘가 호현기를 향해 고개를 끄덕였다.

그런 남궁진휘와 호현기의 모습을 유심히 지켜보던 사람이 또 있었으니, 바로 당혜평이었다.

'역시 남궁세가라고 해야 하나. 가신들에게까지 무공의 정수가 착실하게 전해지고 있군. 남궁진화는 논외로 치더라도, 남궁진휘와 남궁진혜도 감당하기 힘든데 그 가신들까지? ……당분간 남궁천하가 계속되겠군.'

당혜평이 제 목을 노리는 구마문도의 목에 단검을 찔러 넣

고 비틀었다.

피가 터져 나오며 구마문도가 몸을 숙이자, 당혜평이 그의 등을 밟고 뛰어올랐다.

탓-!

휘이이이이익---!

이 층 높이까지 뛰어오른 당혜평의 손에서 만천화우(滿天花雨)가 쏟아졌다.

당혜군과 닮은 까만 피부에 야무진 이목구비, 매서운 눈매가 이 층 난관에서 공격 기회를 보던 구마문도들을 하나하나 확인했다.

타타타타타타탓---!

비처럼 쏟아지는 대침은 막무가내로 떨어지는 것이 아니었다.

당혜평의 시선이 닿은 구마문도들을 향해 정확하게 날아간 대침들은, 구마문도의 몸 위에 은빛 죽음의 꽃을 피웠다.

하지만 그들 중 가장 많은 구마문도를 죽이는 사람은 남궁세가 사람도, 당혜평도 아니었다.

청수검(淸秀劍) 무현.

그는 이전부터도 천하제일신룡이라는 남궁진휘에 버금가는 유일한 사람이었다.

현무단주 운해를 제치고 무당제일검의 자리를 차지한 후로, 무현은 청수(淸水)가 아닌 청수(淸秀)가 되었다.

쉐에에에에엑---!

파파파파팟-! 쉐에에에엑-!

흐르는 물처럼, 구름처럼, 이윽고 산과 산 사이를 흐르는 하얀 운해처럼.

무현의 손과 발, 온몸에서 태극혜검 칠십이변초가 운해처럼 끊어지지 않고 유려하게 펼쳐졌다.

쉐에에엑--!

거대한 산조차 막지 못하는 운해의 자유로움을 구마문도들이 막을 수 있을 리 없었고.

사천 무림을 잡아먹은 귀천성에 대항하는 최전선으로서 무당의 검은 망설임과 타협 따윈 없었다.

쉐에에엑-!

"크아아악!"

파팟!

핏방울이 안개처럼 퍼지고, 무현은 혼자서 그리던 태극무한진을 서서히 키워 갔다.

"마, 말도 안 돼!"

구마문주가 눈앞의 광경을 믿을 수 없다는 듯 보았다.

아무리 정파에서 내로라하는 신진 고수들이라지만 겨우 다섯 명이었다.

겨우 다섯 명에게 구마문이 몰살을 당하고 있었다.

"이놈들-!"

구마문주 신형권이 문도들을 구하기 위해 필사적으로 손을 뻗었다.

하지만.

쉐에에에엑-!

남궁진휘의 검이 구마문주의 코끝을 스치고 지났다.

남궁진휘는 처음부터 구마문주만을 막고 나섰고, 구마문도들은 사실상 네 사람에 의해 몰살을 당하고 있는 것이었다.

챙! 챙챙--!

사방에서 검병이 부딪히는 소리가 구마문주를 압박했다.

"안 돼! 안 돼!"

구마문주는 그저 소리만 지를 뿐, 단 한 걸음도 앞으로 나가지 못했다.

구마문주가 나서려 할 때마다 남궁진휘의 검이 그의 앞을 가로막았기 때문이다.

"크아아아아! 죽인다-!"

눈이 벌겋게 달아오를 정도로 흥분한 구마문주가 양 주먹에 새빨간 불덩어리 같은 기운을 피워 올리며 남궁진휘를 향해 달려들었다.

퍼-엉! 퍽! 퍽!

퍼---엉!

"허!"

남궁진휘가 검을 휘둘러 구마문주의 주먹을 막으며 싸늘

하게 코웃음을 쳤다.

"소용없소. 주먹에 실린 권기는 제법 강하다만, 주먹을 휘두르는 주인의 평정심이 그렇게 무너져서야. 기본 중의 기본조차 잊은 게요?"

흥분해서 달려드는 마구잡이식 공격은 보기만 요란할 뿐 남궁진휘에게 어떤 타격도 주지 못했다.

"네놈---!"

구마문주가 벌겋게 눈을 부라리며 남궁진휘를 노려보았다.

사실 신진 문파라 할 수 있는 구마문은 경지를 바라보는 문주 신형권과 세 명의 멸사장로들의 무공은 뛰어나지만, 나머지는 핵심 전력이라는 이들조차 절정을 겨우 넘겼을 뿐이었다.

중소 문파의 한계였다.

문도들을 이끌고 가르칠 고수들도 적고 체계도 미흡한데, 문도들마저 명문 정파에 비해 심법을 익히는 시기가 늦어 성취가 더뎠다.

하지만 아무리 그래도 고작 다섯 명에게 이렇게까지 속수무책으로 당할 정도는 아니었는데…….

모두 남궁진휘 때문이었다.

어떻게 알았는지 남궁진휘의 지시에 따라 남궁진혜와 청수검 무현, 소애검 호현기까지, 세 사람이 전투가 시작되자

마자 세 명의 멸사장로를 기습했다.

일격필살.

순식간에 세 명의 멸사장로들이 죽어 버림으로써, 이후 남궁진휘가 구마문주를 막아 내는 사이 남은 이들이 일방적인 전투를 이어 간 것이다.

"크으으, 젠장! 젠장! 이 비겁한 놈들! 네놈들이 그러고도 정파더냐!"

구마문주의 말에 남궁진휘가 눈을 크게 떴다.

그리고 피식 웃음을 흘렸다.

"구마문주, 내가 왜 당신을 죽이지 않고 이렇게 붙잡고만 있는 것 같소?"

"뭐라!"

마치 언제든 죽일 수 있는데 일부러 살려 두고 있다는 듯한 말투.

구마문주가 이전과는 다른 분노를 담아 남궁진휘를 노려보았다.

문도들은 약하지만 스스로의 무공에는 자부심이 꽤 높은 듯하지만, 제왕검과 남궁세가 고수들의 등을 보고 자란 남궁진휘에게는 가소로울 뿐이었다.

"저기 무현은 곡배령 출신이오. 아, 곡배령이라면 모르려나? 그대들이 검마제를 도와 형주를 도모할 때 집어삼킨 마을 중 하나, 이렇게 말하면 알겠소?"

"……!"

"역천마제가 멈추고 그대들 구마문이 고작 이 장기군 하나를 가지려고 죽였던 무수히 많은 사람들 중에, 저기 무현의 가족들도 있었소. 이래도 우리에게 '정의'를 바라시오?"

남궁진휘의 눈빛에 살기가 일렁였다.

폐부를 찌르는 듯한 남궁진휘의 날카로운 물음에 구마문주의 눈동자가 하염없이 떨렸다.

위로 올라선 사람이 있다면 그 아래에서 받치고 있는 사람도 있는 게 당연한 이치라, 남궁진휘는 정파의 군림만이 '정의'라고 말할 수 없었다.

하여 남궁진휘는 남궁세가의 소가주이자 정의맹 부군사로서 이 전투를 '복수'라고 말했다.

"역천마제도 없이 지리멸렬해 있는 귀천성이 절치부심 복수만 기다린 정사연합을 이길 수 있을까. 아차, 그대들은 이제 귀천성도 뭣도 아니던가? 뭐, 그게 중요한 건 아니니까. 중요한 건, 팔마제가 없는 그대들은 여전히 정파의 발아래 숨죽여 살던 오합지졸들이라는 사실이오."

쉐에에에엑----!

핏줄기가 울컥 튀어 올랐다.

무현의 검에 베인 구마문도들이 뱉어 낸 피였다.

그것을 마지막으로 거침없이 베어 가던 무현의 복수가 끝이 났다.

그리고 남궁진휘는 더 이상 구마문주를 막고 있을 이유가 없어졌다.

"이만 끝내지."

냉정하게 검을 내리는 남궁진휘를 보며 구마문주의 눈이 커졌다.

그리고 곧 이성을 잃은 분노가 두 눈 가득 차올랐다.

"누구 마음대로 감히---!"

두 주먹에 불꽃을 내뿜으며 구마문주가 제 앞에서 감히 검을 내린 남궁진휘를 향해 달려들었다.

그런데 그때.

쉐에에엑-!

구마문주의 앞으로 짙은 녹음을 닮은 청명한 기운이 쏘아졌다.

퍼---엉!

구마문주가 주먹을 들어 무당의 현문지기를 막았다.

하지만 거기까지였다.

순식간에 구마문주의 앞에 나타난 무현은 망설이지 않고 양의현강의 묘리를 검에 담아 휘둘렀다.

쉐------액!

한여름 뙤약볕처럼 매섭고 뜨거운 검기가 구마문주의 목을 가로질렀다.

삐이이이이––––.

안에서 다른 일행이 구마문의 생존자를 확인하는 동안, 남궁진휘와 남궁진혜가 밖으로 나왔다.

하늘에는 어느새 매응이 날고 있었고, 남궁진휘가 매응을 불렀다.

두 사람의 남궁세가 직계가 있었지만, 똑똑한 매응은 헷갈리지 않고 남궁진휘의 팔에 내려앉았다.

“구마문은 끝났는데 지원단은 불러서 뭐 하게?”

남궁진혜의 물음에 남궁진휘가 슬쩍 웃음을 흘렸다.

“여기가 아니라는 걸 확인시켜 줘야지.”

“……지원대는 우리와 함께하는 게 아니었어?”

남궁진휘의 애매한 답에 남궁진혜가 고개를 갸웃거렸다.

그에 남궁진휘가 씨익 웃었다.

“지원대의 임무는 은거지를 덮치는 거고. 우리의 임무는 혼현마제와 독부의 은거지를 확인하는 거지, 지원대와 함께하는 건 아니었으니까.”

“으, 뭘 그렇게 복잡하게 하는 거야?”

남궁진휘의 말에 이제야 상황이 진행되는 방향을 알아챈 남궁진혜가 인상을 찡푸렸다.

적에게 사로잡힐 경우를 대비해서 임무를 제외한 내용은

책임자밖에 알지 못하게 한 것이지만, 남궁진혜는 그것을 서운해하기는커녕 이제 와 알게 되는 것조차 귀찮은 듯 보였다.

남궁진휘는 남궁진혜를 놀리긴 하지만 그녀의 단순한 생활방식을 나무라진 않았다.

"동생아, 세상은 너처럼 단순하지 않단다. 우리가 적을 속이려 한다면, 적도 우릴 속이려 하지. 그러니 우리가 이기려면, 적보다 더 잘 속이거나 적보다 더 강해야 한단다."

"나도 알아!"

"그래. 네가 적어도 바보는 아니라 참 다행이야. 후후후."

"또, 또. 그렇게 재수 없게 좀 웃지 마! 재수탱이야!"

수십 명의 피를 전신에 적시고, 남매는 평소처럼 티격태격을 이어 갔다.

두 남매가 유일하게 다툼을 멈추는 때가 있다면.

"우리 진화는 괜찮을까?"

"우리 진화는…… 적을 잘 속이진 못해도, 적보다 강하니까."

그것으로 남궁진휘는 진화를 걱정하는 남궁진혜에게 괜찮을 거란 말을 대신했다.

기면산 깊은 숲의 자정.

숲의 밤은 눈을 감은 것보다 어둡고 생각 이상으로 공포스럽다.

인간의 감각 대부분을 차지하는 시각이 닫히고 나면 다른 감각들이 예민해진다.

신경이 날카로운 속에 찌르르 벌레 소리가 사방에서 귀가 아플 정도로 울어 대고, 먼 곳에서 들리던 짐승의 울음소리가 생각보다 더 가까운 곳에서 울린다.

촉촉하게 젖은 흙냄새와 싱그러운 풀냄새, 겹겹이 쌓인 낙엽 냄새가 코를 어지럽히고, 예민해진 감각이 손끝까지 긴장감을 준다.

동굴 속에 있던 무사들은 예민해진 손끝의 감각으로 깜깜한 어둠을 뚫고 길을 찾았다.

스스스스스스슷.

스스스스스스슷—!

무사들의 발소리가 벌레 소리, 바람 소리에 스며들었다.

모두가 떠나고 적막해진 동굴 안.

사르르르.

톡. 톡.

늘어진 옷자락을 끌고 독부가 걸어갈 때마다 그녀의 손톱에 닿은 촛불이 하나둘 꺼졌다.

그렇게 모든 불을 끄고, 독부가 천천히 동굴 제일 안쪽에 비밀스럽게 숨겨진 방으로 들어갔다.

짙은 약초 연기가 뿌옇게 방 안을 메우고 있었다.

"모든 준비가 끝났습니다. 이제 가가만 움직이시면 돼요."

독부가 발이 드리워진 침상을 향해 말했다.

그러자 안쪽에 조용히 누워 있던 그림자가 자리에서 일어섰다.

길쭉하게 선 그림자를 보며 독부 은요의 얼굴에 화색이 돌았다.

"하아……."

짙은 한숨과 함께 그림자의 주인이 천천히 침상에서 걸어나왔다.

"마침 걸을 수 있을 정도로 회복되어 다행이야."

하얗고 고운 발이 계단에 닿았다.

혈색이 창백한 양손이 침상을 가린 발을 걷고.

"가가!"

"우리의 적들도 때마침 잘 도착했군."

독부 은요의 감격스러운 눈빛 속에 젊은 사내가 걸어 나왔다.

수오였다.

"수백, 수천의 우리를 죽이고. 결국 놈들이 가지는 건 내 시체 하나뿐일 것이니! 후후후후, 그 꼴을 구경하지 못한다니 그것이 아쉽구나."

수오의 눈이 침상을 향해 붉게 빛났다.

침상에는 또 다른 누군가가 누워 있는 듯 이불이 불룩 솟아 있었다.

독부와 수오는 방 안의 촛불을 끄고 또 다른 비밀 통로를 통해 사라졌다.

# 나아갈 진進 따를 화化 : 잔인한 사랑

인적인 드문 막다른 뒷골목.

다섯 명의 젊은 남녀를 잿빛 무복을 입은 사내들이 빼곡하게 에워싸고 있었다.

"제 발로 죽을 자리를 찾아왔구나."

"혼현마제께서 모든 걸 예상하셨다. 다른 쪽 놈들도 위험할걸, 지금 너희들처럼."

대충 그런 자신감이 넘치는 말들이었다.

담뱃대를 물고 여유를 부리는 흑오문주 백안사의 말에 다른 흑오문도들도 킬킬거리고 있었다.

그들의 모습을 보며 남궁구가 황당한 듯 물었다.

"……미친 건가?"

남궁구는 진심으로 믿기지 않는 듯 백안사의 표정을 유심히 살폈다.

그리고 한 가지 결론을 내렸다.

"귀천성에서 하오문과 같은 존재라더니, 그냥 좀도둑들의 소굴이었나 보군."

그것밖에 없었다.

그게 아니라면 이 오합지졸을 데리고 자신들의 앞에서 이렇게 당당할 수가 없었다.

무림에서 소식 좀 듣는 이들이라면, 광마제와 단신으로 붙어 승리한 정파의 떠오르는 신룡 창천화룡 남궁진화에 대해 모를 리 없었다.

아니, 몰라서도 안 되었다.

"아니면 백안사의 다른 쪽 눈도 보이지 않는다던가."

남궁구의 옆에 있던 남궁교명 역시 백안사를 한심하다는 눈빛으로 보고 있었다.

적어도 역천마제의 등극식에서 진화의 활약을 보았다면 지금처럼 문파의 존립을 위태롭게 만드는 결정을 하진 않았을 텐데.

그에 강무련이 고개를 끄덕였다.

"신진 문파 문주들의 문제점이지. 본인의 실력을 과신한

나머지 어리석은 결정으로 수하들의 목숨을 함부로 버리거든."

사패천의 그늘 아래에 사파 고수들이 성장을 이루며 사파에도 신진 문파들이 많이 생겨났다.

그들 중 순조롭게 성장하는 문파는 삼분의 일도 되지 않았다.

대부분은 문주의 경험 부족과 성급한 혈기로 몰락했다.

강무련은 흑오문도 그들과 크게 다르지 않다고 생각했다.

그때, 나하연이 마침표를 찍었다.

"상관있나? 본인이나 그 수하들이나, 세상에서 사라지는 것이 더 이로운 자들일 텐데."

나하연의 말에 흑오문주 백안사의 얼굴이 사납게 구겨졌다.

"정파 애송이들이 간덩이가 부은 건가? 여기가 어디라고 생각하는 거냐!"

백안사가 소리를 지르며 하는 말에, 진화가 그 앞으로 손을 내밀었다.

"일단 돈부터 주고 이야기하지."

만둣값을 외상하고 온 진화는 돈이 급했다.

파지지직.

백안사 앞으로 내민 손에서 뇌전이 번뜩였다.

수십 명의 적에게 둘러싸이고도 농담을 나눌 수 있을 정도로 여유로운 태도.

진화와 일행이 백안사와 흑오문을 무시한 것은 싸우기 전 기선을 제압한다거나 그들을 흥분시키려는 등 다른 의도가 있는 것이 아니었다.

진화와 일행은 진심으로 그들에게서 어떤 위협도 느끼지 못했다.

정의맹의 미친개라는 적호단에서 쌓인 경험들과 숙청단으로 활동하면서 위험천만한 임무를 수행해 낸 자신감 그리고 불과 얼마 전 광마제와 광룡귀면대를 대면했던 일들이 모두 그들의 안에 남아 있었기 때문이다.

진화처럼 경지를 넘어서고 크게 도약하는 일은 없었지만, 목숨을 건 실전을 반복하면서 무공에 대한 이해와 숙련도가 크게 늘었다.

이제는 적의 도열 상태, 눈빛, 기세만 보아도 적의 경지를 가늠할 정도는 되었던 것이다.

파파파파파팟----!

백안사의 앞에 손을 내밀며 진화의 천뢰장이 향한 곳은 백안사의 뒤에 있던 외벽이었다.

진화의 뇌전이 막다른 뒷골목을 둘러싸고 있던 건물 외벽

을 터뜨렸다.

"우아아아악!"

건물 안에 숨어 있던 흑오문도들의 모습이 비명과 함께 드러났다.

"같잖은 수작이군."

퍼어어억!

나하연이 흑오문의 의도를 비웃으며 건물 기둥을 주먹으로 찢어 버렸다.

다른 쪽에서는 남궁교명이 반대편 기둥을 검으로 갈랐다.

쩌어어어억!

"으아아악!"

"사, 사람 살려!"

흑오문의 본거지로 보이던 건물의 한쪽이 완전히 무너졌다.

성인 남자의 허벅다리만 한 기둥 몇 개와 나무를 얽어 만든 어설픈 건물은 금세 위태로운 소리를 내며 흔들렸다.

그 사이.

"여기가 어딘지 뻔히 아는데 정사연합의 이름난 고수들이 들어왔다면, 그 이유가 뭔지 한 번은 고민해 봤어야지!"

한 걸음에 삼 장까지 도약한 강무련이 백안사를 향해 주먹을 날렸다.

용의 발톱처럼 오므린 강무련의 양손에 검붉은 기운이 넘실거리고.

퍼-억! 퍽! 퍽!

백안사가 놀라서 강무련의 패천아룡권을 막았지만, 사파를 일통한 낭아왕의 패도적인 무공 앞에 뱀처럼 교활한 움직임 따윈 설 곳이 없었다.

"이런……!"

좌아아아악-!

백안사가 급하게 몸을 날려 피하자, 강무련의 발톱 같은 손가락은 백안사를 대신해서 그의 뒤에 있던 건물 외벽을 완전히 뜯어 버렸다.

퍼-엉!

"우아아악!"

거칠게 뜯긴 나무 외벽이 무방비로 있던 흑오문도들의 등을 때리며 그들을 덮쳤다.

강무련을 피한 백안사의 앞에는 남궁교명이 검을 겨누고 있었다.

"상성이 안 맞는군. 아쉽네."

남궁교명의 말은 백안사를 향한 것이 아닌 강무련을 향한 것이었다.

정확하게 알 수는 없지만 백안사의 경지는 강무련이나 일행에 비해 모자라진 않았지만, 그렇다고 더 뛰어난 것도 아니었다.

한 문파의 문주라기엔 오히려 아쉬울 정도.

다만 강무련의 패도적인 무공이 백안사를 완전히 잡아내기엔 상성이 맞지 않았을 뿐이었다.

그런 의미에서 남궁교명의 창궁무애검법은 유연하고 빠른 상대를 만났을 때에 빛을 발했다.

"헛!"

쉐에에에엑-!

휘이이익!

쉐에에엑!

어느 곳으로도 치우치지 않는 중검을 표방하는 남궁세가의 검법 중에서도 창궁무애검법은 한껏 자유로운 창공의 영활함을 좇는 검이라. 백안사의 사사일권의 빠르기와 유연함을 쫓아가기에 충분히 날카롭고 다채로운 변화를 품고 있었다.

쉐에에에엑--!

남궁교명의 검에서 펼쳐진 창궁무애검법 일파석파가 몸 전체를 회전하며 빈틈을 찾아 나가는 백안사의 가슴을 찔러 들어갔다.

퍼---엉!

빠르고 유연한 사사일권의 핵심은 연계 동작으로 얻은 힘이었다.

뱀처럼 상대의 품을 파고드는 동안 연계 동작에서 얻은 힘과 내력으로 적의 급소에 일격을 가하는 움직임.

하지만 백안사는 지금 그 어떤 힘도 발휘할 수 없었다.

파팟!

"큿!"

방향을 트는 백안사를 향해 뭔가가 날아들었기 때문이다.

파파파파파팟----!

"크아아아아아-!"

"아아아악!"

고통에 찬 비명과 울부짖음이 골목 전체에 가득 찼다.

진화의 손짓에 따라.

파-팟!

부서진 나뭇조각들이 그대로 공중에 떠오르는 동시에 불이 붙었다.

그리고 사방으로 날아갔다.

파파파팟!

"으악!"

"제, 제발!"

뇌전을 품었든, 뇌전을 견디지 못하고 불이 붙었든.

그렇게 만들어진 수십 개의 흉기가 혼란스럽게 뒤섞인 흑오문도들에게 쏘아져 나갔다.

"으아아악!"

흑오문도들이 치명상을 입고 쓰러졌다.

혹시 운이 좋아, 아니 운이 나빠서 한 번에 쓰러지지 못한

이들에겐.

퍼어어어억! 퍽! 퍽!

어김없이 나하연의 사천패룡권이 날아들었다.

빠각-!

뚜둑. 뚝-!

"아아악!"

은밀하게 남궁구의 전낭을 훔치고 달아났던 처음의 흑오문도는 자신의 뼈가 부서지는 소리를 생생하게 들으며 쓰러졌다.

좁은 공간에서 다수의 적은 크게 힘을 쓰지 못한다.

더욱이 혼자서 다수를 쓰러뜨릴 수 있는 무공을 가진 고수들의 앞에선, 그저 수련용 목각 인형을 세워 둔 것이나 다름이 없었다.

"제, 젠장! 이게 아닌데! 대체 왜!"

이렇게 압도적으로 밀리는 모습은 전혀 예상하지 못했던 건지, 아니면 이런 상황 자체가 그의 예상과 다른 것인지.

어쨌든 백안사는 순식간에 쓰러져 가는 수하들과 제대로 힘을 못 쓰는 자신의 상황에 당황스러운 기색이 역력했다.

진화의 눈에 그런 백안사의 모습이 들어왔다.

당황스러운 표정, 당연한 일이었다.

그런데 불안하게 사방을 둘러보는 눈빛이 뭔가를 찾는 듯하고, 하늘에 뜬 해나 그림자를 여러 번 확인하는 것도 수상

찍었다.

'뭔가 기다리는 것이 있나?'

그때.

쏴아아아아아-----!

갑자기 사방에서 짙은 그림자가 좁혀 들어오며 일행을 덮었다.

"아!"

백안사가 반색하며 탄성을 지르는 것과 동시에.

피—잉!

남궁교명을 향해 뭔가가 날아들었다.

파-앗! 파지직…….

"……!"

진화의 뇌전이 날아든 뭔가를 태워 버리고.

놀란 남궁교명이 진화를 돌아보았다.

진화의 시선이 내부가 완전히 드러나 위태롭게 서 있는 건물의 지붕으로 향해 있었다.

짙게 그림자가 드리워졌던 이유.

지붕 위에는 검은 무복에 복면을 쓴 이들이 사방을 둘러싸고 있었다.

진화 일행이 순식간에 진화를 중심으로 모여들었다.

"살각 놈들이군."

강무련이 굳은 얼굴로 지붕 위에 내려앉은 이들을 노려보

았다.

그 순간.

피---융!

휘휘휘휘휘---!

"……."

비가 내리듯 뭔가가 쏟아지는 소리와 함께 진화의 눈이 서늘하게 가라앉았다.

진화가 손바닥을 펼쳐 기막을 뿜어내자, 간발의 차이로 뭔가가 부딪히며 요란하게 타들어 갔다.

파파파파파파파팟---!

"으아아아악!"

"크아아악!"

강무련을 비롯한 일행이 놀란 듯 눈을 치켜떴다.

비명은 진화 일행이 아닌, 흑오문도들의 것이었다.

진화가 뇌전으로 만든 기막에 보호받지 못한 이들 전부, 온몸에 검고 뾰족한 철 가시가 박혀 죽었다.

백안사 또한 온몸에 철 가시가 박혀 있었다.

"끄어…… 어……."

백안사는 양쪽 눈에 가시가 박히며 피 눈물을 흘리는 듯한 모습으로 누군가를 찾았다.

하지만 결국 마지막 말도 제대로 잇지 못하고 쓰러졌다.

털-썩.

쓰러진 백안사의 옆으로 암림혈귀갑을 입은 전 살각주, 살선 보곡성이 내려섰다.

그리고 비릿하게 웃으며 진화와 일행 앞으로 걸어왔다.

"소천주는 오랜만이군."

보곡성이 느긋하게 말을 걸어오자, 강무련의 얼굴이 무겁게 굳었다.

"아아, 그런 얼굴 할 것 없네. 저놈들의 역할은 우리가 나타날 때까지 자네들을 붙잡아 두는 것뿐이었으니까."

보곡성이 죽은 백안사의 시체를 아무렇지 않게 지나치며 진화 일행의 앞으로 다가왔다.

촤아아아아---!

보곡성이 진화 일행의 앞에 서자, 흥분한 그의 기운에 반응하듯 암림혈귀갑의 사슬들이 진화 일행을 향해 출렁거렸다.

살선 보곡성이 새로운 소리마제가 되었다는 사실이 절로 실감이 났다.

하지만 그동안의 사선을 넘나드는 전투 경험이 키운 것은 실력과 자신감만이 아니었으니.

"쇠사슬 줄줄 감고 멋진 척하기엔 너무 늙지 않았어?"

"말은 바로 하자고. 저놈들이 우릴 붙잡은 게 아니라 우리가 기다리고 있던 거다."

"댁이 늦었다."

소리마제와 살각이라고 겁을 먹기엔 일행의 간덩이도 너

무 커졌다.

"괜찮아. 우리도 좀 늦었으니까."

강무련이 살선 보곡성을 향해 비릿하게 웃었다.

그와 동시에 일행을 뒤덮은 그림자에 균열이 생겼다.

소리마제 보곡성의 뒤, 막다른 골목에 하나 있는 출구에서 누군가 어슬렁거리며 걸어 들어왔다.

"많이 늦었습니까?"

"흑살대주."

"여어, 오랜만이야, 배신자들."

흑살대주가 거대한 검을 어깨에 걸치고 보곡성을 노려보았다.

흑살대가 건물 외벽이 있던 자리를 따라 빼곡하게 들어오고, 흑살대주는 보곡성의 도주로를 막듯 길 가운데에 섰다.

보곡성이 미간을 찌푸리고 사방을 둘러보았다.

계획과 달리 흑살대까지 나타난 상황.

'흑살대라…….'

수적으로나 전력적으로 피해가 없진 않으나 해볼 만한 전력이었다.

게다가 눈앞에 있는 이들…… 패황권문의 여식에 남궁세가 놈들, 그리고 사패천 소천주다.

'저놈들을 사로잡거나 죽이기만 한다면, 본 좌와 살각은 살선이 아니라 살신으로 불리게 될 것이다!'

보곡성의 눈이 탐욕으로 빛났다.

그런 보곡성을 보며 진화가 슬쩍 입꼬리를 올렸다.

"누구의 예상이 들어맞고, 누가 함정에 빠졌는지는 중요하지 않지. 생사는 결국 싸우는 자들의 몫이니까."

그간의 경험으로 자신감과 간덩어리를 얻은 건 일행만이 아니었다.

진화 또한 광마제를 죽이며, 스스로에게 확신을 얻었다.

"그런 의미에서 당신은 살아 나갈 자신이 있나 보군, 같잖게도!"

귀천성의 누구라도 죽일 수 있을 거란 확신.

소리마제와 살각은 정사연합이 처음부터 노렸던 사냥감이었다.

챙-!

퍼억! 퍼억!

"놈들을 전부 죽인다-!"

"함정이 있을지 모른다. 앞에 있는 이들은 발밑을 주의하라!"

적호단주와 청룡단주가 단원들을 이끌고 동굴 안으로 들어갔다.

적호단과 청룡단은 적들을 동굴로 몰아 놓고 그들을 전부 죽이며 천천히 전진했다.

횃불을 밝히긴 했지만 여전히 어두컴컴한 동굴 안.

계속해서 튀어나오는 적들과 미로처럼 퍼져 있는 방들, 혼현마제나 독마제가 있을지도 모른다는 경계심이 적호단과 청룡단의 전진 속도를 늦췄다.

그렇게 싸워 나가길 한참.

"단주-! 여기!"

방 하나하나에 모두 들어가 적들을 죽이고 마침내 끝이 보일 때쯤.

남궁진혜가 뭔가를 발견하고 소리를 질렀다.

적호단주와 청룡단주가 단원들을 두고 남궁진혜가 부른 쪽으로 먼저 움직였다.

그렇게 들어간 마지막 방.

코가 매캐할 정도로 짙은 약초 향기와 함께 시야가 흐릴 만큼 뿌연 연기가 방 안에 가득하고. 그 사이로 속을 뒤집는 악취가 풍겼다.

지독하지만 익숙한 악취였다.

성큼성큼 걸어간 적호단주가 침상의 발을 걷었다.

촤---악!

"윽! ……젠장!"

발 안에서 뭉쳐 있던 썩은 내에 인상을 찌푸린 순간, 적호단주는 침상에 누워 있는 시체를 알아보고 욕지거리를 뱉었다.

"혼현마제로군."

적호단주의 곁으로 온 청룡단주도 굳은 얼굴로 침상에 누워 있는 시체 보았다.

그때.

"단주! 숙부님!"

남궁진혜가 다급한 목소리로 적호단주와 청룡단주를 불렀다.

적호단주와 청룡단주가 뒤를 돌아보는 동시에 눈을 크게 떴다.

"이런 빌어먹을……!"

"……허어!"

적호단주가 사납게 얼굴을 일그러뜨리고, 청룡단주가 기가 막힌 듯 허탈한 숨을 뱉었다.

방 밖.

"어엇? 이, 이게 무슨 일이야?"

"……이게 전부, 환영이었던 거야?"

밤새도록 적들과 싸우고 있던 적호단원들과 청룡단원들이 의미 없이 휘두르던 검을 놓고 어리둥절해하거나 허탈함을 감추지 못했다.

"침상의 발을 걷는 순간 환영진이 깨어지게 해 두었군. 시체가 되어서라도 밤새도록 환영과 싸운 우릴 비웃으려고 한

건가?"

"이 개새끼가……!"

푸욱!

분을 참지 못한 적호단주가 혼현마제의 시체에 검을 박았다. 하지만 애먼 화풀이로는 그들이 속았다는 사실이 바뀌지 않았다.

'후후후후후후!'

어디선가 혼현마제의 비웃음 소리가 들리는 듯했다.

콰—앙!

화르르르륵!

쿠르르르—콰광! 쾅! 쾅!

기면산 자락에 불꽃이 번뜩이고, 동시에 굉음과 함께 뿌연 연기가 퍼졌다.

불꽃 때문에 불이 번진 것이 아니라 무언가가 무너지며 먼지구름이 피어오른 것이었다.

멀리 떨어진 곳에서 그 광경을 지켜본 이들 중 하나가 웃음을 터뜨렸다.

"후후후, 정의맹의 미친 곰이 꽤나 열이 받은 모양이군."

"가가, 적호단주라고 어떻게 확신하시나요?"

수오의 얼굴을 한 혼현마제의 말에 독부가 궁금한 듯 물었다.

“놈들이 비밀 통로를 찾을 수 없도록, 내가 직접 설치한 환영진의 최후다. 환영을 일으키던 현홍사를 불꽃으로 태워 동굴 전체에 균열을 만들고 마침내 무너지도록 하는 것. 그러니 제일 처음 불꽃이 터지기 전의 그 굉음은 내 것이 아니라는 게다. 후후후후!”

“아! 저만한 파괴력이라면 그 미친 곰밖에 없겠군요. 호호호!”

혼현마제의 웃음에 독부도 따라 웃었다.

소년과 청년의 사이, 약관도 되지 못한 젊은 사내에게 중년의 미부가 ‘가가’라 부르며 교태를 부리는 건 일견 이상한 광경이었지만, 두 사람 사이엔 전혀 어색함이 없었다.

혼현마제가 기면산을 보며 웃을 때 독부는 오직 혼현마제만을 보며 웃었다.

혼현마제가 수오의 몸을 차지한 이후로 부쩍 웃음이 많아진 터라, 그녀는 그것이 기쁠 뿐이었다.

“가가께서 부상으로 칩거했을 거란 선입견 때문에, 가가가 동굴에 뭔가 했을 거란 생각을 전혀 못 한 것이 저들의 패착이겠군요.”

“아니, 저들의 패착은 날 역천비지에 버려두고 간 것부터다.”

무너지는 동굴 쪽을 보는 혼현마제의 눈빛이 얼음보다 차갑게 굳었다.

"역천비지에서 중요한 건 풍수지리나 지형이 아니라 그 땅이 품고 있는 지력이다. 순리를 무시하고 기를 역류시키는 지력이야말로 역천비지의 핵심이지."

무너지는 동굴을 보며 망연자실하고 있을 적호단과 청룡단을 떠올리며 혼현마제가 싸늘하게 미소 지었다.

'그날 그곳에' 자신을 버리고 간 것이 실수였다는 사실을 저들은 영원히 알 수 없을 것이었다.

혼현마제가 기억하는 그날.

적호단주와 남궁진혜의 합격은 혼현마제를 몰아붙였다.

쉐에에에엑-!

"트아아앗-!"

남궁진혜가 혼현마제의 현홍사를 검에 감고 잡아당겼다.

"이게 무슨……!"

상상치도 못했던 강한 힘에 끌려가며 혼현마제의 얼굴에도 당황한 기색이 떠올랐다.

카-앙! 카-앙!

혼현마제가 현홍사를 끊었지만, 남궁진혜가 무지막지하게

감아 놓은 바람에 현홍사끼리 얽히고설켜 끊어 내는 것조차 쉽지 않았다.

바로 그때, 적호단주 경격권 팽치가 비호처럼 달려들었다.

혼현벽력장 파신각(破迅閣)—!

적호단주의 두 주먹이 붉은 기운을 두르고 혼현마제의 전신을 때렸다.

퍼퍽! 펑! 펑!

"읏!"

생각 이상의 충격에 혼현마제의 눈이 커졌다.

"크읏! 말도 안 돼!"

신체와 신력이 전혀 조화가 안 되는 남궁진혜의 힘도 그랬지만, 적호단주 팽치의 무공 또한 혼현마제의 예상을 뛰어넘었다.

오장의 급소를 노린 혼현벽력장에 혼현마제는 바람에 흔들리는 풍경처럼 이리저리 흔들렸다.

온몸이 터져 나가는 듯한 충격은 덤이었다.

'설마 이들이 전부 경지를 넘어섰을 줄이야!'

늦었다.

혼현마제는 적호단주와 남궁진혜의 무위를 너무 늦게 알아차렸다.

이전에 맞붙었던 때만 생각하고 계획을 세웠으니, 일이 계획대로 될 리도 없었다.

그 결과가 지금의 위기였다.

"안 돼!"

쉐에에에엑---!

현홍사가 혼현마제의 손끝에서 출렁이기 시작했다.

파파파파파팟-!

혼현마제의 기운에 반응하며 끊어진 현홍사가 남궁진혜를 향해 날아들고, 피처럼 새빨간 기운이 현홍사를 감고 있는 남궁진혜의 검을 흔들었다.

남궁진혜가 저 검을 놓치는 순간, 현홍사에 이끌려 나온 저 검이 적호단주의 심장에 가서 박힐 것이었다.

하지만.

"이 씨부렁탱이! 해보자는 거지!"

남궁진혜가 사납게 얼굴을 일그러뜨리며 말 그대로 밥 먹는 힘까지 끌어모으기 시작했다.

온몸의 근육이 터질 듯 부풀고, 이마와 팔뚝에 흉할 정도로 핏줄이 도드라졌다.

남궁진혜의 몸에서 뿜어져 나온 기운이 눈부시도록 푸르게 발광하며 남궁진혜의 의지에 따라 그녀의 검을 감쌌다.

"크아아아앗---!"

혼현마제의 기운을 따라 현홍사가 남궁진혜의 검을 뱀처

럼 옭아매고 끌어당겼지만, 남궁진혜가 차라리 손이 끊어지라는 듯 힘으로 버텼다.

기어이 힘으로 버텨 냈다.

그리고 적호단주 팽치가 최후의 건곤신장(乾坤神掌)을 날렸다.

붉은 호랑이가 올라탄 양 주먹이 혼현마제의 가슴 중앙, 옥당혈과 거궐혈을 때렸다.

퍼------엉!

혼현마제의 신형이 삼 장 가까이 튕겨 나가 절벽에 부딪혔다.

쿠웅! 쿵!

힘없이 종잇장처럼 떨어지는 혼현마제의 신형.

"……."

적호단주와 남궁진혜는 물론, 교성흑오대와 싸우고 있던 적호단원들의 눈이 혼현마제를 향했다.

혼현마제는 바닥에 엎드린 채 어떤 미동도 없었다.

마치 죽은 듯이.

역천비지 전체에 침묵이 흘렀다.

그때, 적호단주가 남궁진혜와 단원들에게 소리를 질렀다.

"빨리, 남은 놈들을 전부 처리하고 안으로 이동한다!"

"추-웅!"

안쪽에 있는 '진짜처럼 위장한' 가짜 역천비지에서는 여전

히 심상치 않은 굉음이 들려오고 있었다.

적호단주의 명에 상황을 파악한 남궁진혜와 적호단원들이 바쁘게 움직였다.

혼현마제를 잃은 교성흑오단은 적호단주와 남궁진혜가 날뛰는 적호단의 상대가 될 리 없었고, 교성흑오단을 모두 죽인 적호단은 급하게 안쪽으로 이동했다.

그즈음이었다.

혼현마제의 정신이 돌아온 것이.

"크흣!"

혼현마제가 여전히 몸을 움직이지 못한 채 기침을 토했다.

기침 속에 붉은 핏덩어리가 함께 섞여 나왔다.

'이게…… 왜…….'

눈을 뜨기 힘들었다.

정신이 혼미하고 속이 매슥거릴 정도로 머리가 어지러웠다.

온몸에 힘이 들어가지 않아 손가락 하나 까딱할 수 없었다.

혼현마제는 자신이 비참한 몰골로 쓰러져 있다는 걸 알았지만, 억지로 몸을 움직이지 않고 일단 호흡이 돌아오기를 기다렸다.

그때, 벌레 소리 하나 들리지 않던 풀숲에서 푸스럭 소리가 났다.

혼현마제가 바짝 긴장한 채 숨을 참았다.

이렇게 쥐새끼처럼 겁을 집어먹고 숨을 참은 것이 얼마 만일까.

비참한 처지를 생각하면 스스로를 향해 크게 비웃음을 터뜨려야만 할 것 같았다.

하지만 살기 위해, 일단 살아야 했기에, 혼현마제는 죽은 척도 마다하지 않았다.

"스, 스승……님?"

잔뜩 긴장한 목소리가 혼현마제를 불렀다.

'수오?'

혼현마제는 어렵지 않게 목소리의 주인을 알아차렸다.

혼현마제가 수오를 광마제에게 보냈으니, 광마제가 이곳에 나타나며 수오도 함께 온 것이 이상하지 않았다.

이상한 것은 이어진 수오의 말과 행동이었다.

"주, 죽었나? ……설마?"

수오는 혼현마제가 죽었는지 의심하면서도 쉽게 다가서지 못했다.

겁을 먹었다면 이해는 가지만, 그렇다고 해도 수오의 목소리에선 걱정이나 염려, 슬픔 따위의 감정이 전혀 느껴지지 않았다.

저벅. 저벅.

수오가 천천히 혼현마제에게 접근하는 소리가 들렸다.

그리고 아무것도 없었다.

혼현마제는 코끝에서 느껴지는 온기에, 수오가 그의 코 밑에 손가락을 대어 본 것임을 눈치챘다.

"수, 숨을 안 쉬어! 주, 죽었나? 정말 죽었어?"

제 손으로 확인을 하고도 쉽게 믿지 못하는 목소리.

스스로에게 물으면서 혼현마제의 죽음을 확인하는 수오의 목소리가 점점 밝아졌다.

쓰러져 있던 혼현마제조차 확연히 느껴질 정도였다.

수오의 태도가 이상하다, 이상하다 생각하면서도 설마 했는데…….

"잘……된 건가?"

'……!'

차마 눈을 부릅뜨지 못한 혼현마제는 제 동요를 알리지 않기 위해 필사적으로 참았다.

하지만 속에서 분노가 끓어올랐다.

필요에 의해서 사제지연을 맺은 다른 놈들과 달리, 수오는 혼현마제가 자식처럼 손자처럼 키운 제자였다.

배신감에 심장이 떨려 왔다.

그러는 사이, 수오가 흥분한 손길로 혼현마제의 몸을 뒤집었다.

"아! 스, 스승님……!"

적호단주의 건곤신장 때문에 함몰된 흔적을 발견하고 수오가 놀라는 한편, 이제야 그의 목소리가 촉촉하게 젖어들었다.

"흑. ……진짜…… 아……."

수오는 혼란스러운 듯했다.

당장 혼현마제의 죽음을 기뻐했다가, 기뻐해도 되나 의문을 품었다가, 이제서야 스승의 죽음이 슬퍼 오는 듯했다.

하지만 이미 늦었다.

수오의 반응을 모두 지켜본 혼현마제는 뒤늦은 수오의 슬픔이 반갑지 않았다.

'크흐흐흐, 세상에 약한 놈의 편을 드는 사람은 아무도 없다.'

수오에 대한 배신감과 함께 언젠가 광마제가 했던 말이 떠올랐다.

혼현마제는 수오가 자신의 죽음을 기뻐했다는 사실을 용서할 수 없었다.

"스승님……."

수오가 물기를 머금은 목소리로 혼현마제를 끌어안았다.

그 순간.

푸―욱.

"컥! 아, 어……."

순식간에 제 심장이 꿰뚫린 수오가 믿을 수 없다는 듯 눈

을 크게 뜨고 아래를 내려다보았다.

물기를 머금고 있던 눈에서 혼현마제의 얼굴로 눈물이 떨어지는 동시에, 혼현마제가 눈을 떴다.

시리도록 차갑게 굳은 눈빛이 경악하고 있는 수오의 눈을 덤덤하게 마주했다.

말을 할 힘은 없었다.

대신 혼현마제는 분노로 끓어오른 힘으로 전신의 기운을 일으켰다.

혼현마제의 눈이 붉게 빛나고, 피처럼 붉은 기운이 그의 손을 따라 수오에게 움직였다.

꿀럭. 꿀럭. 꿀럭.

혼현마제에게 꿰뚫린 수오의 심장이 요동치기 시작했다.

수오의 붉디붉은 피.

수오의 생명과 원기.

그 모든 것이 혼현마제의 혈관을 타고 혼현마제에게로 움직였다.

'같은 운명. 나는 너를 내 분신처럼 아꼈다. 나는 결코 너를 죽일 생각이 없었는데, 기어코 네가 나를 배신했구나!'

혼현마제가 하얗게 백탁으로 물드는 수오의 눈을 싸늘하게 바라보았다.

꿀럭. 꿀럭.

요동치는 심장에서 수오의 저항이 느껴졌지만, 그럴수록

혼현마제의 눈빛은 차갑게 가라앉았다.

수오의 기운이 전해지며 혼현마제의 몸에 힘이 들어오기 시작하자, 혼현마제의 눈빛은 더욱 잔인하게 물들었다.

그리고.

꿀럭. 꿀럭. 꿀럭.

수오에게서 혼현마제로 움직이던 피와 생명이 혼현마제의 기운과 융화되며 이제는 반대로 움직이기 시작했다.

생명과 원기의 역류.

세상의 순리를 무시하는 힘을 품은 땅, 역천비지에서만 가능한 일이었다.

진화가 역천비지를 부수기는 했지만, 풍수지리적 지형은 역천비지를 알아보는 데 유용한 겉모습일 뿐이었다. 땅이 품고 있는 지력은 바닥을 파헤치지 않는 이상 없어지지 않는 것이었다.

"끄어……."

이제는 혼현마제의 눈동자가 백탁으로 물들고, 그의 입에서 억눌린 신음이 배어 나왔다.

하지만 그건 혼현마제의 것이 아니었다.

혼현마제의 모습을 지켜보고 있던 수오의 눈동자가 붉은 안광으로 빛나고 있었다.

－네가 먼저 날 배신했으니, 억울할 건 없겠구나.

수오가 혼현마제에게 전음을 보내며 억지로 그의 눈을 감

졌다.

그리고 축 늘어진 혼현마제의 몸을 안고 어디론가 움직이기 시작했다.

그렇게 수오는 혼현마제의 안에서 죽었다.

혼현마제의 시체가 썩어 가는 동안 그 안에서 함께 썩어 간 것이다.

죽음이라는 가혹한 벌을 내렸음에도, 혼현마제는 여전히 수오를 죽이고 몸을 빼앗은 죄책감보다 제 죽음을 기뻐하던 수오에 대한 배신감이 더 컸다.

혼현마제가 무너지는 동굴을 보며 웃은 데에는, 자신에게 속은 적호단과 청룡단을 향한 통쾌함과 동시에 제 시체와 함께 사라졌을 수오를 향한 비웃음도 담겨 있었다.

"소리마제와 살각 전체를 보냈으니, 고작 다섯 명으로는 남궁진화도 어쩔 수 없을 게야. 소리마제와 살각이 남궁진화를 죽이고 돌아오면, 다음은 역천마제의 방패를 치울 것이다."

"그래요, 가가."

혼현마제의 말에 독부 은요가 고개를 끄덕이며 맞장구를 쳤다.

그리고 혼현마제의 팔에 팔짱을 끼고 그와 함께 유유히 사라졌다.

챙-! 챙--!

남궁구와 남궁교명이 벽을 타고 올라가 살각 암살자들을 바닥으로 떨어뜨렸다.

숨지 못한 암살자들은 그대로 나하연과 강무련, 흑살대의 사냥감이 되었다.

그 광경을 지켜보는 소리마제 보곡성의 눈이 크게 흔들렸다.

"정확한 정보와 분석이 없다면 잘난 혼현마제의 계획도 다 무용지물이지. 게다가 그 계획조차 제대로 수행하지 못한다면, 말해 뭐 할까."

진화가 절반쯤 검게 타 버린 암림혈귀갑을 여전히 버리지 못하고 있는 보곡성을 비웃었다.

혼현마제는 소리마제와 살각 전원에게 진화를 비롯한 일행 다섯을 상대하라 했으니, 보곡성은 흑살대가 나타났을 때에 물러났어야 했다.

살아남으려면 말이다.

살선(殺先) 보곡성.

혹자들은 흔히 살선이라는 별호를 '죽음의 신선'이라 생각하지만, 틀렸다.

보곡성의 살선의 의미는 첫 번째 죽음.

살각의 암살자들은 대상자들에게 죽음 그 자체로 찾아가며, 살각주는 그 첫 번째라는 의미였다.

살선 보곡성이 하늘로 날아올랐다.

암림혈귀갑이 마치 날개라도 되는 듯 보곡성의 기운을 받아 일렁거렸다.

마치 사신(死神)과 같은 모습이, 이제껏 등장했던 소리마제들보다 훨씬 소리마제다워 보였다.

"크아아아앗--!"

챙! 챙챙챙챙!

보곡성이 순식간에 진화의 앞으로 달려들면서 공격이 시작되었다.

일반적인 고수의 안력으로는 도무지 좇을 수 없는 속도로 공격이 쏟아졌다.

검이 부딪히는 소리와 함께 진화와 보곡성의 주변에는 온통 불꽃으로 번뜩였다.

챙! 챙챙챙챙!

파팟-!

암림혈귀갑의 사슬 끝에 뾰족하게 달린 창은 진화의 온몸을 찌를 듯이 달려들었지만 결국 진화의 검을 뚫지 못했다.

오히려 진화의 검이 푸른 광채를 뿜는 순간, 진화의 뇌전에 도망가듯 튕겨 나갔다.

"정말로, 내 공격이 보인다고?"

암림혈귀갑이 튕겨 나가며 보곡성의 어깨가 흔들렸다.

보곡성은 몹시 놀란 듯 눈을 크게 떴지만, 진화는 그런 보곡성의 반응이 새삼스러울 뿐이었다.

"그게 그렇게 놀랄 일인가?"

여상하게 되물은 진화가 제게 다가오는 암림혈귀갑을 보며 눈빛을 번뜩였다.

그리고 암림혈귀갑의 사슬 끝에 달린 창의 꼭짓점을 모조리 쳐 냈다.

탕! 탕탕탕탕-!

창끝에 힘이 집결된 만큼 반발도 거셌다.

창이 멀리 튕겨 나가자 암림혈귀갑의 사슬까지 모조리 뒤로 딸려 갔다.

촤르르르르-!

"크읏!"

뒤로 딸려 간 암림혈귀갑 때문에 보곡성의 상체가 흔들렸다.

그 틈을 놓치지 않고 진화의 검이 움직였다.

쉐에엑!

챙! 챙! 챙챙챙챙-!

이번에는 보곡성의 앞에서 불꽃이 튀었다.

보곡성이 힘겹게 진화의 검을 막아 냈다.

그 모습을 보며 진화가 고개를 끄덕였다.
"그렇군. 당신이 보는 세계는 딱 여기까지인가 보군."
그 말을 마친 진화의 눈동자에 검은 번개가 내리쳤다.

살각주 보곡성이 흑살대와 마주하고도 피하지 않은 데에는 이유가 있었다.
암살자들이 정면에서 검수들과 부딪히는 것은 그들에게 불리한 일이었다.
암살자들의 신체는 근본적으로 단단함보다는 유연하도록, 강함보다는 가볍고 빠르도록 단련되어 있기 때문이었다.
하지만 살각은 암살(暗殺)보다는 살기(殺技)에 중점을 두었다.
'몰래' 죽이는 기술이 아니라 '죽이는 기술' 그 자체에 집중한 것이다.
그래서 살각은 암살자들을 모두 똑같이 빠르고 가볍고 유연하게 만들기보다, 그들 각자에 맞는 무공을 가르치고 수련하도록 했다.
보곡성은 그들 하나하나를 암살자가 아닌 살인 전문가로 키웠고 그에 마땅한 자부심을 품었다. 그래서 이렇게 장애물이 많고 닫힌 공간이라면 살각 제자들이 흑살대에 쉽게 밀리지 않을 것이라 생각했다.

하지만 그 생각은 안일했다.

"구!"

남궁교명의 부름과 함께 남궁구가 바람처럼 가볍게 날아올랐다.

그리고 너덜너덜한 지붕 끝을 밟고 거침없이 앞으로 나아갔다.

쉐에에엑-!

챙! 챙! 챙!

남궁구는 가벼운 보법 대신 몸을 회전하며 천풍검법에 힘을 싣고, 아슬아슬한 지붕 끝에서 아무렇지 않게 검을 휘두르며 살각 암살자들을 바닥으로 떨어뜨렸다.

일격에 죽이기는 힘들지만 균형을 무너뜨리는 거라면 어려울 것이 없었다.

"어중간한 암살자들이군. 멍청하긴."

남궁구가 살각의 암살자들에게 싸늘한 비웃음을 날렸다.

그와 동시에 남궁구의 검이 돌풍처럼 지붕 위를 휩쓸었다.

반면.

파지직! 푹!

"큿!"

남궁구와 함께 지붕 위로 오른 남궁교명은 전진이 쉽지 않았다.

온몸의 근육이 긴장하며 균형을 잃진 않았지만, 한 걸음

내디딜 때마다 지붕이 부서지고 구멍이 뚫렸기 때문이다.

"이런, 젠장!"

욕지거리를 뱉은 남궁교명은 옆에서 파고드는 살기에 본능적으로 검을 들었다.

채-앵!

부딪힌 검에서 충격이 전해졌지만, 흔들린 것은 오히려 상대방이었다.

남궁교명은 한쪽 발이 빠지면 빠진 대로 검을 휘둘렀다.

불안한 하체에도 불구하고 그의 검은 흔들리지 않고 상대의 급소를 베고, 살각의 암살자들을 검과 함께 통째로 바닥에 던져 버렸다.

"크아아아앗-!"

퍼-억!

바닥에 떨어지는 살각의 암살자들을 기다리는 건 나하연이었다.

그들은 안전하게 착지하기 전에 나하연의 주먹을 맞고 머리나 허리가 부서졌다.

"타아아아앗-!"

사방이 적으로만 가득 찬 상태라면 나하연은 망설일 것이 없었다.

나하연의 별호는 언니처럼 천상화나 배경과 미모를 연상케 하는 패왕화 따위가 아닌 용수권이었다.

패왕권문의 용수팔반은 일흔두 가지 권의 연속기로, 눈에 보이는 모든 것을 부수는 건 나하연이 가장 잘하는 일 중 하나였다.

게다가 남궁구와 남궁교명 때문에 지붕에서 떨어진 살각 암살자들이 운이 좋아 나하연의 무자비한 주먹질을 간신히 피한다고 해도.

푹! 푹! 푹!

기다렸다는 듯 흑살대 대원들의 도가 그들의 온몸을 내리 찍었다.

"우아아아-! 가증스러운 배신자 새끼들!"

퍼-억! 퍽! 퍽!

흑살대주가 거대한 도를 도끼질하듯 휘둘렀다.

흑살대의 무공이 그러했다.

도끼질하듯, 강한 힘으로.

사패천주가 천마산의 삼백 년 묵은 나무들을 쓰러뜨리며 만들어 낸 흑살도법은, 닿았다 하면 사람의 몸을 순식간에 양쪽으로 쪼갰다.

퍼---억!

"크아아악!"

비명과 함께 살각의 암살자 하나가 없어진 손목 아래를 막으며 휘청거렸다.

피가 폭포수처럼 쏟아지며 바닥을 흥건하게 적셨다.

흑살도법은 어느 부위가 잘려 나가든 대량의 출혈을 일으키며 상대를 전투 불능으로 만들었다.

살각의 암살자들이 휘청거리며 쓰러진 후에도 흑살대는 사람의 목을 장작 패듯 잘라 내며 확인 사살을 마쳤다.

사방에 사람의 몸뚱어리가 조각조각 흩어져 있고, 흙바닥이 붉게 물드는 것도 순식간이었다.

정신을 잃을 정도로 비릿한 혈향이 골목에 가득했다.

필요 이상으로 잔인해진 싸움터에는 질퍽해진 바닥을 박차는 소리와 거친 숨소리, 악에 받친 비명만 가득했다.

"감히 천을 배신하고도 살길이 있을 듯싶더냐!"

강무련이 살기를 터뜨리며 주먹을 휘둘렀다.

팟! 팟!

살각의 암살자들이 휘두르는 날이 짧은 검은 강무련의 질긴 살갗에 상처 하나 입히지 못했고,

퍼-억!

"크억!"

빈틈을 노린 강무련의 주먹에 늑골이 있어야 할 자리가 움푹 패었다.

강무련은 사패천에서도 목숨을 건 사랑대전으로 정정당당하게 후계자 자리를 거머쥔 사내였다.

미친 소의 뿔처럼 휘두르는 두 주먹을 마을 수 있는 건 아무것도 없었다.

암림혈귀갑의 힘을 얻은 보곡성은 강무련을 무시했지만, 난투가 벌어지는 그곳에서 강무련은 군계일학처럼 눈에 띄었다.

퍼억! 퍽! 퍽!

"크아아악!"

"커헉!"

중도를 표방한다는 건 모든 것을 조화롭게 골고루 익히겠다는 것이다.

하지만 무림을 통틀어도 음양의 조화나 균형을 추구하는 문파는 몇몇 있어도 대놓고 중도를 추구하는 문파는 남궁세가를 제외하곤 찾아보기 힘들다.

모든 것을 고루 익혀야 하는 만큼 필요한 재능은 많은 데 비해 경지에 오르기까지 오랜 수련 시간이 필요했기 때문이다.

코앞에 적의 칼이 기다리고 있는 무림에서 어중간한 무인은 경지에 오르기도 전에 죽기 십상이었다.

강무련이 보는 살각 또한 그러했다.

"느려! 약하다! 고작 이따위 수준으로 감히 사파 하늘을 더럽혔더냐!"

강무련과 흑살대의 손 속이 평소보다 잔인한 이유였다.

사랑탑대전은 사패천의 율법인 동시에 실력 본위를 외치는 사파의 자존심이었다.

강무련은 살각이 비열한 수로 경쟁자를 죽이고 사랑탑대

전을 사패천주를 움직이는 수단으로 사용한 것을 용서할 수 없었다.

그는 살각이 배신과 더불어 사파의 자존심을 더럽혔다 생각했다.

퍽! 퍽-!

강무련의 주먹에 살각 암살자들의 뼈가 부서지고 머리가 터져 나갔다.

피가 튀면서 눈앞을 가렸지만, 강무련은 그들을 모두 응징할 때까지 멈출 생각이 없었다.

살각과 흑살대만 생각한다면 살각주 보곡성의 탐욕은 가능성이 없는 일은 아니었다.

하지만 보곡성은 살각의 비선들이 모두 죽었다는 사실을 잊었다.

아니, 설사 그들이 모두 살아 있었더라도 과연 강무련과 정파 신진고수들의 상대가 되었을까.

남궁구와 남궁교명, 나하연의 활약으로 무게추가 완전히 기울었다.

보곡성의 처지도 다른 살각 암살자들과 다르지 않았다.

쉐에에엑---!

챙–! 챙챙챙!

암림혈귀갑의 사슬까지 더한다면 손이 수십 개나 다름없었건만, 보곡성은 진화의 검을 숨 가쁘게 막아 내며 뒤로 물러났다.

"그렇군. 당신이 보는 세계는 딱 여기까지인가 보군."

보곡성의 머릿속에 진화가 했던 말이 떠올랐다.

그의 말이 무슨 뜻인지 곧장 알아듣지 못했는데, 이제는 그 의미를 정확히 알 것 같았다.

그때 이후로 진화의 검은 점점 더 빨라지고 검에 실린 힘도 강해졌다.

암림혈귀갑의 창에 부딪히고 나면 그 충격이 보곡성의 어깨에 고스란히 전해질 정도로.

끝이 보이지 않은 검은 눈동자가 무심하게 저를 비추는 것을 보며 보곡성은 할 말을 잃었다.

사람 같지 않게 아름다운 얼굴이 섬뜩하게 느껴질 정도였다.

'말도 안 돼! 어디서 이런 놈이……!'

이제 와 부정하는 것도 한심한 일이었다.

혼현마제는 이미 남궁진화가 소리마제와 환마제, 권마제 그리고 광마제마저 죽였음을 알려 주었었다.

게다가 처음 소리마제를 죽일 땐 남궁세가 전체가 움직여야 했지만, 마지막 광마제는 오로지 진화 혼자 상대했다.

진화는 이제 소리마제를 앞에 두고 전장을 덤덤하게 지켜볼 수 있는 경지에 올랐다.

쉐에에엑-!

팟! 팟! 팟!

매섭게 불꽃이 튀면서 보곡성이 눈살을 찌푸렸다.

'나는 보곡성이다! 무림 최고의 살인 전문가라고!'

살각의 자존심을 전 무림에 세우기 위해, 살인 기예문으로서의 입지를 만들기 위해 혼현마제의 손을 잡고 오랫동안 기다렸다.

이대로 무너진다면, 자신이 그리던 이상마저 무너지는 것이었다.

끝끝내 자신의 이상이 무림에 인정받지 못하는 것이다.

'이대로 물러서지 않겠다-!'

보곡성의 눈에 결연한 각오가 흘렀다.

그리고 암림혈귀갑으로 보내는 피와 기운이 늘었다.

촤르르르---!

보곡성의 낯빛이 창백해진 것과 달리 암림혈귀갑은 힘을 얻어 날뛰었다.

촤아아아악---!

창날이 마치 입을 벌리고 달려드는 뱀처럼 진화를 향해 이를 들이밀었다.

최――――앙!

암림혈귀갑의 수십 개의 창이 하나로 모여 진화의 검에 부딪혔다.

그 순간, 보곡성의 눈이 빛났다.

'간다!'

쉐에에에엑―――!

붉디붉은 단검이 진화의 목을 갈랐다.

아니, 갈랐다고 생각했다.

"느렸다."

보곡성의 앞이 아닌 뒤에서 진화의 목소리가 들렸다.

"아니!"

보곡성이 경악을 금치 못한 눈으로 뒤를 돌아보았다.

하지만 그가 채 몸을 돌리기도 전에 암림혈귀갑의 사슬 절반이 진화의 손에 잡혔다.

파지지지지직―――!

"아아아아악!"

보곡성의 입에서 고통을 참지 못한 비명이 터져 나왔다.

푸른 뇌전이 암림혈귀갑의 절반을 타고 번뜩였다.

보곡성이 고통을 떨쳐 내려 검을 휘둘렀다.

쉐에에엑――――!

진화는 잡고 있던 암림혈귀갑을 놓고 보곡성과 거리를 벌

렸다.

“헉. 헉. 헉…….”

암림혈귀갑의 반쪽이 까맣게 타서 축 늘어져 있고, 보곡성도 마찬가지였다.

암림혈귀갑에 모든 힘을 빼앗긴 것일까.

보곡성은 창백하게 질린 얼굴로 거친 숨을 몰아쉬고 있었다. 호흡조차 가다듬을 수 없을 정도로 지친 것이다.

진화는 그가 왜 그런 모습인지 이유를 알 것 같았다.

이제까지 암림혈귀갑을 가진 소리마제들 전부 보곡성과 같았기 때문이다.

“지쳤나? 하긴 그렇겠지. 암살자의 힘으로 내내 내 검과 맞부딪쳤으니까. 당신들은 암림혈귀갑으로 힘을 얻는다고 생각했지만 착각이야. 암림혈귀갑은 당신의 피와 생명력을 당겨쓰는 괴물일 뿐이다. 그러니 고작 이 정도 움직이고 그렇게 지치고…… 늙어 버린 거겠지.”

진화의 말에 보곡성이 눈을 크게 떴다.

눈에 띄게 지친 보곡성은 순식간에 얼굴에 주름이 지고 눈썹과 머리카락이 하얗게 세었다.

보곡성이 믿을 수 없다는 듯 제 얼굴을 손으로 만졌다.

하지만 제 얼굴의 변화를 알아채기도 전에 쭈글쭈글해진 손등이 먼저 눈에 들어왔다.

“이, 이, 이건……!”

보곡성의 얼굴이 공포로 질렸다.

그런 보곡성에게 확인 사살이라도 하듯 진화의 말이 떨어졌다.

"당신은 죽음의 시간을 당긴 것뿐이야."

단호한 진화의 말에 보곡성의 얼굴이 사납게 일그러졌다.

"아니야! 그럴 리 없다! 이대로 끝내지 않아--!"

좌르르--르!

보곡성의 분노에 찬 고함과 함께 그의 얼굴이 더 쭈글쭈글하게 변하고 눈썹과 머리, 수염은 완전히 백색으로 변했다.

하지만 암림혈귀갑은 더 많은 기운을 얻고 붉게 출렁거렸다.

좌아아아아---!

암림혈귀갑의 사슬이 땅바닥에 박혔다.

그리고 땅바닥에서 피를 끌어당기기 시작했다.

꿀렁꿀렁.

마치 바닥에 흥건한 피를 마시는 듯 암림혈귀갑의 사슬이 꿀렁거렸다.

그 모습을 보는 진화와 일행의 눈도 커졌다.

진화는 이전 소리마제를 상대하며 암림혈귀갑이 그의 피를 끌어당기는 걸 본 적이 있었지만, 이렇게 다른 사람의 피를 흡수하는 건 처음이었다.

바닥이 질퍽해질 정도로 흥건한 피.

촤라라라라---!

피를 마신 암림혈귀갑은 진화가 태워 버린 사슬까지 본래의 모습을 찾고 출렁이기 시작했다.

"크하하하하하! 힘이 넘친다! 힘이 넘쳐! 네놈도 이건 몰랐겠지?"

보곡성이 넘치는 힘을 주체하지 못하고 웃음을 터뜨렸다.

진화가 눈살을 찌푸렸다.

기세를 찾은 듯한 암림혈귀갑.

하지만 그보다 먼저 진화의 눈에 들어온 건, 암림혈귀갑과 달리 여전히 백 살도 넘은 노인처럼 변해 버린 보곡성의 모습이었다.

암림혈귀갑은 힘을 찾았지만 보곡성이 빼앗긴 기운은 그에게 돌아가지 않았다.

파지지지지직---!

진화의 눈동자에 검은 번개가 몰아쳤다.

그리고 망설임 없이 의천검을 휘둘렀다.

파파파파파파팟----!

천뢰제왕검법 무수전뢰.

검푸른 뇌전이 땅을 파헤치며 보곡성을 향해 갔다.

"어림없다-!"

퍼-엉!

파바팟-!

보곡성이 암림혈귀갑의 사슬을 움직여 진화의 뇌전을 정면에서 막았다.

그런데 진화의 뇌전이 사라지지 않고 계속해서 암림혈귀갑의 사슬에서 번쩍였다.

파지지지지직---!

"이, 이게 왜……!"

암림혈귀갑이 바닥에서 끌어당긴 피에 진화의 천뢰기가 담겨 있었으니, 결국 암림혈귀갑이 진화의 뇌전을 품고 만 것이다.

좌라락! 좌라락!

암림혈귀갑이 천뢰기에 이리저리 휘둘렸다.

그사이.

쉐에에에엑---!

짙푸른 번개가 보곡성의 목을 갈랐다.

"커헉!"

보곡성이 피를 뱉으며 눈알을 굴려 옆을 보았다.

진화의 덤덤한 목소리는 그의 뒤에서 들렸다.

"그래서 내가 충고하지 않았나. 실행할 수 없는 계획 따윈 아무 소용없다고."

"컥!"

보곡성은 끝끝내 진화를 돌아보지 못하고 목이 떨어졌다.

"사, 살선이 죽었다!"

누군가 진화에 의해 목이 떨어진 보곡성을 보고 크게 소리쳤다.

"놈들이 도망간다!"

"쫓아라!"

"우아아아아---!"

흑살대의 함성을 들으며 진화가 작게 한숨을 내쉬었다.

보곡성이 죽으면서 함께 쓰러진 암림혈귀갑이 바닥에서 꿈틀거렸다.

푹!

진화가 암림혈귀갑을 검으로 찔렀다.

파지지지지직-!

진화의 천뢰기에 몸서리치던 암림혈귀갑이 결국 까맣게 탄 채 보곡성에게서 떨어졌다.

진화는 죽은 소리마제 보곡성의 시체와 널브러진 암림혈귀갑의 잔해를 보며 짧게 한숨을 쉬었다.

"하아…… 이젠 정말로."

광마제에게 닿았고 마제들을 뛰어넘었다.

이젠 정말로 역천마제와 귀천성을 몰아낼 때가 왔음이 실감이 났다.

혼현마제의 죽음.

그리고 소리마제와 살각의 몰살.

소식은 빠르게 주변으로 퍼져 나갔다.

혼현마제와 소리마제가 귀천성을 배신하긴 했지만, 팔마제 중 둘의 죽음은 사소한 사건이 아니었다.

정사연합은 바쁘게 정사연합 회의를 소집했고, 이 소식은 신 제국 황성에도 전해졌다.

진국을 인정하진 않았지만 그들의 영토가 무주공산이 되었다는 소식은 한 제국 조정도 술렁이게 만들었다.

"만두……라고?"

조금 상관없는 이야기도 조정을 술렁이게 했다.

양청현 정의맹.

정사연합 군사부로 외부 임무에 대한 결과가 전해졌다.

총군사인 천수현인 제갈길현은 곧바로 정사연합 총회의를 열었다.

"들었습니까? 혼현마제가 죽었다지요?"

"그때 입은 부상을 회복하지 못한 듯합니다."

"그럼……."

회의장이 술렁거렸다.

이제까지 구체적인 임무가 극비에 부쳐져 있던 터라 그 결과가 더 충격적이었다. 하지만 그중에서도 단연코 화제가 된 것은 진화의 존재였다.

"소리마제를 죽이고, 흑살대와 함께 살각을 멸문시켰다지?"

"벌써 네 번째인가?"

"직접 죽인 건 환마제, 혈마제, 광마제, 소리마제까지니까. 하지만 혼현마제의 한쪽 눈과 팔을 잘랐고, 권마제 색출 작업에 이전의 소리마제가 남궁세가에서 죽은 걸 생각하면……."

"허어!"

한쪽에서 탄성이 터져 나왔다.

지금까지 모든 마제들의 죽음에 진화의 힘이 닿아 있었다.

약관도 되지 않은 나이에 지금도 가세가 절정에 달했다는 남궁세가 소속.

게다가 한 제국 황실의 유일한 적통 황자인 데다 차기 황태자로 확실시되는 것도 무림인들 입장에선 꼭 반길 일만은 아니었다.

몇몇 사람들이 시선을 마주치며 미묘한 눈빛을 주고받았다.

그리고 그 모습을 또 다른 몇몇이 주의 깊게 지켜보았다.

'경계하는 거 같죠?'

'호북 쪽 문파와 세가 사람들이로군. 무림과 황실은 너무 가까워도 꺼림칙하고, 너무 멀어도 불편하니까.'

'그래도 그렇지 벌써부터 경계를 하다니, 하여튼 정파 놈들은.'

사파를 대표해서 참석한 하오문주 채명지와 홍랑대부, 녹림채주가 정파 사람들의 눈치를 살피며 씁쓸하게 웃었다.

그때, 제왕검 남궁강을 비롯해 정사연합을 이끌고 있는 십이좌회 고수들이 회의장으로 들어왔다.

드르르륵.

먼저 와 있던 정사 수뇌부들이 자리에서 일어섰다.

수군거리는 소리로 가득하던 회의장에 긴장감이 돌았다.

제왕검 남궁강과 사패천주, 옥허신검과 성승, 단 네 사람의 존재감이 모두를 압도했다.

진화의 존재가 장차 위협이 될지 어떨지 문제로 수군거리던 사람들의 입이 무겁게 닫혔다.

"앉지."

상석으로 간 제왕검이 자리를 권하는 말에, 모든 사람들이 착석했다.

-기도가 달라지셨군.

-사람들 말을 들으신 모양이야.

눈치 빠른 몇몇이 단호하게 굳은 얼굴로 존재감을 발산하

는 십이좌회 고수들의 모습에서 그들의 의도를 눈치챘다.

-이러쿵저러쿵 떠들지 말라는 것 아니겠나.

-제왕검이 창천화룡을 아낀다더니. 아니, 어쩌시려고 저러시지? 소가주의 위세마저 뛰어넘는다면 장차 황실의 힘으로 남궁세가까지…….

-어허! 그 입!

-아, 뭐 어때? 전음이잖나! 전음까지 제왕검과 남궁세가 눈치를 봐야 하나!

신중한 성격의 점창파 장로 강자린의 만류에 청성파 장로 이나용이 버럭 했다.

그의 말처럼 전음인데, 전음까지 조심할 필요는 없었다.

이전까지는 말이다.

"허허허, 남궁세가 눈치는 보지 말고, 내 눈치만 봐."

"……!"

"예, 예?"

제왕검 남궁강의 말에 청성파와 점창파 장로가 화들짝 놀랐다.

그 모습을 보며 남궁강이 씨-익 이를 드러내며 웃어 보였다.

"남궁 눈치는 볼 필요 없어. 아니꼬우면 한판 붙으면 되지."

무서운 말이었다.

천하제일 세가로 거듭난 남궁세가와 전쟁이라니.

"그런데 여기서, 내 눈치는 보라고. 아무리 그래도 내가 정사연합 대빵이라고 앉아 있잖아. 내가 허수아비도 아니고, 나랑 붙을 수는 없지 않은가. 안 그래?"

더 무서운 말이었다.

공식적으로 천하제일 고수라는 제왕검과의 한판 승부라니.

전자는 신중한 남궁가주의 성품상 일어날 가능성이 없는 일이지만, 후자는 알려진 제왕검의 성품이라면 얼마든지 일어날 수 있는 일이라는 것이 문제였다.

점창파와 청성파 장로의 얼굴이 하얗게 질렸다.

상황이 이쯤 되자, 다른 사람들도 어떻게 된 일인지 하나둘 눈치채기 시작했다.

"……!"

"헉!"

제왕검이 청성파와 점창파 장로의 전음을 엿듣고, 그에 대해 답을 한 것이 분명했다.

다른 사람들의 전음을 듣는다니, 기(氣)에 대한 깨달음이 어디까지 닿으면 가능한 일이란 말인가.

제왕검을 보는 사람들의 눈빛이 흔들렸다.

그럴수록 제왕검 남궁강은 사람들의 눈빛을 피하지 않았다.

"아, 아니, 저는, 그게 아니라……."

지은 죄가 있는 청성파 장로 이나용은 말까지 더듬으며 순식간에 얼굴이 핼쑥하게 질린 모습이었다.

그때, 성승이 끼어들었다.

"갈 길도 바쁜데 괜한 사람 겁주지 말고 어서 가세."

"흐음……."

제왕검도 끝까지 할 생각은 없었던지, 더는 말을 잇지 않았다.

하지만 낮은 헛기침을 하며 끝까지 이나용에게 두 눈을 부라리는 모습이 '너 두고 본다.'라는 의미가 명백해 보였다.

제왕검이 감히 상상도 하지 못할 까마득한 경지에 닿은 것이 틀림없다!

사람들의 머릿속에는 이제 진화에 대한 시기, 질투가 사라지고 제왕검에 대한 경외만이 남았다.

사각. 사각.

거친 종이 문서가 넘어가는 소리가 크게 들리고, 어디선가 마른침을 삼키는 소리까지 들렸다.

이 조용함을 기다리고 있었다는 듯, 그제야 천수현인 제갈길현이 일어섰다.

때에 맞춰 제갈가주가 군사부의 사람들과 함께 귀천성과 무림 문파들의 분포가 표시된 거대한 지도를 들고 들어왔다.

"다들 들어서 알겠지만 혼현마제와 소리마제, 살각이 물러났네. 특별히 선별한 정사 고수들과 함께 적호단, 청룡단 그리고 사패천 흑살대가 모두 나서서 얻은 승리지. 자세한 일에 대한 설명은 보고서를 확인하고, 지금 당장은 앞으로의 일을 말하지 않을 수 없네. 역천마제가 가만히 있지 않겠지만…… 이젠 우리도 기지개를 좀 펴야 하지 않겠는가?"

"……."

천수현인 제갈길현의 말에 사람들의 눈이 커졌다.

사람들의 놀란 얼굴을 하나하나 보며, 천수현인 제갈길현이 미소를 지었다.

"우리끼리니까 톡 까놓고 말하지. 지난 전쟁에서 우리가 밀려난 건, 오로지 그 세 놈! 역천마제와 검마제, 광마제 때문이었네. 그런데 우리에게 하늘이 무슨 복을 내려 줬는지, 광마제를 잡은 창천화룡 남궁진화를 줬단 말이지."

진화에 대한 칭찬으로 이어지는 말에 몇몇 이들이 당황스러운 듯 제갈길현을 보았다.

그 순간.

타−앙!

제갈길현이 탁자를 내리쳤다.

갑작스러운 소리에 놀란 사람들이 찬물을 맞고 정신이 번쩍 든 듯한 얼굴로 제갈길현을 보았다.

"다른 건 따지지 말게! 머리를 어떻게 굴리든 귀천성 놈들이 차지한 중원의 반쪽을 되찾아오는 것과는 비교도 할 수 없을 테니! 지금은 고작 그런 약소한 이득 따위에 침 흘릴 필

요가 없네. 천고의 기재! 내 새끼가 아닌 건 뼈아프지만, 어쨌든, 역천마제 놈을 때려잡을 하늘이 준 기회란 말일세!"

"아……!"

누군가가 참지 못하고 뱉은 탄성이 들렸다.

모든 것이 맞는 말이었다.

남궁세가가 지금보다 더 커져 봤자 천하제일 세가였다.

그들의 것을 조금 나누거나 갉아먹는 것과 자신들이 빼앗겼던 터전을 되찾는 것은 비교도 안 되는 일이었다.

본산을 되찾는다는 것. 그것은 문파의 역사와 전통을 다시 잇고 잃어버린 명예와 자존심 또한 다시 세울 수 있다는 말이었다.

천고의 기재가 또 남궁세가라는 건 배 아픈 일이지만, 정말로 역천마제를 잡을 수 있다면……?

체면이고 위신이고 뭐고, 정사 연합 수뇌부마저도 가슴 떨리는 기대감을 숨기지 못했다.

"역천마제가 배신자들을 처리하기 위해 움직였네. 우리는 죽은 광마제가 빼앗은 것부터 찾아오도록 하지."

천수현인 제갈길현의 말에, 얼마 전 장문인과 문파 어른들의 희생을 딛고 도망쳐 왔던 종남파의 제자와 정의맹에서 문파의 몰락 소식을 들었던 장로, 아니 이제는 장문인이 된 현청비가 견낙이 고개를 번쩍 들었다.

종남이 살려 보낸 장안의 장가, 면가, 종가, 견가의 후계들도 복수를 갈망하는 듯 강렬한 눈빛으로 천수현인을 보았다.

하지만 이 자리의 누군들, 복수(復讐)를 바라지 않는 이들이 누가 있겠는가.

종남파와 장안 세가들의 비극이 최근의 일이라 그들의 복수심이 활활 불타고 있다면, 사천무림을 비롯한 다른 문파들의 복수심은 오래 묵다 못해 가슴을 찌를 만큼 깊어졌다.

"한 제국군과 함께 움직이게 될 것이네. 밀어낼 수 있는 곳까지 밀어내 보자고."

반짝이는 눈빛들을 마주하며 천수현인 제갈길현이 미소로 화답했다.

"성승 각오와 옥허신검 청연, 두 사람이 직접 전력을 이끌 것이네."

제왕검 남궁강의 말이 있고, 성승 각오와 옥허신검 청연이 자리에서 일어섰다.

다시 전쟁터에 나가는 것은 수십 년 만의 일이건만, 그들은 한 번도 전쟁터를 떠나 본 적 없는 사람들처럼 앞으로 일의 진행 순서와 각자의 임무를 전달했다.

회의가 끝나고, 군사부로 돌아온 천수현인 제갈길현이 생각에 잠겼다.

제갈가주와 홍랑대부가 이상하다는 듯 서로에게 눈빛으로 이유를 물었지만, 함께 회의에 참석하고 함께 돌아왔으니 두

사람 다 이유를 알 턱이 없었다.

"왜 그러시는 겁니까? 뭐 걸리는 것이 있습니까?"

"그렇습니다. 오늘처럼 기쁘고 의욕적으로 회의를 마친 날에 어째 아버님만 뒷간 갔다가 석연치 않게 뒤처리를 하고 온 얼굴이십니까?"

조심스러운 홍랑대부 대신 제갈가주는 좀 더 직접적이었다. 하지만 제갈가주의 말에 생각에 빠져 있던 천수현인 제갈길현이 제갈가주를 째려보았다.

"……더러운 놈."

"아버님 표정이 딱 그렇게 불결하고 불길합니다."

"질풍노도의 오십기인 거냐?"

"그런 건 들어 보지 못했습니다."

"한마디를 지지 않지. 어휴. ……이상해서 그래! 영 꺼림칙해서!"

제갈가주를 노려본 천수현인 제갈길현이 버럭 소리를 지르며 이유를 말했다.

"그래서 그 꺼림칙한 것이 무엇입니까?"

"혼현마제 말이야. ……시전자가 죽었는데 환술이 이어질 수 있나? 진법이나 기관이 설치된 것이 아니라, 환술이 말이야."

제갈가주의 단도직입적인 물음에 천수현인이 속내를 풀어놓았다.

순간, 제갈가주와 홍랑대부의 눈이 커졌다.

그들도 이상한 점을 알아차린 것이다.

"적호단주의 보고서에는 분명 이미 부패가 시작된 시체라고 적혀 있었지?"

천수현인의 물음에 제갈가주와 홍랑대부가 심각한 얼굴을 했다.

"남궁 부군사가 가 있습니다. 제왕검께 부탁해서 남궁세가의 매응을 이용한다면 오늘 안에 알아낼 수 있을 것입니다."

"아직 남궁 부군사와 숙청단주가 합류하지 않았을 겁니다. 백매단을 통해 적호단과 청룡단에도 '최대한 빨리 혼현마제가 죽은 시점을 파악해서 보고하라.' 전갈을 보내겠습니다."

척하면 착.

제갈가주와 홍랑대부가 빠르게 해결 방법을 내놓고 움직이기 시작했다.

신 제국 대륜궁.

탕-!

좀처럼 감정 동요를 보이는 일이 없던 역천마제가 몹시 화가 난 얼굴로 용좌를 내리쳤다.

역천마제는 방금 적호단과 청룡단을 감시하던 수하들에게 혼현마제의 소식을 들은 참이었다.

"대체 어떻게! 그 구렁이 같은 놈이 또……!"

역천마제의 분노를 보며, 검마제가 누군가를 향해 물었다.

"혼현마제가 죽고 환영진만 남겼을 가능성은 없나?"

검마제의 물음에 검은색 도복을 입은 중년인이 살짝 고개를 숙였다.

"유감스럽게도 진법에 걸린 환술은 한계가 있습니다. 적의 움직임에 따라 환술을 조종하려면 살아 있는 환술사의 기운이 필요합니다."

송마문 장문, 마학선생 일유신은 귀천성에서 혼현마제 다음으로 진법과 환술에 일가견이 있는 고수였다.

결국 그의 대답으로 혼현마제가 살아 있다는 확신만 얻은 셈이다.

"역천비지에서 부상을 당했다고 했다. 거기서 달고 다니던 제자 놈의 몸을 빼앗은 거겠지! 정파 놈들의 어리석음이 화를 불렀구나."

역천대법에 대해 누구보다 잘 아는 역천마제는 이전에 들었던 정보와 지금의 정보를 취합하여 가장 사실에 가까운 추리를 해냈다.

"늙고 약해 빠진 무뇌라면 모를까, 젊고 건강한 육신을 가진 무뇌는 어떤 의미로는 정의맹보다 더 귀찮은 존재다. 천흠."

"예, 주군."

"상황이 귀찮게 되었으니, 네가 나서야겠구나. 놈이 모든 힘을 회복하고 중원을 빠져나가기 전에 놈과 독마제를 처리해라."

"존명."

역천마제의 명에 검마제가 단호하게 고개를 숙였다.

그때였다.

대전으로 군복을 입은 장수가 급히 뛰어들었다.

"황제 폐하를 뵙습니다."

"말하라."

"급보입니다. 지금 국경에 한 제국군이 나타났다 하옵니다!"

장수의 말에 역천마제의 눈썹이 꿈틀거렸다.

"놈들이 어디에 나타났다는가?"

"전부입니다! 북부와 남부, 접경 지역 전부입니다!"

"……!"

장수의 대답에 역천마제의 미간이 구겨졌다.

스스스슷.

역천마제의 분노에 용좌의 한 귀퉁이가 가루가 되어 사라졌다.

한 제국 장추궁.

황제와 주요 대신들이 자리해 있었다.

황제는 매우 골치가 아프다는 표정을 하고 있고, 다른 대신들은 입을 꾹 다문 것이…… 마치 웃음을 참는 듯한 표정이었다.

"관문에서 또? 허허, 이거 참…… 차라리 통관패나 쥐여줄 것을 그랬군. 이거 내가 중신들 보기 민망해서 원."

"허허허허! 황자님께서 아직 황룡금패가 뭔지 실감을 하지 못하셔서 그런 것입니다. 곧 통관패보다 대단한 패라는 걸 알게 되실 겁니다."

황제의 장인인 조위례가 황제의 눈치를 보지 않고 시원하게 웃자, 대사마와 대사농, 중서령도 고개를 돌려 웃음을 터뜨렸다.

신료들의 솔직한 반응에 차라리 마음이 편해진 듯, 황제도 민망하지만 웃음을 지었다.

"그건 그렇지만 아무리 그래도…… 응? 이건 또 뭐야? 만……두?"

이어진 내용에 황제의 눈이 커졌다.

자신이 잘못 본 것은 아닌지, 황제의 눈동자가 몇 번이고 왔다 갔다 내용을 확인했다.

하지만 이미 문서에 스며든 먹물이 달라지는 일은 없었다.

"황룡금패를 잠시 외상으로 맡겨? 만두 때문에? 이, 이……."

너무 기가 막혀서 화도 나지 않는다고 할까.

황제의 말에 신료들마저 눈을 크게 뜨고 귀를 의심했다.

하지만 황제가 이미 몇 번이고 확인한 내용이었다.

"그, 금패는 회수하셨겠지요?"

"황자님이 왜 외상을…… 과, 관청에 금패를 제시하면 돈을 얻을 수 있다는 걸…… 아니, 그게 문제가 아니라……."

전혀 생각지도 못한 황룡금패의 쓰임에 신료들도 딱히 할 말을 찾지 못했다.

조위례마저 말을 더듬었을 정도였다.

"허어, 대체…… 만두를 얼마나 좋아하는 거지?"

황제의 물음에 누구 하나 답을 하지 못했다.

황제가 내려 준 권위, 제국의 권력, 군력과 맞바꿀 만큼 좋아하는 것을 쉽게 상상할 수 없었기 때문이다.

"안 되겠군. 위장군에게 녀석을 보자마자 금패를 회수하라고 해야겠소."

"허허, 참, 화, 황당하긴 하지만…… 후우, 좀 더 지켜보시지요. 위장군이라면 황룡금패의 쓰임을 황자님께 정확하게 알려 줄 수 있을 것입니다. 게다가 직접 군을 움직여 보신다면 황자님의 생각도 많이 달라지시겠지요."

"그렇사옵니다. 아, 아무것도 모르시면 황룡금패가 그냥 금덩어리로만 보일 수도 있지 않겠습니까. 하하하하하……."

조위례에 이어서 대사농 정조인까지 나서서 황제를 만류했지만, 그의 웃음에선 자신감이 전혀 느껴지지 않았다.

황제가 깊은 한숨을 쉬었다.

"그래, 일단 그건 그렇게 하고…… 준비는 끝났다고?"

황제의 눈빛이 돌변했다.

그런 황제에 맞춰 신료들의 눈빛도 달라졌다.

"그러하옵니다, 폐하."

"그래. 허허, 무림인이 황제에 올라서 그런가? 뭘 모르더군. 장안 하나 점령하고 기고만장한 꼴이라니."

황제가 서늘하게 비소를 흘렸다.

장안은 낙양의 코앞에 있다는 것 외에도 한 제국에서 손에 꼽는 요지인 동시에 전대 황조의 수도였다. 한마디로 황제의 도시였다는 것이다.

장안을 빼앗긴 황제는 전쟁 중에 여타 도시 하나를 잠시 빼앗긴 것처럼 넘기기는 했으나, 사실은 꽤나 체면에 타격을 입었다.

황제에게 존재하지 않은 위엄을 지켜 내는 것보다 중요한 것이 무어 있겠는가.

황제가 숨겨 둔 분노를 드러내었다.

"전쟁은 승패를 가르는 것으로 끝나는 게 아니지. 얻은 영토를 지키고 다스릴 방안도 마련을 해 놨어야 하거늘."

"무림에서 군림할 줄만 알았지 천하를 다스려 본 적이 없는 무뢰배일 뿐입니다."

"그 무뢰배의 손에 짐의 장안이 있지. 어찌 되었든 진국은 어차피 신 제국의 영토였고, 신 제국을 무너뜨리고 나면 천천히 가져도 될 것이지. 중요한 건, 장안이네. 꼭 가져와야 할 것이야."

"하후대장군이 군을 이끌고 직접 움직이셨으니, 심려 놓으십시오."

"진국으로 간 군은 장안을 찾을 때까지, 최대한 신 제국군의 전력을 분산시키고 오랫동안 붙잡아 두어야 할 것이네."

"그리 전하겠습니다, 폐하."

한때 천하를 도모하고 한 제국을 부활시켰던 황룡이 다시 움직이기 시작했다.

날아오르기는 태산보다 무거우나, 한번 날아오르면 천하를 진동시킬 거대한 움직임이었다.

하후대장군부.

한 제국에서 황제의 치세는 몰라도 '하후'라는 성은 모르는 자가 없을 정도로 이름난 가문으로, 전조부터 지금까지 외세의 침략으로부터 한 제국을 지킨 수문장으로서 대대로 대장군부를 가진 가문이었다.

현재는 무려 세 명의 하후대장군이 존재하고 있는 제국 최고의 명문가였다.

그중 가주 철혈창 하후충은 일선에선 물러났지만 여전히 한 제국의 전군총사령관으로서의 직함을 가지고 있었다.

태사직에 있던 조위례처럼 전군총사령관도 명예직처럼 여겨졌지만, 어쨌든 황제를 대신하여 한 제국의 모든 군을 움직일 수 있는 유일한 사람이라는 상징성은 제국에서 황제 다음가는 권위를 가졌다.

게다가 철혈창 하후충의 이름은 무림인들 사이에서도 널리 알려져 있었는데, 그가 바로 한 제국을 대표하여 귀천성과의 전쟁을 이끈 십이좌회의 일인이었기 때문이다.

바로 그 하후충이 세상에 나왔다.

무려 십만 대군을 이끌고 말이다.

"저, 저분이 그분인가?"

"대단하군. 과연 팽가 저리 가라 할 체격이야."

십만 대군을 선두에서 이끌며 나타난 하후충의 모습에 무림인들 사이에서도 감탄이 터져 나왔다.

백염과 백미를 날리는 나이에도 불구하고 용골호담을 타고 났다는 팽가에 결코 뒤지지 않는 체격은, 일반 전투마보다 한 배 반은 더 클 법한 한혈마를 타고 있어 더욱 눈에 띄었다.

부리부리한 안광과 손에 든 철혈창, 투구 양쪽에 솟은 뿔에 사람들의 시선이 모여들었다.

그때.

"어이, 하가-!"

무림인들 사이에서 붉은 적삼을 걸친 성승이 손을 흔들며 나타났다.

'스님이 합장이 아니라 손을 흔들어?'

'그것도 적삼을 입은 고승이?'

군기가 꽉 잡힌 군사들의 눈동자가 흔들렸다.

"이런 니미쓰불 놈이! 하후가라고! 하후가 성이라고 몇십 년을 씨불여야 하냐! 귓구녕에 염주 알이 박혔냐고!"

"……!"

걸쭉한 욕지거리가 사자후처럼 쏘아졌다.

군사들은 물론 무림인들의 눈도 함께 흔들렸다.

척. 척척. 척.

하후충이 말에서 내려 성승의 곁으로 다가갔다.

그때, 그들의 곁으로 신선 같은 풍모를 풍기는 백의 도장이 다가갔다.

무당은 중원에서 제일가는 도문이라, 무공을 익히지 않은 일반 백성들도 무당파를 찾아 도를 수행하며 도사들을 신앙처럼 따르는…….

"이놈은 하후가가 아니라 쌍구(雙口)가라니까? 제일 어린놈의 쉐끼가 제일 늦게 나타나선, 어디서 주둥이를 나불거려?"

"허어, 같이 우화등선하는 나이에 지랄은."

"뭐야, 이놈아?"

"공평하게 쪽수로 붙자!"

"그게 어떻게 공평하냐, 십만이나 끌고 온 놈이!"

"저놈은 대가리에도 뇌 대신 곱창이 있는 게 확실하다니까."

세상의 존경을 받는 무림과 군부의 최고 어른이라 할 만한 세 사람의 대화에, 많은 이들이 고개를 돌리고 필사적으로 못 들은 척을 했다.

오직 하후대장군을 오랫동안 모신 부장들과 비장들만이 마음 편하게 웃었다.

"허허허, 대장군께서 오랜만에 친우들을 만나시니 신이 나신 모양이군."

"예, 평소보다 목청이 크신 듯합니다."

"옥허신검 청연도장은 저번에 보셨고. 아! 성승 각오대사는 육 년 전에 보셨으니 진짜 오랜만이긴 하군."

"허허허! 벌써 세월이 그렇게 흘렀나? 두 분이 소림 시주단지를 털어 드시는 바람에 장군부와 소림이 반반 각출한 것이 엊그제 같은데 말이야. 허허허허!"

이제는 나이를 먹어서 어느새 노장이 된 장군들이, 혈기 왕성한 한때를 추억하며 흐뭇하게 웃었다.

물론 육 년 전에도 하후대장군의 나이는 환갑을 넘겼었다는 건 굳이 추억하지 않았다.

"제발……."

"아미타불 관세음보살."

무당 태극혜검대와 소림 백팔나한들이 안절부절못하며 문파 어른들을 보고 있었다.

그들은 성승과 옥허신검이 본인들에 대한 환상은 박살 내더라도, 문파의 품위와 위상만큼은 지켜 주었으면 할 뿐이었다.

물론, 그들의 바람이 얼마나 하잘것없는 것이었는지 알게 되는 건 사흘도 걸리지 않았다.

굳게 닫힌 장안 성문 앞.

십만 대군 그리고 장안 무림과 정사 연합의 무인 오천 명을 이끌고 장안 성문 앞에 선 하후대장군과 성승, 옥허신검은 그들을 향해 겨눠진 수백, 수천 개의 화살 앞에 당당하게 섰다.

"오늘은 인사차 왔으니 가볍게 통성명이나 나누자꾸나! 본인은 한 제국 황제 폐하의 명을 받들어 제국의 영토를 가지러 온 하후충이다--!"

"본 도장은 옥허신검 청연이라 하네. 허허, 광마제가 뒈졌다기에 별 기대를 하지 않았는데, 여기서 낯익은 인물들을 만날 줄은 예상을 못 했군."

"알았다면 본 땡중, 각오가 선물로 염주 알이 아니라 개새끼들 눈알이라도 빼 왔을 것을. 지금이라도 괜찮은가?"

세 사람이 각자 인사를 마치자, 마치 화답이라도 하는 듯 수천, 수만 발의 화살 비가 그들을 향해 떨어졌다.

휘익! 휙휙휙! 휘이이이이---!

화살이 비처럼 쏟아지는데, 그 소리는 거대한 태풍이 다가오는 것 같았다.

"자, 장군!"

"사숙조님!"

뒤에서 다급하게 하후충과 성승을 부르는 목소리와 함께.

옥허신검 청연이 앞으로 나섰다.

"저, 저, 탈속하면서 소갈머리도 버린 무당 놈들! 아무도 내 걱정을 안 해?"

옥허신검 청연이 투덜거리긴 했으나, 무당은 현명했다.

스으으윽.

청연이 한쪽 팔로 커다란 원을 그리고.

동시에.

우우우웅-!

존재하지 않는 팔이 나타나 원을 그린 듯 티 없이 깨끗한 기운이 반쪽 태극을 그렸다.

옥허신검 청연이 검을 꺼내지 않고 한쪽 팔로 그린 태극과 팔괘가 거대한 크기로 그들의 앞을 막았다.

타타타타타타타타타타탓-!

쏟아지던 화살 비가 청연이 그린 태극과 팔괘에 막혀 바닥으로 떨어졌다.

그러자 이번에는 청연의 양쪽으로 성승과 하후충이 나왔

다.

"허허허, 선물을 이렇게 많이 주었는데, 본 땡중은 줄 게 염주밖에 없구먼."

성승이 손에 들고 있는 팔찌를 끊어 성문으로 쏘아 보냈다.

휘이이이---! 퍽! 퍽! 퍽! 퍽!

호두알만 한 염주 알들이 금색 불꽃에 휩싸인 듯 날아가 장안성을 지키는 거대하고 두꺼운 성문에 박혀 들었다.

하지만 그뿐이었다.

염주 알이 성문에 박히긴 했지만 성문은 끄떡도 없는 모습이었다.

거대한 청연의 태극권에 잔뜩 긴장하고 있던 귀천성 무인들 사이에서 코웃음이 나왔다.

그때.

"이게 진짜다-!"

쐐아아아아----!

하후충이 철혈창을 휘둘렀다.

철혈창이 수십, 수백 배 커진 듯한 모습의 강기가 그대로 장안 성문을 향해 날아갔다.

퍼어어어억---!

쿵! 쿵!

하후충의 강기가 성문을 때리는 것과 동시에, 이미 성승의 염주 알 때문에 이음새 부분이 떨어졌던 성문이 그대로 뒤로

넘어갔다.

좌우로 굳게 닫힌 문이 상하로 쪼개져 쓰러졌으니, 당분간 저 성문을 복구할 수 없을 터였다.

"허허허허! 인사는 마쳤으니, 조만간 또 보자꾸나!"

거대한 성문을 뚫어 버리고.

말 그대로 인사를 마친 하후대장군과 성승, 옥허신검이 유유히 등을 보이며 돌아섰다.

"와아아아아아---!"

한 제국군과 정사연합 무인들의 사기가 하늘을 찔렀다.

한편.

오만이라는 대군이 영도군에 자리했다.

장안보다는 적은 수였지만, 남해군에도 삼만이라는 수가 집결해 있었다.

게다가 북위대장군 원수경이 영도군에 집결한 군의 사령관이고 북위군사마인 원자기가 남해군을 이끈다는 것을 생각하면 팔만의 군대가 함께한다고 봐도 무방했다.

그런 영도군에 무림인들이 합류했다.

황도에 있던 북위군 군사들은 적호단과 청룡단을 본 적이 있어 익숙한 듯했지만, 흑살대가 등장했을 때는 호기심 어린 시선이 그들을 따라붙었다.

"어서 오십시오. 저는 북위군 부장 이선명이라 합니다만……."

북위군 부장이 적호단주와 청룡단주 그리고 흑살대주를 맞으며 말끝을 흐렸다.

적호단주와 흑살대주의 덩치를 피해 뒤를 쳐다보는 모습이 누군가를 찾는 듯했다.

그가 누구를 찾는지는 적호단주, 청룡단주, 흑살대주도 알고 있었다.

"숙청단주, 아, 아니, 이황자님은 뒤에 오고 계십니다."

적호단주가 볼일이 있다며 뒤에 쳐졌던 진화의 사정을 전해 주었다.

그런데 적호단주의 말을 들은 북위군 부장의 표정이 조금 미묘했다.

"아. 예. 그런데…… 이황자님의 직책이 숙청, 단주이십니까?"

숙청에서 한번 끊어 읽는 북위군 부장의 말투에서, 적호단주는 그가 무슨 오해를 했는지 알아차렸다.

"아! 숙청이 그 전부 죽일 때의 그 숙청(肅清)이 아닙니다. 맑을 숙(淑)에 맑을 청(清)으로 이황자님의 정의무학관 숙소 이름인데, 맑은 기운을 받는다 뭐 그런 의미입니다. 오해 마십시오."

"아! 그렇습니까? 하마터면 오해를 할 뻔했습니다. 하하하하! 하긴, 아무리 무림의 작명이라지만 제국 유일의 적통 황자에게 숙청단주라는 직책을 그런 뜻으로 줄 리 없지요. 하하하하하!"

적호단주의 설명에 북위군 부장이 오해했음을 인정하며 웃음을 터뜨렸다.

"아, 하, 하, 오해 사기 좋은 이름이긴 합니다. 하, 하."

'젠장, 왜 이름을 그따위로 지어 가지고.'

적호단주는 북위군 부장을 따라 어색하게 웃으며 속으로 이런 작명을 한 진화를 욕했다.

아니, 애초에 진화에게 작명을 맡긴 군사부의 실수였다.

"저는 적호단 단주 팽치입니다."

"반갑습니다."

"이쪽은 청룡단 단주 남궁현입니다. 그리고 저쪽은……."

적호단주와 통성명을 한 북위군 부장은 적호단주의 소개를 따라 청룡단주와도 인사를 나누었다.

그런데 일행을 소개해 주는 듯하던 적호단주가 흑살대주의 앞에서 멈칫했다.

흑살대주가 의아한 듯 적호단주를 보는데, 적호단주의 눈이 조금 떨렸다.

적호단주가 도움을 구하는 듯 청룡단주를 보았지만 청룡단주는 그를 외면했다.

'이런 젠장!'

눈치 없는 흑살대주는 적호단주를 재촉하고, 북위군 부장은 의아한 듯 그를 보고 있었다.

"그러니까 저쪽은 흑……살대주 추서량인데……."

적호단주가 말끝을 흐렸다.

그러나 이미 북위군 부장은 눈을 크게 떴다.

"흑살대주요?"

"사패천 최고의 죽음의 사신, 흑살대요. 나는 흑살대주 추서량이라고 하고."

흑살대주는 적호단주의 소개가 마음에 들지 않았는지 다시 한번 자신과 흑살대를 소개했다.

그게 북위군 부장에게는 사실 확인이 아닌 확인 사살이 되었을 줄은 전혀 상상도 못 한 얼굴이었다.

"아, 예. 흑살…… 죽음의."

"아, 아니. 흑살은 그 흑살이 맞는데, 숙청은 절대 그 숙청이 아닙니다. 오해하지 마십시오."

"아…… 예. 오해……하지 않아 보지요. 대장군께서도 그러실진 모르겠지만."

북위군 부장이 딱딱하게 굳은 얼굴로 말했다.

부장의 눈빛이 협력자들을 반기던 눈빛에서 '그렇고 그런' 무림인들을 보는 눈빛으로 바뀌었다.

그때, 적호단과 청룡단이 술렁이며 길을 벌렸다.

그 사이로 혼자 멀쩡한 진화와 온몸이 피로 흥건하게 젖은 남궁구와 남궁교명, 강무련, 나하연이 걸어 들어왔다.

북위군 부장이 무슨 생각을 하고 있을지, 이젠 그의 눈빛을 보지 않아도 알 것 같았다.

"아오, 젠장! 저 시발단 새끼들!"

적호단주가 저도 모르게 욕지거리를 뱉었다.

진국 소속 무인들이 모조리 사라졌다.

귀천성을 배신하고도 자신들의 세력을 유지하던 이들이 일시에 모든 것을 버리고 사라졌다.

혼현마제의 죽음으로 목숨의 위협을 느낀 이들이 도망친 것이라는 의견이 팽배했다.

문제는 무림인들이 사라지고 남은 진국이었다.

신 제국은 파별군을 앞세우고 건위까지 내려와 있었고, 한 제국 또한 북위군이 영도군과 남해군을 이끌고 교주를 코앞에서 위협하고 있었다.

혼현마제가 나서 무림인들과 몇몇 호족을 회유하여 진국을 만들긴 했지만, 제대로 건국을 선포하고 나라의 체계가 서기도 전에 혼현마제가 죽어 버린 터였다.

진국에는 지금 신 제국과 한 제국군을 상대할 중앙군도,

장수도 없었다.

결국 호족들에겐 겹겹이 성벽을 치고 군사들을 데리고 숨든, 신 제국과 한 제국의 군대가 나타나자마자 항복하든 두 가지 선택지뿐이었다.

사실 그조차도 산림이 울창하고 습생이 고약한 환경으로 대군이 공격하기 힘든 점 때문에 가능한 일이었다.

신 제국과 한 제국은 주인 없는 땅이 되어 버린 이곳을 상대보다 더 많이 차지하기 위해 빠르게 움직여야 했다.

적어도 표면적으로 보이는 바는 그러했다.

"……."

위장군 원수경이 진화가 곱게 내놓은 것을 조용히 보았다.

"이걸 왜 제게……."

"아무래도 제 손에 있는 게 더 위험한 것 같아서요."

"……네?"

위장군이 체면도 잊고 멍하니 되묻고 말았다.

대체 저게 가지고 있어 위험할 일이 뭐가 있단 말인가.

상대를 위험하게 만드는 거라면 몰라도!

"안 그래도 황자님께서 그것의 쓰임을 잘 모르시는 것 같아 조정에서 잘 알려 드리라는 말은 있었는데…… 황자님,

황룡금패는 황제 폐하를 대신하여 백만대군을 움직이는 패입니다. 지금 당장 제게 지휘권을 달라 하시면 제가 내드릴 수밖에 없는 권위를 가진 것입니다."

위장군 원수경이 진지한 얼굴로 황룡금패의 권위를 역설했다.

하지만 말갛게 저를 보는 눈을 보자니, 진화가 제 말을 알아들은 것 같지 않았다.

"그렇다면 더욱 제게 필요한 것 같지 않습니다."

역시나.

위장군 원수경이 작게 한숨을 쉬었다.

"그러니까…… 후우, 황룡금패는 오직 황제 폐하만이 회수하실 수 있으니, 일단 가지고 계십시오. 그리고 지휘권을 가지는 대신 부장으로서 전투를 이끌어 보시지요."

"제가요?"

진화가 눈이 동그랗게 뜨고 물었다.

이래서 어른들이 딸 하나쯤은 있어야 한다고 하나.

아들들만 줄줄이 키웠던 위장군은 진화의 모습에 미소를 지을 뻔한 걸 겨우 참았다.

"예, 황자님께서 부장이십니다. 특별히 지휘를 하실 것은 없고, 군사들이 어찌 움직이는지 지켜보시면 됩니다."

위장군 원수경이 단호하게 말했다.

그저 지켜만 보면 된다니, 진화도 특별히 거절할 이유가 없었기에 순순히 고개를 끄덕였다.

"알겠습니다. 그럼 그렇게 알고 있겠습니다."

진화가 위장군에게 인사를 한 뒤 막사를 나갔다.

진화가 나가고, 진짜 위장군의 부장인 이선명이 들어왔다.

"역시, 특이하시죠?"

이선명이 알 만하다는 듯 웃으며 물었다.

그에 위장군의 표정이 묘했다.

"특이하다라…… 확실히, 본인의 능력이 없는 것도 아니면서 내 조언을 순순히 들어 주시는 것이 삼황자와는 다르더군."

위장군이 솔직한 감상을 내놓았다.

원미인이 폐서인 된 뒤 원씨 가문은 말 한마디도 조심해야 했지만, 부장 이선명에게까지 그럴 필요는 없었다.

부장 이선명은 위장군과 어린 시절부터 함께한 막역지우이자 상수원씨의 가신 가문 출신으로 명운을 함께하는 관계였기 때문이다.

그것을 알기에 부장 이선명도 위장군의 말을 가볍게 받아들였다.

"그렇게 노골적으로 말씀하시는 걸 보니, 이제 확실히 줄을 갈아탄 겁니까?"

"줄은 무슨."

위장군이 부장의 농담에 가볍게 코웃음을 쳤다.

줄이라니.

상수원씨는 삼황자를 동아줄처럼 생각했던 적이 없었다.

그저 황태자를 따를 수 없으니 그나마 원귀빈의 판단을 믿었던 것뿐.

그것을 모르는 삼황자가 멋대로 혈연이니, 뒷배니, 뭐니 설쳐 댔지만, 이제는 그 혈연마저 끊어 버린 뒤였다.

"본가가 계속해서 하후 가문을 본받고자 하는 것은 알 걸세. 하후 가문과 적호군이 오래도록 살아남은 이유는 딱 두 가지네. 하후 출신 장군들과 적호군의 능력, 그리고 오직 황제만을 섬긴 충성심. 상수원씨와 북위군이 가야 할 길이지."

"저희야 장군님이 가자 하시면 그 길로 가야지요."

모처럼 속내를 말하는 위장군의 모습에 부장 이선명이 슬쩍 미소를 흘렸다.

위장군이 술도 없이 속내를 말하는 건 어지간히 들뜨지 않고선 잘 없는 일이었기 때문이다.

천하의 원수경을 들뜨게 하는 황자라니, 부장 이선명도 기대감이 생겼다.

"그나저나 저분이 황제라니…… 확실히 여러모로 특이할 것 같긴 하군요."

"아까부터 계속 특이하다 어쩐다 하는 것이, 들어오기 전에 무슨 일이 있었나?"

위장군이 의아한 듯 물었다.

그러자 부장 이선명이 눈살을 찌푸리며 고개를 저었다.

"어휴, 말도 마십시오. 저 무림인 놈들 이름부터 숙청이니 흑살이니 하더니, 황자님은 멀쩡한데 함께 있던 무림인들이 온몸에 피 칠갑을 하고 나타나는 게 아닙니까."

"피 칠갑을?"

"만두 외상으로 무슨 패를 맡겼는데, 그걸 주인이 고리대업자 놈에게 팔고, 고리대업자 놈이 그걸 들고 튀는 바람에 대환장이었다나요? 왈패들 쫓아가서 그 패 찾아온다고 그 피 칠갑을 했답니다! 말이 됩니까?"

"……."

부장 이선명의 말에 위장군은 문뜩 진화가 내밀던 황룡금패가 떠올랐다.

'설마 그 패가 황룡금패는 아니겠지?'

어쩐지 제 손에 있으면 더 위험할 것 같다는 진화의 말이 자꾸 머릿속에 맴돌았다.

다음 날.

무림인들이 뒤에서 지켜보고 있는 동안 진화는 말을 타고 위장군과 부장의 곁에 섰다.

위장군과 부장은 진화를 눈에 띄는 백마에 태우진 않았지만, 대신 화려하기 그지없는 갑옷을 입혔다.

"이건 괜찮소."

"안 됩니다! 황자님이 무림 고수라는 소리는 들었지만, 전

쟁터에서는 화살이 비처럼 끊임없이 쏟아집니다! 방패마저 너덜너덜해지면 그땐 이 철 갑옷이 황자님의 목숨을 구명할 것이니, 꼭 입으셔야 합니다!"

진화는 무겁고 불편한 철 갑옷을 거절했지만, 위장군과 부장은 단호했다.

"황자님께서 위험한 곳에 가실 일은 없겠지만, 꼭 비장들과 함께 후방에 있으셔야 합니다."

"목숨 바쳐 지키겠습니다!"

부장 이진명의 말과 함께 네 명의 비장들이 우렁찬 목소리로 진화에게 인사를 했다.

전쟁에서 진화의 호위 역할을 할 이들로, 그중 한 사람은 진화도 아는 사람이었다.

"당신은……?"

"오랜만입니다, 황자님."

친근하게 웃으며 인사하는 그를 보며, 진화는 위장군을 보았다.

사내의 이름은 정확하게 기억나지 않았지만 그가 위장군의 삼남이라는 것은 기억이 났기 때문이다.

"자균이 익숙하실 듯하여 붙였습니다. 기마술이 뛰어나니 만약을 대비하기 좋으실 겁니다."

"하하, 그럴 일은 없겠지만 위험에 처하시면 저만 믿으십시오."

위장군의 말에 원자균이 주먹을 가슴에 대며 믿음직스럽게 말했다.

그 모습을 보며 진화가 고개를 끄덕였다.

'역시 처음 전쟁에 나설 때는 익숙한 얼굴이 곁에 있는 게 안심이 되지.'

'이름이 자균이었구나.'

위장군과 원자균, 진화는 진화의 첫 출전 준비를 만족스럽게 마쳤다.

전쟁은 단조로웠다.

굳게 닫힌 성 앞에 북을 두드리며 우르르 몰려가고.

멀찍이서 성으로 큰 바위를 던지면 성안에서도 바위가 날아온다.

성벽이 부서지면 좋지만, 교주의 성들은 대부분 돌뿐 아니라 흙을 함께 쌓아 올린 것이라 쉽게 부서지지 않았다.

결국 방패를 든 병사들이 기다란 사다리, 운제를 가지고 성벽에 가까이 가고, 조금 떨어진 곳에서는 궁수들이 성벽 위를 향해 끊임없이 화살을 날렸다.

성벽 위에서도 날아드는 화살과 바위에 맞서 똑같이 화살과 바위를 던졌다.

타타타타타탓-!

"붙여-! 성벽으로 바짝 붙여라!"

"방패를 겹쳐라!"

"으아아악-!"

장수들이 끊임없이 소리를 지르고, 병사들의 비명도 끊이지 않았다.

흙과 피가 뒤엉겨 지옥을 구르는 형상으로 병사들은 끊임없이 성문을 두드렸다.

위장군과 부장들이 멀지 않은 곳에서 그 모습을 냉철하게 지켜보았다.

마침, 북위군의 충차가 성문에 닿았다.

쿵. 쿵. 쿵.

북위군이 성문을 두드리기 시작했다.

그와 동시에.

"크아아아아악---!"

"아악! 피해라!"

성벽에서 사다리를 타던 병사들에게 뭔가가 끼얹어졌다.

펄펄 끓는 물과 뜨겁게 태운 흙이었다.

북위군 충차의 위로도 쇠 창이 박힌 뭔가가 준비 중이었다.

"낭아박입니다! 젠장, 이 촌구석에서 대체 저런 걸 어떻게 구한 거지?"

부장 이선명이 낭패한 듯 얼굴을 구겼다.

어서 충차를 물리지 않는다면 낭아박의 쇠 창이 북위군 병사들의 위로 떨어질 것이었다.

성벽 위에서 하나하나 분해된 낭아박을 다급하게 못을 치는 모습이 아직 준비가 덜 된 모습이었지만, 그 시간 동안 성문이 부서진다는 보장이 없었다.

어차피 꼭 이겨야 한다기보다 신 제국군을 붙잡아 두기 위해 질질 끌어야 하는 전쟁.

이런 전쟁에서 공들여 키운 병사와 충차를 잃을 이유는 없었다.

"장군, 일단 물러서시지요."

"음."

부장의 말에 위장군 또한 고개를 끄덕였다.

설마 장호군에도 미치지 못한 임교성에 저런 무기들이 있을 줄이야. 방심을 한 것은 아니었지만 정보가 부족했음은 인정해야 했다.

"물러서지."

위장군이 후퇴를 명했다.

하지만 그때, 완성된 낭아박이 성벽 위로 올려졌다.

"엇!"

누군가 다급하게 소리를 질렀다.

그 소리와 함께 뭔가가 성벽 위로 날아갔다.

번-----쩍!

쿠—웅!

새파란 번개가 번쩍 낭아박을 잡고 있던 밧줄에 떨어지고, 낭아박이 성 밖으로 나가기도 전에 안으로 떨어졌다.

"으아아아악!"

"크아아악!"

낭아박을 옮기던 적 병사들의 비명이 들리는 듯했다.

위장군과 부장은 물론 함께 있던 장수들이 놀란 눈으로 진화를 보았다.

"지켜보라 해서 지켜보긴 했습니다만, 위험해 보여서요. 그런데 저 성문을 부수기만 하면 되는 겁니까? 아니면 성벽을 넘는 것이 목표입니까?"

진화의 질문에 위장군과 부장은 선뜻 말문을 열지 못했다.

한 번도 들어 본 적 없는 질문이었기 때문이다.

"둘 다입니다만 성문을 여는 것이 먼저겠지요. 일단 성안으로 대군이 들어갈 출로를 여는 것이 목적이니까요."

"군이 들어갈 출로를 여는 것이라……."

위장군의 말에 진화가 무슨 생각을 한 건지 고개를 끄덕였다.

그리고 위장군을 향해 말했다.

"잠시 전쟁에 참여해도 되겠습니까?"

"전쟁터에 직접 말입니까?"

진화의 요청에 위장군은 물론 부장까지 곤란한 얼굴을 했다.

군의 움직임을 알려 주는 건 가능하지만 전투에 참여라니, 황제의 금지옥엽보다 귀한 적통 황자가 다치기라도 한다면 역적과 같은 취급을 받을 터였다.

하지만 이번 전쟁은 신 제국군의 주의를 끄는 것과 함께 진화에게 전쟁 경험을 쌓게 하려는 목적이 있었으니.

"생각하신 방법이 있으신 겁니까?"

"보여 드리는 것이 빠를 듯합니다."

"……좋습니다. 직접 나서셔도 좋습니다.

눈앞에서 수많은 병사들이 죽고 다치는 것을 지켜보고도 담대한 진화의 눈빛과 자신감 있는 표정, 그동안 들었던 진화의 무공에 대한 소문들을 떠올린 위장군은 크게 결심한 듯 고개를 끄덕였다.

위장군의 허락이 있자마자 진화가 말을 달려 나갔다.

"어엇! 황자님!"

다짜고짜 곧바로 나갈 줄은 몰랐던 비장들이 당황하며 진화의 뒤를 따랐다.

하지만 네 명의 비장들보다 더 빨리 말을 모는 이들이 있었으니, 바로 진화의 숙청단 단원들이었다.

남궁구와 남궁교명, 강무련, 나하연은 진화의 직속이라는 핑계로 전쟁에 참여했는데, 그들은 진화의 행동을 예상이라

도 한 듯 비장들보다 빨리 진화의 뒤에 따라붙었다.

"구와 교명은 나와 함께 성벽 위로 간다. 강무련과 나하연은 성문을 열어라!"

"충!"

진화의 명과 함께, 강무련과 나하연이 곧장 성문 앞으로 돌진했다.

중간에 화살을 맞은 말이 쓰러졌지만, 경공을 펼친 두 사람의 속도는 말보다도 빨랐다.

"간다!"

탓.

탓. 탓.

말을 몰던 진화가 달리는 말 위에서 그대로 뛰어오르고, 남궁구와 남궁교명도 함께 뛰어올랐다.

"온다! 죽여라!"

누군가의 외침과 함께 진화 일행에게 화살 비가 쏟아졌다.

쉐에에에엑---!

"산개여야-로구나!"

남궁구가 쏘아 낸 검기가 그들을 향해 날아오는 화살 비를 베어 버리고.

세 사람이 성벽에 착지하자마자 이번에는 남궁교명이 앞으로 튀어 나갔다.

"그런 걸로 뭘 하려는 거지?"

쉐에에에엑--!

챙! 챙! 챙! 챙!

창과 검은 물론 기다란 낫과 도끼를 들고 그들에게 달려드는 병사들을 보며 남궁교명이 무기째 병사들을 갈라 버렸다.

“…….”

검을 뽑으려던 진화는 팔 움직임에 걸리적거리는 것을 보고 있었다.

얇은 철편이 연결된 갑옷을 보던 진화는 좋은 생각이 난 듯 한쪽 입꼬리를 끌어 올렸다.

그리고 온몸의 기운을 일으켰다.

퍼—엉!

진화의 기운에 갑옷의 이음새가 모두 끊어졌다.

거기에 푸른 천뢰기가 갑옷 전체에 번뜩거렸다.

파지지지직---!

번개를 감싼 한 제국 장수를 보며 성벽 위에 있던 병사들이 두려움에 주춤거렸다.

그 순간, 진화는 갑옷의 철편 하나하나에 천뢰기를 담아 사방으로 쏘았다.

파파팟-!

파파파파파팟-!

“으아아악!”

“아악!”

천뢰기가 담긴 철편은 그저 뼈와 살에 박혀 드는 것뿐 아니라 생전 온몸이 타들어 가는 고통까지 전했다.

생전 처음 느끼는 고통에 철편을 맞은 적 병사들이 비명과 함께 쓰러져 몸을 파들파들 떨었다.

번개를 쓰는 사람이라니.

공포로 물든 적 군사들이 뒤로 물러서고, 진화를 중심으로 성벽 위에 침묵이 흘렀다.

운제를 타고 성벽에 오르던 아군 병사들도 경외감 가득한 눈으로 진화를 보고 있었다.

하지만 그런 병사들의 시선을 아는지 모르는지, 진화의 시선은 성문을 막고 있던 목책과 흙더미를 향했다.

파지지직.

진화의 손에 천뢰기가 모여들고.

손 위에 뜬 푸른 달처럼 번뜩이던 천뢰장이 아래로 떨어졌다.

콰과광---퍼-엉!

"으아아악!"

쿵! 쿵!

성문을 막고 있던 목책과 흙더미가 폭발하고, 동시에.

우지---끈!

콰광-! 쾅-!

거대하고 두꺼운 성문이 강무련과 나하연의 주먹에 뚫렸다.

"와아아아아아----!"

병사들의 환호와 함께 한 제국의 대군이 성문 안으로 밀고 들어왔다.

겨우 다섯 사람의 활약에 열리는 성문을 보며 부장들이 말을 잃은 사이.

"……황룡금패가 필요 없다 하시더니. 허!"

진화의 활약을 지켜보던 위장군은 헛웃음을 웃고 말았다.

시선 분산, 시간 끌기용 전쟁이었지만, 그렇다고 다 이긴 전쟁을 멈출 수는 없지 않은가.

위장군과 북위군, 영도군은 전쟁에 나선 지 하루도 되지 않아 장호군으로 가기 전 최대의 난관이라는 교림을 정복해야 했다.

전투가 끝이 나고.

"와아아아아아---!"

"황자 전하 천세! 천세!"

어마어마한 군공을 세우고 돌아온 진화 일행을 기다리는 것은 병사들의 환호와 심각한 표정의 적호단주, 청룡단주, 흑살대주였다.

"육림군에 있던 맹족이 귀천성 놈들의 움직임을 알려 왔다. 육림군 쪽에 있는 귀천성 세력이라면 수신방뿐이다. 신귀(迅鬼) 장배경이 움직였다. 검마제가 움직인 것이 틀림없다."

“맹족과 백매단이 화공문을 추적했으니, 혼현마제를 따르던 독마제와 그 일당도 모두 그곳에 있을 것이다.”

“소천주, 움직여야 합니다!”

검마제가 움직였고, 혼현마제를 따르던 일당이 어디에 있는지 알았으니.

미리 움직인다면 독마제와 검마제가 싸우는 동안 기다렸다 놈들의 뒤를 칠 수도 있을 것이었다.

“진휘 형님 일행이 아직 도착하지 않았는데요?”

진화의 물음에 적호단주가 하는 수 없다는 듯 고개를 저었다.

“일단 이곳에 정보를 남겨 두고 우리부터 움직이지.”

“……예. 준비하겠습니다.”

적호단주의 말에 진화가 고개를 끄덕였다.

임무에 남궁진휘 일행이 꼭 필요한 것도 아니고, 남매의 얼굴 한번 보자고 중요한 기회를 놓칠 순 없었다.

이번 전투에 전설 같은 영웅담을 남기고, 진화와 일행은 적호단, 청룡단, 흑살대와 함께 교주 안쪽으로 움직였다.

탁.

수오가 독마제의 손을 잡았다.

독마제가 포개진 두 손을 물끄러미 보았다.

"그럼 너만 믿는다."

힘을 꽉 주어서 잡는 수오의 손길에 독마제가 고개를 들어 수오와 마주했다.

"나는 너를 잃고자 하는 것이 아니다. 그러니 검마제와 직접 부딪힐 필요는 없다. 그저 우리 진국 무인들이 안처로 갈 때까지, 네 독으로 놈의 걸음만 붙잡고 오면 되는 것이다."

"알겠어요."

독부의 힘없는 대답에 수오가 다시 힘을 주어 독부의 손을 잡았다.

"……내겐 이제 너뿐이다. 무슨 일이 있어도 네 안전이 중요하다. 꼭 내 곁으로 돌아와야 한다!"

"네! 당신의 뜻대로 될 거예요, 가가."

수오의 말에 그제서야 독부가 활짝 웃으며 답했다.

요석산 깊은 숲.

나무로 빼곡하게 둘러싸인 공터에 나무 막집들이 옹기종기 모여 있었다.

그 속에서 일련의 무사들이 한창 떠날 준비를 하고 있었다.

정확히 누가 어디로 갈지는 마지막까지 알려지지 않았다.

비밀을 엄수하기 위해 혼현마제는 떠나는 당일이 되어서야 수뇌부들을 불러 모았다.

"우리가 떠나는 대로 이곳에 함정이 발동될 것이네. 노군산 쪽으로 떠날 일행과 박죽산 쪽으로 움직일 일행을 지금 정할 것이네."

혼현마제의 말에 자리에 앉은 일행이 서로 눈을 마주쳤다.

그렇게 서로의 눈치를 살피던 이들 중 화려한 수가 놓인 붉은 무복을 입은 사내가 혼현마제를 향해 말했다.

"저는 무조건 주군을 따르겠습니다!"

화공문주 권열휘가 충성스러운 수하처럼 우렁차게 말하며 혼현마제에게 고개를 숙였다.

그러자 옆에 있던 수성보주 금오진 또한 다급하게 나섰다.

"저, 저도 주군을 모시겠습니다! 주군을 두고 어떻게 저희들끼리 움직일 수 있단 말입니까! 마지막까지 주군을 보좌할 것입니다!"

두 사람은 열렬하게 충성을 다투는 듯 보였다.

"자네들은 어찌하겠는가?"

혼현마제가 남은 두 사람에게 물었다.

그러자 잠자코 있던 이화문주 사멸찬과 홍매문주 주화란이 서로 눈을 마주쳤다.

"주군과 떨어져서 적들을 유인할 사람도 필요할 것입니다. 저희들이 박죽산 쪽으로 가겠습니다."

"최대한 천천히 움직여 시간을 끌도록 하겠습니다."

이화문주와 홍매문주의 말에 혼현마제가 흡족한 듯 고개를 끄덕였다.

"독마제가 이곳에 놈들의 발길을 잡아 둘 것이네. 무사히 이곳을 빠져나가고 난 뒤에는 일전에 말했던 마지막 안처에서 만나지. 가서 준비들 하게. 오늘 밤에 떠날 것이네."

"예!"

혼현마제의 명에 각 문파 문주들이 자리에서 일어섰다.

세상의 끝에 마련해 두었다는 마지막 안처로 향하는 긴 여정을 위해서는 따로 준비해야 할 것들이 많았다.

수뇌부들이 자리를 뜨고, 혼현마제가 독부 은요의 손을 잡았다.

"놈들의 발길만 막고 나면 곧바로 합류하도록."

"그럴게요. 걱정 마세요, 가가."

독부 은요가 화사하게 웃으며 혼현마제를 안심시켰다.

마지막 안처(安處).

역천마제를 배신할 준비를 하면서부터 혼현마제는 세상의 혼란을 피할 장소를 마련해 두었다.

역천마제와 한 제국, 정사연합이 양패구상 한다면 좋겠지만, 만약 한쪽이 일방적으로 승리를 한다면 어차피 진국에는 미래가 없었기 때문이다.

최상의 안은 한 제국과 손을 잡고 신 제국을 치고 정사연합과는 데면데면한 사이로 남는 것이었지만, 그것이 불가능해진 마당에 괜스레 중원에 남아 둘의 표적이 될 필요는 없었다.

애초에 귀천성을 배신하고 혼현마제를 따르기로 한 이들 또한 천하에 욕심이 있어서 그런 것이 아니라 그들만의 평온한 세상을 꿈꾸었던 것뿐이었다.

적어도 이화문주와 홍매문주는 말이다.

"이러다가 정말 세상 끝까지 쫓겨나겠군."

"……음."

"안 그런가? 그냥 서남 땅에서 주인 노릇 좀 해 보려다가 본 문에서도 쫓겨나게 생겼으니. 우리 처지가 어쩌다 이렇게 되었는지, 젠장!"

혼현마제와 함께 가기로 한 화공문주와 수성보주의 표정이 좋지 못했다.

언뜻 듣기엔 또 먼 길을 도망쳐야 하는 자신들의 처지를 비관하는 것 같았지만, 단지 그뿐이라고 하기엔 둘의 표정이 자못 심각했다.

-오늘 밤이라니, 이동 속도를 높이기 전에 연락해야 하지 않겠나. 마침 우리에게 혼현마제까지 있으니 거래를 거부하진 않을 거네.

-혼현마제의 신변을 거는 건 최후의 수단일세! 어차피 귀천

성에서는 수신방이 왔을 거네. 우리 수성보와는 오래도록 가깝게 지냈으니, 우리의 제안을 거절하진 않을 걸세. 출발하기 전에 수하를 보내겠네.

화공문주 권열휘와 수성보주 금오진이 서로 눈을 마주치며 눈빛을 번뜩였다.

그날 밤.

"가시지요!"

"모시겠습니다."

거무튀튀한 무명 무복으로 갈아입은 일련의 무사들과 함께, 화공문주와 수성보주가 혼현마제에게 길을 재촉했다.

혼현마제는 자신과 반대쪽을 향하는 이화문주와 홍매문주에게 인사를 전했다.

"꼭 다시 보지."

"예, 주군."

이화문주와 홍매문주가 결연한 얼굴로 깊게 고개를 숙였다.

다시 만나지 못할 것까지 모두 각오한 얼굴들이었다.

그런 이들의 손을 한번 꾹 잡아 준 혼현마제가 마지막으로 고개를 돌렸다.

그곳엔 요석산에 홀로 남게 된 독마제가 있었다.

—꾹.

말로 전할 것은 다 전했다는 듯 혼현마제가 독부 은요에게

눈빛을 보내고, 독부 은요 또한 애틋한 눈빛으로 답했다.

결국 혼현마제와 화공문, 수성보가 먼저 노군산 행로를 향해 길을 떠나고, 곧이어 이화문주와 홍매문주가 문도들을 이끌고 박죽산 행로를 향했다.

이른 아침.

문산현으로 진화 일행과 적호단, 청룡단, 흑살대가 들어섰다.

무림인으로 보이는 인물들의 등장에 사람들의 시선이 따라붙었지만, 이곳까지 오는 데에 특별히 힘든 것은 없었다.

장족과 야오족이 많은 이곳은 관문을 지키는 군사나 현을 보살피는 호족이 아무도 없었기 때문이다.

이미 진국의 안팎이 신 제국과 한 제국 군대에 위협을 당하고 있는 터라 힘 있는 호족들은 대부분 자신들의 살길을 찾아가고, 외부와 교류가 적고 사방이 산과 구릉으로 둘러싸인 부족 마을 사람들은 전쟁과 상관없이 자신들의 삶을 이어가고 있었다.

장이 선 저자로 보이는 곳에서도 특이한 복색의 사람들이 진화 일행과 각 무단을 쳐다보긴 했지만 딱 거기까지, 대부분은 제각기 거래를 이어 가기 바빴다.

"오늘은 이곳에서 쉬지. 요석산이라는 곳으로 길을 안내해 줄 사람도 찾아야 하니까."

오면서 이미 말을 맞춘 것인지, 적호단주의 말에 청룡단주와 흑살대주가 기다렸다는 듯 고개를 끄덕이고 흩어졌다.

다섯 명밖에 안 되는 진화 일행은 적호단과 함께 움직이기로 했다.

"길잡이가 꼭 필요하긴 하겠어요. 눈에 보이는 곳은 다 산이라서 현지 사람이 아니면 어디가 무슨 산인지 구분을 못 하겠어요."

"독마제나 혼현마제를 따르던 일당들도 그걸 알고 있으니 이쪽으로 도망을 쳤겠지."

남궁구의 말에 남궁교명이 맞장구를 쳤다.

진화가 보아도 눈에 보이는 산들이 죄다 같아 보이긴 했다.

"이대로 산을 타고 익주로 통과하면 그때부턴 중원을 벗어날 경로가 수백 가지야. 일이 복잡해지기 전에 놈들을 죄다 잡아야 한다. 오늘은 일찍 쉬어라."

"예."

적호단주의 말에 진화가 고개를 끄덕였다.

그런데 그때.

"어?"

진화를 따라 걸음을 옮기던 남궁구가 뭔가 발견하고 눈썹

을 들썩였다.

그리고 자연스럽게 고개를 돌려 얼굴을 숨기고 목소리를 낮췄다.

"단주님, 남쪽 묘시 방향. 저놈…… 문산 들어오기 전에도 보이던 놈입니다."

남궁구의 말에 진화와 적호단주가 눈동자만 돌려 남궁구가 가리킨 사람을 확인했다.

화려한 복장의 소수민족들 사이에서 잿빛 무복이 눈에 띄는 사내였다.

"움직인다."

시선을 느낀 것인지 사내가 사라졌다.

진화가 기감을 펼쳐 사내가 사라진 방향을 확인했다.

"구."

"갑니다."

진화의 명에 남궁구가 순식간에 사라졌다.

순식간에 이뤄진 일을 보며 적호단주가 심드렁하게 말했다.

"그냥 냅두지, 뭘. 어차피 귀천성 놈들일 거다. 검마제와 놈들이 벌써 도착했거나 아니면 수신방 놈들만 미리 와 있는 거겠지. 우리 목표는 검마제와 독부가 한판 뜨면 그 뒤를 노려서 어부지리를 취하는 거니까, 너무 안달하지 않아도 된다."

"놈들이 우릴 먼저 노리면요?"

"흐흐, 나쁠 건 없지. 가만히 앉아 있는데 귀천성 놈들이 제 발로 굴러들어오는 것도."

남궁교명의 다소 반항적인 물음에 적호단주가 이를 드러내며 씨-익 웃었다.

적호단주는 정사연합의 정예 무단이 셋이나 넘어왔으니 검마제와 귀천성 무리가 자신들을 노린대도 전혀 꿀릴 것이 없다는 태도였다.

정의맹의 미친 호랑이, 미친 곰, 미친개.

뒤에 붙은 맹수는 달라도 앞에 붙은 수식어는 한 번도 달라진 적이 없는 사내였다.

사납고 영리하며 한번 문 적은 끝까지 놓치지 않는 끈질긴 사내는 평생 걸어온 싸움을 피해 본 적이 없었다.

"일 터지면 검마제는 내 거다."

"……."

진화가 희희낙락 잡아 놓은 객잔으로 들어가는 적호단주를 보았다.

하지만 느긋하게 적들을 기다리려는 적호단주의 게으른 전략은, 수상한 사내를 쫓아갔던 남궁구가 돌아오면서 완전히 틀어졌다.

"흐흐흐, 일이 재밌게 돌아가던데요. 남은 잔당끼리 서로 배신했어요. 아까 그놈이 간 곳은 아니나 다를까 귀천성 수신방 놈들이 있는 곳이었는데, 알고 봤더니 그놈은 수신방이

아니라 수성보 놈이더라고요. 수성보주가 귀천성 놈들에게 안위를 대가로 독마제와 이화문, 홍매문 놈들의 행방을 거래했어요."

남궁구가 음흉하게 웃으며 말했다.

요석산.

검은 무복을 입은 일련의 무리가 산 아래 들어왔다.

수백 명은 족히 넘어 보이는 이들은 산 아래에 길이 통하는 입구 네 곳을 모두 막아섰다.

붉은 수술이 달린 부채로 얼굴을 가린 중년 학사가 앞으로 나섰다.

"길목을 모두 막아섰습니다. 산이 사방으로 열려 있으니, 산 아래를 막고 최단 거리를 쫓아 들어가는 것이 좋습니다."

중년의 학사가 공손하게 읍소하며 의견을 말하자, 검은 삿갓을 쓴 사내가 시선을 다른 쪽으로 돌렸다.

검은 삿갓을 쓴 사내, 검마제는 일을 빠르게 진행하기 위해 수성보의 제안을 수락했다.

그 덕에 귀천성 무인들은 길잡이를 구할 것도 없이 수성보 문도에게 요석산까지 안내를 받았다.

"길은 틀림없겠지?"

"무, 물론입니다."

검마제의 물음에 안가의 위치를 알려 주기 위해 함께한 수성보 문도가 잔뜩 얼어붙은 얼굴로 답했다.

구태여 유심히 보지 않아도 수성보 문도는 면전에서 검마제를 속일 만큼 간이 커 보이지 않았다.

눈빛으로 사내를 압박하던 검마제가 고개를 끄덕였다.

검마제의 허락이 떨어지자 중년의 학사, 송마문주 마학선생 일유신이 본격적으로 명을 내리기 시작했다.

"혼현마제가 마련해 놓은 안가다. 게다가 독부까지 있으니, 선두는 함정을 건드리지 않도록 주의해라."

"충."

송마문주의 말과 함께 송마문 법사들과 함께 귀천성 무인들이 일제히 움직이기 시작했다.

수신방 방도들은 빠른 속도로 나무 위를 뛰어넘었다.

그렇게 얼마 지나지 않아.

"잠깐."

송마문주가 급하게 검마제와 일행을 멈추고 심상치 않은 눈빛으로 주변을 돌아보았다.

그때였다.

콰과광---쾅!

"크아아악!"

"아악!"

굉음과 함께 비명이 들리며 귀천성 무인들을 긴장시켰다.

소리가 들린 곳으로 급하게 확인하러 가자, 땅바닥에 커다란 구멍이 뚫려 그곳에 귀천성 무사들이 떨어져 있었다.

구멍에는 현홍사가 거미줄처럼 널려 있어서 떨어진 이들의 몸이 조각조각 걸려 있었다.

송마문주가 심각한 표정으로 말했다.

"혼현마제의 함정이 시작된 듯합니다. 기문이 닫힌 것으로 보아 옥혼진은 확실한데, 다른 함정들은 들어가면서 확인해야 합니다."

쿵! 쿵!

"아아악!"

송마문주의 말이 끝나기도 전에 다른 곳에서 커다란 나무들이 쓰러지며 비명이 울렸다.

나무 위로 움직이던 수신방 무인들이 변을 당한 듯싶었다.

"기관이 움직인 것 같습니다. 저기 앞쪽에…… 헛!"

휙! 휙휙!

사방에서 날카로운 바람 소리가 들리고, 송마문주가 숨을 들이켰다.

동시에 검마제의 눈이 날카롭게 빛났다.

쉐에에엑-!

챙챙챙챙챙!

바람이 바람을 가르자, 날카로운 쇳소리와 함께 무언가가 후두둑 떨어졌다.

검마제의 검기가 순식간에 사방에서 공기를 찢을 만큼 빠르게 날아드는 현홍사를 잘라 낸 것이다.

조각난 현홍사가 바닥에 떨어지고, 목표를 잃고 돌아간 현홍사가 본래의 자리로 돌아갔다.

스스스스슷---!

세찬 바람이 분 듯 사방의 나뭇가지가 흔들리다 이내 잠잠해졌다.

"……."

침묵이 흐르고.

송마문주는 물론 귀천성 무인들이 잔뜩 긴장한 얼굴로 사방을 둘러보았다.

아무 일 없는 듯 조용하고 깜깜한 숲속.

이번 공격은 실패했지만, 그들을 둘러싼 숲 전체에 그런 함정이 숨겨져 있을 것 같았다.

"확실히 혼현마제가 했을 법한 짓이로군."

검마제가 날카로운 눈빛으로 사방을 둘러보며 말했다.

요석산에서 울려 퍼지는 굉음이 산세에 부딪히며 널리 퍼졌다.

요석산을 떠난 혼현마제와 화공문주, 수성보주의 귀에도 그 소리가 들렸다.

“놈들이 벌써 요석산으로 간 모양이구나. 예상보다 빠르군.”

혼현마제가 고개를 돌려 요석산이 있는 방향을 걱정스러운 눈빛으로 보며 말했다.

그러자 화공문주와 수성보주가 서로 눈빛을 마주쳤다.

“일찌감치 출발한 것이 참으로 다행입니다.”

“주군의 시기 선택이 적절했습니다.”

화공문주와 수성보주가 앞을 다투어 혼현마제의 결정을 칭찬했다.

아부로 화제를 돌리려는 속셈이었다.

혼현마제는 요석산을 보다가 별다른 말없이 발길을 돌렸다.

‘제아무리 검마제 네놈이라도 쉽진 않을 것이다.’

혼현마제가 눈빛을 싸늘하게 굳혔다.

하지만 그때.

“여어, 어딜 그렇게 급하게 가시나?”

깊은 산속 흔히 들릴 법한 익숙한 대사와 함께, 산적만큼 거대한 사내가 혼현마제와 일행의 앞을 막아섰다.

붉은 무복 대신 호랑이 가죽이 더 어울릴 법한 적호단주였다.

적호단주의 뒤로 적호단원들이 넓게 줄지어 길을 막았다.

"어째 우리가 산적 같지 않습니까?"

"단주가 저 모양이라……."

적호단원들 사이로 구시렁거리는 소리가 들렸지만, 적호단주의 얼굴은 잔뜩 신이 나 보였다.

"적호단주 팽치!"

적호단주를 알아본 화공문주의 외침에 수성보수 또한 당황한 기색으로 주변을 돌아보았다.

수오의 모습을 한 혼현마제가 조용히 그들의 뒤로 몸을 숨겼다.

"어딜 그렇게 보나? 혹시 우릴 찾나?"

그들의 뒤로, 숨어 있던 진화 일행과 청룡단 그리고 흑살대가 모습을 드러냈다.

"청룡단과 흑살대!"

화공문주와 수성보주는 당황한 기색이 역력했다.

그런 이들을 보며 남궁구가 히죽 입꼬리를 올렸다.

"얍삽하게 다른 놈들의 행방을 분 놈들이, 본인들은 어디로 갈까 생각했지."

"저, 저자는……!"

"창천화룡 남궁진화!"

얄밉게 말을 한 것은 남궁구였는데, 화공문주와 수성보주는 그 옆에 진화를 먼저 알아보았다.

경악을 금치 못한 얼굴들이 진화를 보고 단숨에 창백해졌다.

옥혼진(獄魂陳).

옥혼진은 혼현마제가 펼치는 모든 환술과 진법의 토대였다.

현홍사로 기운의 흐름을 바꾸고 주변 지형지물을 혼현마제의 의도대로 인식하게 해서 적의 심신을 모두 진법 안에 가둬 놓는 것으로, 말 그대로 상대를 가두는 감옥과 같은 역할을 할 수도 있지만 특히 다른 진법이나 함정과 결합했을 때에 큰 힘을 발휘했다.

적의 기감을 흐려 놓음으로써 환술로 속이거나 함정을 발견하지 못하도록 했기 때문이다.

"으아아악-!"

"으악! 저리 가! 저리 떨어져!"

챙! 챙! 쉐에에엑-!

환술에 당한 귀천성 무인들이 혼란 속에 비명을 질렀다.

누군가는 공중에서 발을 헛디뎌 아래로 떨어졌고, 또 다른 사람들은 밀림에 사는 전갈과 지네 같은 독충들이 온몸에 달라붙는 환술에 속아 난리를 쳤다.

문산현은 숲이 울창한 산지라는 것 외에 남만 밀림과는 환경이 전혀 달랐지만, 뿌리박힌 중원인들의 편견이 환술을 사실로 믿게 했다.

그때.

쏴아아아---!

송마문주의 부채에서 하얀 가루가 퍼져 나갔다.

그리고 뿌옇게 퍼지는 가루 사이로 기운을 쏘아 보냈다.

펑. 펑. 펑. 펑.

연이어 터지는 폭발음.

그것을 본 송마문주의 눈이 차갑게 빛났다.

"흐름을 틀어놓은 기점(氣點)이다. 잘라 내라."

"충!"

쉐에엑-! 챙! 챙!

송마문주의 명에 따라 송마문 학사들이 단검을 휘둘렀다.

뭔가 부딪히는 소리와 함께 숨겨져 있던 현홍사가 잘려 나왔다.

"송구하오나 검마제 님, 옥혼진 안으로 들어온 이상 감각이나 기감을 믿기보다는 분가술로 일일이 기점을 찾아 부수면서 나가는 수밖에 없겠습니다."

송마문주의 말에 검마제가 굳은 얼굴로 고개를 끄덕였다.

송마문주 마학선생 일유신은 진법에 관한 한 혼현마제에 비견될 정도로 뛰어난 진법가이자 술법사였으니, 검마제라

할지라도 지금은 그의 충고를 받아들이는 것이 옳았다.

"불필요한 희생을 줄이기 위해서 모든 무사들을 송마문 학사들의 뒤에 서도록 해 주십시오."

"송마문주의 명을 따르라."

"예."

송마문주의 요청에 검마제가 생각해 볼 것도 없다는 듯 명을 내렸다.

송마문주가 검마제에게 이런 요청을 한 것은 수신방주 때문이었다.

귀천성에서도 세력이 크고 강성한 송마문의 문주이자 마학선생의 명성이라면 다른 무사들에게는 얼마든지 명령을 내릴 수 있었지만, 수신방주 신귀 장배경만큼은 세력이나 명성 면에서 송마문주에게 밀리지 않았기에 검마제를 통해 협조를 얻은 것이다.

검마제를 통해 수신방주의 체면을 상하지 않게 하는 것, 대등한 그들이 서로를 존중하며 공존하는 방법이었다.

그것을 알기에 수신방주 또한 검마제의 명에 망설이지 않고 고개를 끄덕인 동시에 나무 위를 달리던 방도들을 불러 모았다.

"송마문이 진법을 파훼할 때까지 대기한다."

"존명."

수신방주의 명에 수신방도들 또한 그의 뒤에 자리했다.

모든 이들이 한데 모이고.

송마문주가 기점이 있을 만한 곳에 학사들을 자리 잡게 했다.

"포분(抛粉)."

파-팟!

송마문주의 신호에 따라 학사들이 처음 송마문주가 했던 것처럼 하얀 가루를 퍼뜨렸다.

"수기(數氣)."

송마문주와 학사들의 손에 수인이 맺히고.

"파기(破氣)!"

펑! 펑! 펑!

송마문주의 호령과 함께 학사들의 손에서 쏘아져 나간 기운이 기운의 흐름이 바뀌는 곳을 찾아 깨어졌다.

"베어라!"

수신방주의 명에 수신방 무사들이 기점으로 밝혀진 곳에 검을 휘둘렀다.

쉐에에엑! 챙! 챙! 챙!

그들은 송마문 학사들이 했던 것처럼 기점에서 무언가를 잘라 냈다.

송마문주가 힐끗 수신방주와 방도들을 보았다.

요청하지 않았음에도 나서서 도와주는 수신방주가 의외였지만, 계속해서 이렇게 협조적으로 나온다면 일이 빨라질 터였다.

그렇게 송마문이 기점을 찾고 수신방이 숨어 있는 현홍사를 잘라 내며 조금씩 전진하는 속도가 빨라질 즈음이었다.

훼에에엥.

뜬금없는 바람 소리였다.

송마문주가 미심쩍은 눈으로 시선을 돌렸다.

바로 그때.

쉐에에에엑－－－－!

쐬아아아악－! 휙! 휙! 휙!

바람을 가르고 공기를 찢는 날카로운 금속성이 그들을 향해 날아들었다.

송마문주가 놀란 눈을 뜨는 것과 동시에 검마제의 검이 빛을 뿜었다.

번－－－－－－쩍.

투두두두두둑.

검강이 번뜩이는 것을 본 뒤 조각난 현홍사들이 바닥에 떨어졌다.

귀천성 무인들은 물론 송마문주와 수신방주마저도 놀란 기색을 감추지 못했다.

뒤늦게 섬뜩함이 몰려왔다.

"혼현마제가 이 또한 예상한 모양이군."

"……!"

검마제의 말에 송마문주가 눈을 크게 떴다.

"서, 설마 혼현마제가 우리가 이렇게 모일 것을 예상하고, 아니, 처음부터 우리가 이렇게 모이도록 만든 것이군요!"

송마문주의 말에 수신방주 또한 놀라움을 금치 못했다.

실로 소름 끼치는 자였다.

송마문주는 물론 자신들 모두의 능력과 행동을 전부 예상했다는 것이.

하지만 혼현마제가 마련한 진짜 함정은 거기서 끝이 아니었다.

쉬이이이――!

검은 연기가 삽시간에 퍼졌다.

"커헉!"

연기를 들이마신 사람들이 피를 토하며 쓰러졌다.

"독이다!"

누군가의 외침에 검마제가 눈살을 찌푸렸다.

"커헉! 컥!"

"쿨럭!"

사방에서 피를 토하고 쓰러지는 사람들이 속출했다.

"숨을 참아라!"

"연기를 날려 보내!"

휘이이이익!

퍼-엉! 펑!

송마문주가 기운을 일으켜 부채를 휘둘러 검은 연기를 날리고, 수신방주 또한 검은 연기가 들어오는 곳을 향해 권기를 날렸다.

하지만 이미 많은 귀천성 무사들이 쓰러졌다.

현홍사로 만든 함정은 실패했지만 귀천성 무인들 대다수가 다치거나 죽었으니, 결국 혼현마제의 의도가 통했다 해야 할 것이었다.

주변에서 벌어진 혼란을 지켜보다 결국 검마제가 나섰다.

"……."

검마제의 전신에서 검은 빛이 아지랑이처럼 피어올랐다.

그리고 모든 힘이 검마제의 검에 집결되는 순간.

쉐에에에에엑---!

검마제의 검이 그들의 왼쪽에 있던 숲을 베었다.

그런데 나무가 쓰러지는 소리는 들리지 않았다.

대신, 검마제가 숲을 향해 익숙한 이름을 불렀다.

"은요."

잠잠한 숲속에서 독마제가 그들의 앞에 모습을 드러내었다.

혼현마제의 명은 최대한 많은 귀천성 무인들을 죽여 그들

의 발길을 늦추라는 것이었다.

그리고 독부에게 검마제와 대면하지 말고 무사히 돌아오라고도 하였다.

하지만 독부는 그럴 수 없었다.

송마문주가 귀천성 무인들을 이끌고 혼현마제의 옥혼진을 하나씩 파훼하고 있었기 때문이다.

송마문의 활약 덕에 귀천성 무인들의 희생이 예상보다 많이 줄었고, 마지막에는 혼현마제가 준비하고 독부 자신이 도왔던 회심의 함정이 검마제로 인해 실패했다.

'여기서 멈춰…….'

간절하게 바랐던 것 같다.

독연을 피워 올리며, 독부는 이것으로 모두 끝이 나길 바랐다.

독부의 바람대로 귀천성 무인들이 그녀의 독에 쓰러졌다.

하지만 검마제는 독연의 움직임을 읽고 기어이 그녀를 찾아내었다.

쉐에에엑-!

"칫!"

날아드는 검기를 피해 독부가 몸을 날렸다.

그사이.

"혼현마제가 멀리 있지 않을 것이다. 찾아라."

"충!"

검마제가 독부가 나타났던 생문으로 송마문주와 수신방주를 비롯한 살아남은 이들을 빼돌렸다.

독부가 날카로운 눈으로 그들을 째려보았지만, 검마제의 검이 그녀를 꼼짝달싹하지 못하게 붙잡았다.

독부 은요가 그녀의 별호에 걸맞은 독기 가득한 눈으로 검마제를 노려보고, 검마제가 서늘한 눈으로 독부의 눈빛을 마주했다.

기세가 강렬한 것은 독부였지만, 검마제 쪽이 훨씬 여유 있어 보였다.

실제로도 검마제는 독부를 두고 여유가 있었다.

"놈이 도망갔나 보군."

검마제가 혼자 남은 독부를 보며 덤덤하게 말했다.

조롱이나 조소한 것도 아니건만, 독부의 눈매가 파르르 떨렸다.

"우리가 떠나는 건 계획의 일부야. 여긴 너희를 죽이기 위한 함정이지. 넌 네 발로 함정에 걸어 들어온 것이고."

독부가 날카롭게 대응했다.

하지만 검마제는 오히려 이 부분에서 입꼬리를 말았다.

"네가 내 앞에 나타나 건?"

검마제가 노골적으로 조소를 지었다.

그럴 수밖에 없는 것이.

감히 역천마제 님께 독조를 터뜨리고 도망쳤던 주제에 제 앞에 나타나다니, 제게 목을 쳐 달라고 내미는 것이나 다를 바 없었기 때문이다.

"이게 정녕 내 함정이 맞나?"

검마제가 다시 한번 확인하듯 물었다.

그러자 독부가 입술을 질끈 깨물었다.

"……내 선택이야."

"그렇게 믿고 싶은 건 아니고?"

독부의 대답을 듣자마자 검마제가 기다렸다는 듯 물었다.

"무……슨 말이 하고 싶은 거지?"

"과연 혼현마제가 상황이 이리될 줄 모르고 네게 이곳을 맡겼을까?"

검마제의 물음이 독부의 속내를 찌른 듯 독부의 눈꺼풀이 파르르 떨렸다.

하지만 이내, 독부가 피–식 짧은 바람 소리와 함께 웃음을 흘렸다.

"너야말로, 내가 그것도 모르고 남았을 것 같아?"

독부의 웃음이 그녀 자신을 향한 것인지, 그를 향한 것인지 알 수 없었다.

다만 이번에야말로 전혀 예상하지 못한 답이었던지 검마제의 덤덤한 표정이 깨졌다.

"어쩌겠어, 그게 내 사랑인걸."

독부 은요가 화사하게 웃어 버렸다.

그녀를 중심으로 새까만 독무가 퍼지기 시작했다.

"쳐라-!"

흑살대주의 말과 함께 숲의 짙은 그림자처럼 검은 무복을 입은 흑살대원들이 달려 나왔다.

쉐에에엑! 퍽! 퍽!

흑살대원들이 작은 나무를 쳐 내듯 앞을 막은 적들에게 도끼를 휘둘렀다.

순식간에 피가 사방으로 터지고 사람의 팔다리가 바닥에 나뒹굴었다.

살각을 상대했을 때처럼 바닥이 금세 피로 젖어 들었다.

"젠장! 누가 순순히 당해 줄 줄 알고!"

화공문주 공무권(恐武拳) 권열휘가 주먹을 쥐고 달려드는 흑살대원들을 향해 휘둘렀다.

"모두 모여라! 전방진을 펼쳐라!"

화공문주보다 이성적이고 차분한 수성보주 금오진이 수성보 무사들을 한데 모았다.

수성보는 상단을 호위하는 표사들을 중심으로 발전한 곳이라, 방어진을 짜는 데에 능숙했다.

그런 사이 수성보주가 사방을 돌아보았다.

흑살대가 막무가내로 그들을 공격하는 듯하지만, 지금 그들은 적호단, 청룡단, 흑살대에 둘러싸인 형국이었다.

"흑살대 놈들, 필시 우리를 흐트러뜨리려는 수작이오!"

"그래서? 어찌하면 좋단 말인가?"

"모두 모이라 하시오. 저들의 공격을 방어하면서 산을 뚫고 나간다면 방법이 있을 것이오!"

화공문주의 물음에 답을 내놓으며 수성보주가 슬쩍 혼현마제 쪽으로 시선을 주었다.

수오의 모습으로 무사들 사이에 숨어 있던 혼현마제가 수성보주의 말에 고개를 끄덕이며 동의를 표했다.

확신을 얻은 수성보주가 단호하게 화공문주를 재촉했다.

"어서!"

"젠장! 전부 모여라! 등을 맞대고 모여!"

다른 문파나 세가라면 몰라도 정파와 사파에서 정예들만 골라 만든 무단인 적호단, 청룡단, 흑살대에 정면으로 대항하는 것이 얼마나 무모한 것인지 화공문주 또한 모르지 않았다.

등껍질에 숨은 거북이처럼 얻어맞으면서 견디는 건 화공문주의 성미에 맞지 않았지만, 일단은 살아 나가는 것이 먼저였다.

"얼씨구? 웅크리고 도망간다고 하면, 우리는 도망가는 걸 가만히 두고 볼 줄 알고?"

적호단주는 뻔히 보이는 수를 펼치며 천천히 전진하는 화공문과 수성보 무사들을 보며 기가 찬 듯 웃었다.

그리고 옷소매가 터질 듯 부풀어 오르도록 힘을 모으고 주먹을 휘둘렀다.

퍼—억!

"으아아악!"

"크헉!"

적호단주의 주먹 한 방에 화공문 무사들 서넛이 한 번에 튕겨 나갔다.

미친 호랑이, 미친 곰, 미친개 등등 적호단주 팽치를 수식하는 말은 많지만, 팽치의 별호는 실로 간단했다.

경격권(硬格拳) 팽치.

하북팽가에 붙일 수 있는 모든 거창한 말들을 뒤로하고, 경격(硬格).

단단하게 때린다.

그 말속에는 비호처럼 날랜 몸놀림과 단번에 뼈와 살을 부수는 천력, 중원에서 손꼽히는 명가인 하북팽가의 탄탄한 무공이 모두 들어 있었다.

"뭐 하냐! 꼬리 내리고 도망치는 놈들이라고 적이 아닌 건 아니다! 전부 죽여—!"

"추—웅!"

적호단주 팽치의 우렁찬 말과 함께 적호단원들 또한 흑살대원들처럼 화공문과 수성보 무사들 사이로 뛰어들었다.

"이 빌어먹을 놈!"

"그래도 네놈보단 나은 놈이지!"

퍼—억! 퍽! 퍽! 퍽!

화공문주 권열휘와 적호단주 팽치가 정면으로 맞부딪혔다.

세력이 불리하여 도망치는 처지였지만, 권열휘 또한 한 일파의 문주로서 적호단주에 맞서 한 치도 물러서지 않았다.

타타타타탓-!

하북팽가 하면 건공신장이나 혼원벽력도를 떠올리기 마련이나, 사실 하북팽가의 모든 무공의 근간은 타고난 체격과 천력을 다루는 방법에 있었다.

파팟-!

한 발을 회 축으로 온몸의 힘을 다 담아 휘두르는 파갑추에 화공문주가 양팔을 모아서 겨우 막아 내고도 뒤로 밀려났다.

"크아아앗-!"

불이 붙은 듯 기운이 펄펄 끓는 화공권은 화공문주가 문파를 일으킬 수 있었던 이유의 전부였다.

체술의 다양함이나 권의 변화는 하북팽가의 것에 미치지 못할지 모르나, 파괴력만큼은 받은 것을 돌려주기에 충분했다.

퍼———억!

적호단주가 팔뚝에 실리는 힘을 온몸으로 받치면서 화공

문주의 화공권을 막았다.

"하핫! 제법인데!"

"크으으, 죽여 버리겠다!"

적호단주가 신이 난 듯 날뛰고, 화공문주도 흥분을 가라앉힐 줄 몰랐다.

흑살대주 또한 수성보주를 단번에 두 동강을 낼 듯 대도를 휘둘렀지만, 수성보주는 겨우 네 손가락 굵기의 채찍을 흑살대주의 대도에 감아 버텼다.

"언제 철이 들는지, 쯧쯧쯧."

청룡단주가 각자 상대를 잡고 신나게 싸우고 있는 적호단주와 흑살대주를 보며 고개를 저었다.

숫자는 비등하지만 전력으로 치자면 청룡단과 적호단, 흑살대가 확실히 우위였다.

시간이 지날수록 결과는 뻔했다.

다만, 그들이 이곳에 온 목적을 잊으면 곤란했다.

"저놈들은 우리가 이곳에 왜 왔는지 다 잊은 모양이니, 우리라도 정신을 차려야겠구나."

"예, 숙부님."

청룡단주 남궁현의 말에 진화가 순순히 고개를 끄덕였다.

그리고 기다렸다는 듯 순식간에 검을 휘둘렀다.

파파파파파파파팟----!

천뢰제왕검법 낙엽.

"우아아악!"

"아악!"

여덟 갈래로 날아간 뇌전에 비명을 지른 사람은 화공문과 수성보뿐 아니었다.

"야, 인마!"

방금 진화의 뇌전이 앞머리를 스쳐 간 적호단주가 제대로 놀란 듯 버럭 소리를 질렀다.

청룡단주가 할 말을 잃고 진화를 보았다.

'대체 내 말을 뭘 어떻게 들은 거지?'

단지 목적을 잊지 말자는 말을 한 것뿐이건만.

현경의 고수가 날린 검기는 바닥에 커다란 흔적을 남기며 이곳에 있던 모두를 위협했다.

하지만 진화는 당당했다.

"저들의 방어진이 무너졌으니, 어서 처리하고 움직이지요."

"……!"

진화의 말에 황급히 고개를 돌려 적들을 본 청룡단주의 눈이 찢어질 듯 커졌다.

여덟 갈래의 뇌전이 갈라놓은 땅.

그것을 피하느라 수성보의 전방진이 무너져 있었다.

그때.

콰과광-----쾅!

깊숙한 숲속 어디선가 굉음이 메아리쳤다.

뭔가 잔뜩 무너지는 소리처럼 숲이 흔들리는 모양새가 예사롭지 않았다.

순간 퍼뜩 정신을 차린 청룡단주가 굳은 얼굴로 진화를 보았다.

"이곳은 이제 우리가 처리할 테니, 숙청단을 이끌고 요석산으로 넘어가 보아라. 숲이 흔들리는 모양새가 예사롭지 않으니 검마제와 독마제가 붙은 것이 틀림없다."

"하지만 이곳은……."

"본래도 우리가 유리했다. 네 덕에 수성보의 전방진까지 무너졌으니 저들을 정리하는 것도 시간문제다. 그러니 어서 움직이거라. 네가 검마제와 독마제 중 하나라도 잡아낸다면 우리는 성과를 얻는 것이다!"

"예! 그럼 먼저 가 보겠습니다."

청룡단주의 단호한 말에 진화도 고개를 끄덕이고 물러섰다.

진화의 신호에 전투에 참여하고 있던 남궁구와 남궁교명, 강무련, 나하연이 망설임 없이 몸을 빼고 진화의 뒤를 따랐다.

쉐에에에엑-!

섬-뜩.

숲으로 들어가던 진화가 걸음을 멈추고 뒤를 돌아보았다.

갑자기 모골이 송연한 느낌.

어쩐지 익숙한 불길함이 뒤통수를 때리면서 진화가 눈매를 가늘게 좁혔다.

"왜 그래, 도련님?"

"……."

남궁구가 의아한 듯 묻는 가운데, 진화의 눈이 누군가를 찾았다.

'수오…… 혼현마제의 제자라고 했던가.'

혼현마제와는 달랐다.

최선을 다해 싸우고 있었지만 혼현마제와는 비교할 수 없을 정도로 미약한 존재감이라.

"……."

잠시 수오에게 시선을 두던 진화는 제가 비슷한 기운을 느끼고 예민해졌던 것이라 생각하며 몸을 돌렸다.

쉐에에엑--!

독부 은요의 옷자락이 흩어질 때마다 독연이 검마제를 노렸다.

쉐에에엑-!

검마제의 검기가 독연을 태우자, 지독한 냄새를 풍기는 재가 하얗게 흩어졌다.

퍼-엉! 펑! 펑!

계속해서 다가오는 은요의 손 속에 검마제가 검을 회전하여 바람을 일으키며 물러났다.

은요의 독은 역천마제조차 쓰러뜨릴 만큼 강력했지만, 독이 상대에게 닿지 않으면 아무런 의미가 없었다.

검마제가 호흡을 참고 독기가 피부에 닿기 전에 기운을 일으켜 날려 버렸다.

그리고 거리가 나오자마자 검을 휘둘렀다.

쉐에에엑--!

독무신검 현무강하(玄武降下).

묵빛 검강이 독기를 뚫고 나아갔다.

그것을 본 은요도 눈을 빛내며 팔을 뻗었다.

독요장 홍익(鴻翼).

붉은 불꽃이 거대한 새의 날개처럼 검마제를 향해 날아갔다.

퍼-엉!

검마제가 검을 회수하지 않고 그대로 날을 세워 은요의 장기를 막았다.

빈틈을 찔러 들어온 공격에 검마제도 모든 충격을 막아 내진 못했다.

"흡!"

스슷.

신음을 참아 가며 버텼지만 살짝 다리가 밀렸다.

다행히 은요는 또다시 검마제의 틈을 노릴 수 있는 상황이 아니었다.

퍼----엉!

검마제의 검강을 막는 대신 장기를 쏘아 보낸 은요는 뒤늦게 기운을 모아 그것을 막아 내려 해 보았지만, 결국 힘에서 밀리면서 그대로 온몸이 커다란 나무 기둥을 부수고 땅에 처박혔다.

쿠쿵! 쿵!

"커헉!"

충격을 고스란히 드러내며 은요가 피를 토했다.

파리하게 질린 낯빛에도 불구하고 검마제를 노려보는 눈빛만은 전혀 죽지 않았다.

스르륵.

검마제의 검은 삿갓이 독기에 삭아 땅에 떨어졌다.

무심한 눈으로 떨어진 삿갓을 보던 검마제가 은요에게 시선을 돌렸다.

"이해할 수가 없군, 이런 무모한 싸움을 하는 이유를."

"너는 이해를 해야…… 콜록콜록. 컥! 컥!"

말을 마치지 못하고 기침을 하던 은요가 결국 한 번 더 피를 토했다.

피를 토하고 난 뒤 은요는 오히려 시원해졌다는 얼굴로 검마제와 마주 섰다.

"후우, 글쎄. 다른 사람은 몰라도 너는 날 이해해야지."

"……."

당연히 그래야 한다는 듯 당당한 은요의 말에 검마제는 잠시 할 말을 잃었다.

틀린 말은 아니었다.

욕정이든 충성심이든 모두 애정을 바탕으로 한 것이니 말이다.

게다가 은요의 과거를 아는 검마제는 그 말이 꼭 그런 의미만은 아니란 걸 알았다.

검마제가 역천마제에게 구원받았듯이 은요 또한 혼현마제 덕에 인생을 되찾았기 때문이다.

"지극한 애정이군. 인생을 받았으니 목숨을 바친다는 건가?"

"흥, 가가에게 줘야 한다면 내 목숨이 아니라 네 목숨까지 기꺼이 쥐여 줄 수 있어!"

검마제가 비꼬듯 하는 말에 은요가 독하게 받아쳤다.

하지만 검마제의 말을 부정하진 않았다.

은요 자신이 내뱉은 말도 온전히 진심이었다.

'무엇을 돌려주든 괜찮아. 어차피 가가가 있어서 이제껏 은요로 살았으니까.'

은요가 검마제를 보며 입술을 질끈 깨물었다.

독부 은요.

그녀의 삶은 시작부터 전쟁이었다.

"배고파요. 배고파요, 으아앙-!"

"시끄러워!"

찢어지게 가난한 집에 줄줄이 낳아 놓기만 아이들.

유독 약하고 멍청한 계집아이는 남매 중 다섯째, 계집아이들 중 셋째였다.

부모가 있는지 없는지도 모를 만큼 애매한 위치에서, 없는 먹을 것마저 위아래 남매들에게 빼앗기고 울 힘도 없이 웅크려 있던 아이.

어느 날, 평소 제가 있는지 없는지도 모르던 아비가 아이의 손목을 잡고 억지로 일으켰다.

"여기 있었구나. 가자!"

"아아……."

손목이 아프다는 말조차 제대로 못 한 아이는 그길로 생전 처음 보는 곳으로 팔려 갔다.

주루에서도 하급 창기들만 머무는 유곽이었다.

"처음에는 뭣도 모르고 몸부림치다가 피가 터지도록 얻어맞고 꼼짝을 못했죠. 그렇게 멍청하게 누워 있는 내 위로 그날 밤에만 수십 명의 사내들이 다녀갔죠. 바닥에 피가 흥건했고, 그 위에서 사흘 동안 죽을 듯이 앓아누웠어요. 그런데 신기하죠? 죽지를 않더라고요. 내 손으로 피를 치우고, 매일 밤 사내들을 받았어요. 수년 동안 자리에서 일어나지 못했어요. 앉은뱅이 년이라도 장사를 하는 데에는 지장이 없으니 오히려 좋다고 하더군요. ……이런 나를, 사 가겠다고요?"

"그런…… 오오, 은화야. 이 가엽고 불쌍한 것. 내 품에 오거라. 여생 동안 널 아껴 주마."

유곽에서 다시 팔려 나갔다.

피죽도 못 먹은 듯 마른 계집이었지만 하급 창기로 있기에는 너무 빼어난 미모였다.

그래서 더 지독했던 지옥.

다행이라고 해야 할까.

저를 자주 찾던 단골이 비싼 값을 치르고 자신을 사 가겠다고 하니, 계집아이도 내심 싫지 않았다.

물론 약속은 지켜지지 않았지만.

짜-악! 짝!

"……."

"이 지독한 년! 소리도 안 질러? 그래, 네년의 입에서 악소리가 나올 때까지 때려 주마!"

짜악! 짝!

계집아이를 자주 찾았던 단골은 정작 그녀를 사 가고 나서는 오히려 그녀를 찾지 않았다.

매일 지독할 정도로 그녀를 때리는 본부인의 말로는, 유곽에 있는 다른 년에게 빠졌다고 했다.

짝! 짜-악!

매일 밤 본부인이 그녀를 때리고, 몸이 피곤한 날에는 그 밑의 다른 부인들이 그녀를 때렸다.

다음 날 낮에는 줄줄이 자식들이 그녀를 때리고, 때때로 그 집의 종들도 그녀를 조롱하고 못살게 굴었다.

처음에는 조금 조심하는가 싶더니 나중엔 얼굴에까지 상처가 남았지만, 그걸 신경 쓰는 사람은 아무도 없었다.

"식사입니다."

작고 왜소한 하인이 계집아이의 식사를 챙겼다.

어느 날은 하인이 그녀의 안부를 물었다.

"괜찮으십니까?"

"……괜찮냐고? 그게 뭔데?"

"몸이 아프지 않냐는 말입니다."

이상한 날이었다.

"아프지 않냐고? 호호, 이상한 질문이네. 매일 밤 수십 명의 사내들 밑에서 비명을 참든, 매일 저 사람들 손찌검에 비명을 참든, 둘 다 마찬가지 아니야?"

하인이 이상한 질문을 하고 계집아이가 이상한 대답을 한 날.

"저들을 전부 죽이고 자유롭게 살고 싶진 않고요?"

"저들을 죽여? 자유? 글쎄, 한 번도 해 본 적 없는 생각이야. 난 저들보다 약하니까."

"만약 조금 아픈 것만 견디면, 저들을 전부 죽이고 자유를 얻을 수 있다면?"

"……."

"저들을 전부 죽일 생각을 한 번도 해 본 적 없다면, 당신이 더 약하다는 생각도 한 적이 없어야지요."

"……많이 아파?"

"예."

"그래. ……그래도 하지, 뭐."

그날부터였다.

작고 왜소한 하인이 온갖 맛있는 것을 가져왔지만 그걸 먹고 나면 계집아이는 지독하게 아팠다.

지독한 냄새와 함께 온몸이 검게 썩어 가자 큰 병이 들었다며 아무도 그녀를 찾지 않았다.

온몸이 타들어 갔다.

수포가 잡히고 터지다가 나중에는 껍질이 다 벗겨졌다.

하인이 주는 것을 먹을 수 없을 정도로 입안이 다 타 버렸다.

온몸에 있는 전부를 뱉어 냈다 싶을 만큼 많은 피를 토했다.

조금씩 타들어 가는 고통에 매일 몸부림을 치며 비명을 질렀다.

"아아아아아악---!"

죽고 싶었다.

전부 죽여 버리고, 저도 죽어 버리고 싶었다.

하인도 찾아오지 않았다.

'또 팔린 건가? 아니, 이번엔 버려진 건가?'

성대도 다 타 버린 듯 비명이 나오지 않았다.

무의미한 몸부림도 멈추고 그저 '있었다'.

세상에서 사라질 때까지 그저 존재하고만 있었다.

그러던 어느 날, 하인이 문을 열었다.

"정말 성공할 줄이야…… 새로 태어난 기분이 어떻습니까?"

하얀 빛이 눈부셨다.

손에 닿는 촉감이 따뜻하기도 했다.

'손…… 멀쩡하잖아?'

계집아이가 일어섰다.

스스로 몸을 일으키고 첫걸음을 떼었다.

"꺄아아악! 마, 마녀다-!"

계집아이를 본 하녀가 놀라서 비명을 질렀다.

'죽어!'

쉐에에에엑-!

그녀도 모르게 뿜어낸 독한 마음이 검은 연기처럼 하녀에게 가 닿았다.

"커헉. ……컥!"

하녀가 검은 피를 토하며 쓰러졌다.

"호오. 처음부터 독연이라…… 재밌군요."

그녀의 뒤를 따라오며 그 모습을 구경하던 왜소한 하인이 흥미롭다는 듯 감탄했다.

계집아이가 놀라서 하인을 돌아보았다.

"이거, 왜 이래? 내가 한 거야?"

"독성이 완성되었으니까. 처음부터 이렇게 독기를 잘 쓸 줄은 몰랐지만요. 어쨌든 약속은 지켜졌군요. 아픔을 참고 살아남았으니…… 저들을 모두 죽일 수 있을 겁니다."

놀란 계집아이의 물음에 하인이 흐뭇하게 웃으며 고개를 끄덕였다.

그리고 그들의 앞에서 낫이며 몽둥이를 들고 달려오는 사람들을 눈짓했다.

계집아이가 눈을 크게 떴다.

놀라거나 겁을 먹은 것이 아니었다.

그것은, 환희였다.

"전부 죽일 수 있다고……?"

태어나서 처음으로 활짝 웃어 보인 계집아이가 사람들을 향해 손을 뻗었다.

"전부 죽어."

"커헉! 컥! 이…… 마녀……."

"왜? 당신도 날 때렸잖아."

"우에에엑! 왜, 왜……."

"당신은 날 버렸고."

"우아아악! 괴, 괴물이다!"

"당신들은 날 망쳤지."

"아아악! 너, 넌……!"

"당신은 날 팔았고. 너희들은 날 판 돈으로 살았구나."

"하지 마! 오지 마! 아아아악-!"

"당신은 날 낳았지. 당신이 제일 나빴어."

계집아이는 그날 모두를 죽였다.

저택과 유곽, 그리고 가족이라는 이들이 있던 집.

그것들이 있던 마을 세 곳이 전부 초토화되고, 살아남은 생명체는 단 하나도 없었다.

하지만 계집아이가 품은 시커먼 독기는 전혀 사그라들 줄 몰랐다.

"자, 이제 어찌할 것이냐?"

"저기 높은 성의 사람들은 내가 죽이지 않았어."

"후후후, 그건 내가 했단다."

하인의 말투가 바뀌었지만 계집아이는 상관하지 않았다.

"당신은, 약속을 지켰네?"

"나와 함께 갈 것이냐?"

"뭘 할 건데?"

"살아가야지, 잘."

"그건 어떻게 하는 건데?"

"햇빛이 좋은 날이군. 네 이름은 은요(恩曜)라고 하자."

쉐에에에엑---!

펑! 펑! 펑! 펑!

검마제와 은요가 정면에서 부딪혔다.

검마제는 온몸의 기운을 끌어 올려 은요가 뿜어내는 독기를 밀어낼 수 있었지만, 은요는 검마제가 주는 충격을 고스란히 견뎌야 했다.

파팟-!

부딪히고 깨진 기의 파편이 흩어지며 은요의 고운 살갗에 상처가 났다.

이를 악문 은요는 검마제의 앞에서 비키지 않았다.

하지만 은요의 각오가 어떠하든 검마제는 이 싸움을 길게

끌고 갈 생각이 없었다.

'혼현, 이 독사 같은 놈이 어디로 빠져나갔지?'

검마제의 시선이 은요의 뒤를 향했다.

그러자 은요의 얼굴이 사납게 구겨졌다.

"여유가 있나 봐?"

은요는 얼굴과 손, 팔 할 것 없이 검마제의 검에 베여 살이 갈라지고 피가 흘렀다.

치명상은 없었지만, 꽤 많은 출혈로 인해 얼굴이 하얗게 질렸다.

하지만 은요는 차라리 잘됐다고 생각했다.

스윽.

은요가 온몸의 기운을 일으키자 그녀의 몸에 흐르던 피가 기운에 반응했다.

핏방울이 하나하나 은요의 손끝에 모여들었다.

심상치 않음을 느낀 검마제가 급하게 물러섰다.

독요장 요로우(曜露雨).

알알이 모인 수십 개의 핏방울이 붉게 빛나며 검마제에게 쏘아졌다.

은요가 팔을 휘두를 때마다 핏방울이 비처럼 쏟아졌다.

파파파파파팟---!

검마제의 눈빛이 차갑게 가라앉았다.

검마제는 그것을 피하는 대신 검을 꺾어 들었다.

그리고.

샤샤샤샤샥--!

눈에 보이지 않는 속도로 수십 개의 핏방울을 베어 내고, 또 베어 내고, 모두 베어 내면서, 그 끝에서 공격을 펼치는 은요를 노렸다.

점점 더 창백해진 안색만큼 은요의 속도가 느려졌다.

검마제는 그 순간을 놓치지 않았다.

쉐에에엑---!

독무신검 백호침강(白虎侵降).

묵빛 검기가 하얗게 빛날 정도로 빠르게 날아가 은요를 덮쳤다.

퍼---엉!

쿵! 쿵!

"……."

은요를 통과한 검기가 숲의 나무들을 쓰러뜨렸다.

천천히 은요의 몸도 쓰러졌다.

"큭!"

검마제가 쓰러진 은요의 곁으로 다가왔다.

"혼현은 어느 쪽으로 갔지?"

검마제의 물음에 은요가 웃음을 흘렸다.

"가가를 쫓다간 진짜로 네 목숨을 주게 될 거야. 내 목숨도, 네 목숨도, 전부……."

가가…….

은요의 눈동자가 서서히 빛을 잃어 갔다.

검마제는 이해할 수 없는 은요의 대답에 미간을 찌푸렸다.

하지만 곧 은요가 한 말의 의미를 모를 수 없게 되었다.

은요의 시체에서 붉은 피가 흥건하게 새어 나오더니, 순식간에 지독한 독기를 뿜기 시작했기 때문이다.

"크읏!"

급하게 호흡을 멈춘 검마제가 그 자리에서 물러났다.

스스스스스스스-----!

은요의 몸에서 나온 피부터 그녀의 시체까지.

모든 것이 흩어지기 시작했다.

'독마제의 몸은 독 그 자체라더니, 이런 뜻이었나!'

은요의 흔적이 사라지는 것을 보며 검마제조차 그 자리를 피할 수밖에 없었다.

은요의 몸에 갇혀 있던 독성이 자유롭게 사방으로 뻗어 나갔다.

독기에 닿은 모든 것이 죽어 갔다.

급하게 요석산으로 달려오던 진화가 검마제를 먼저 발견했다.

반갑게 인사할 관계는 아니었으니.

파파파파파팟---!

진화의 검이 다짜고짜 뇌전을 뿜었다.

채---앵!

뇌전을 막아 낸 검마제가 놀란 눈으로 진화와 일행을 보았다.

"네놈들이 어떻게! ……박죽산 쪽으로 혼현마제가 가지 않았나?"

"……."

혼현마제는 없었지만 진화는 대답해 주지 않았다.

대신 날카로운 눈빛으로 검마제를 향해 검을 겨누었다.

다급하고 흥분한 모습.

몸에 남은 전투 흔적.

"독마제는, 죽였나?"

진화의 물음에 검마제가 눈을 크게 떴다.

그리고 실소를 흘렸다.

"그렇군. 내 뒤를 치려고 기다리고 있었나?"

검마제가 살기를 뿜으며 진화와 일행을 노려보았다.

'좋지 않아. 마지막에 그 독기에 닿고 말았군.'

매서운 겉모습과 달리 검마제의 속은 다급했다.

그리고 냉정하게 지금 상황을 계산했다.

'지금 상태로는 저놈을 죽일 수 없다. 다음을 기약하는 수밖에.'

결론을 내린 검마제는 빠르게 움직였다.

쉐에에에엑---!

독무신검 주작비상(朱雀飛上).

묵빛 검기가 거대하게 타올랐다.

그리고 순식간에 진화와 일행을 한꺼번에 덮쳤다.

쉐에에에엑---!

검은 불길을 보는 진화의 눈빛이 새파랗게 빛나고.

진화는 검을 세워 내리쳤다.

제왕무적검법 일휘천낙!

하늘에서 떨어진 철퇴가 날아오르던 불길을 때렸다.

화아아아아아아----!

일행의 앞에서 거대한 불길이 사장으로 쪼개지며 흩어졌다.

그사이, 검마제가 몸을 날렸다.

"혼현마제가 어린 제자의 몸을 빼앗았다. 혹시 놈을 본다면 놓치지 말도록! 아, 이 앞으로는 나가지 않는 것이 좋을 거다."

"……!"

쉐에에에엑―!

진화가 뒤늦게 검기를 날렸지만, 검마제는 이미 자리를 뜨고 없었다.

제대로 싸웠어도 양패구상.

그런 검마제가 피하기로 마음을 먹었다면, 그를 쫓을 방법은 없었다.

다만, 마음에 걸리는 것이 있다면.

'왜 피한 거지?'

진화가 의문이 남은 시선으로 검마제가 간 곳을 보았다.

그때.

"제자의 몸이라니! 혼현마제가 역천대법에 성공했다는 말 아니야? 어떻게?"

"지금 그게 중요하냐! 제자라면 '수오'라는 그놈 아니야? 나 아까 본 것 같은데?"

"뭐? 이런, 젠장!"

"단주, 당장 돌아가자!"

남궁구와 남궁교명, 강무련, 나하연이 검마제가 남긴 말을 두고 다급하게 소리쳤다.

진화도 그들의 생각에 동의했다.

'어쩐지 거슬리더라니!'

진화는 화공문과 수성보 무인들 사이에서 몸을 숨기듯 있던 수오를 떠올리며 이를 갈았다.

그렇게 진화 일행이 왔던 길을 다시 가려는 순간.

스스스스스스―――!

뭔가 불길한 소리가 그들의 뒤에서 들렸다.

"뭐, 뭐야?"

"일단 뛰어―――!"

무언가가 까맣게 숲을 죽이며 다가오는 것을 보며, 진화 일행이 급하게 몸을 날렸다.

진화는 검마제가 다급하게 자리를 피한 이유를 그제야 알 것 같았다.

요석산과 박죽산은 작은 고개 두 개로 이어진 산맥의 일부였다.

진화와 일행은 젖 먹던 힘까지 빠르게 이동했다.

혼현마제가 역천대법에 성공해서 수오의 몸을 빼앗았다는 검마제의 말을 전부 믿는 것은 아니지만, 그가 수오를 죽이기 위해 그런 거짓말까지 해야 할 필요성을 찾지 못했다.

게다가 지금은 수오가 문제가 아니었다.

일행을 앞으로 보내고 진화가 뒤를 돌아서 검으로 길은 물론 근방 숲까지 베었다.

파파파파파팟--!

뇌전에 타들어 간 땅과 숲에는 검은 줄이 생겼다.

마치 검으로 경계를 그어 놓은 것 같았다.

물론 진화는 그렇게 되길 바랐다.

하지만 상황은 진화의 바람대로 이뤄지지 않았다.

독기를 막아 내기에 경계가 충분히 넓지 않았던 듯, 조금 떨어져서 뒤를 돌아본 진화는 독기가 뇌전으로 끊어 놓은 길을 넘어 여전히 그들을 쫓고 있음을 발견했다.

'조금 더!'

박죽산에 남은 적호단, 청룡단, 흑살대가 어떻게 움직였을지 확신할 수 없었다.

어쩌면 도망치는 잔당을 쫓기 위해 산 전체로 흩어졌을지도 몰랐다.

저 독기가 박죽산까지 넘어가는 것만큼은 막아야 했기에, 뒤를 돌아본 진화의 눈이 결연하게 빛났다.

번----------쩍!

기운을 모은 진화가 다시 한번 검을 휘두르며 천뢰기를 뿜었다.

다른 검이었다면 벌써 깨지고도 남았을 뇌기가 의천검을 타고 그대로 쏘아져 나갔다.

콰과광-------콰아아아앙!

굉음과 함께 땅이 쪼개졌다.

쪼개진 땅을 따라 작은 언덕이 무너지기 시작했다.

현경의 고수가 온 힘을 다해 뿜어낸 검강이 작은 언덕을 무너뜨리고, 무너진 흙과 돌, 나무가 진화와 일행을 쫓던 독기를 덮쳤다.

뿌옇게 먼지구름이 높게 일고.

진화는 먼지구름 속에서 더 이상 숲이 쓰러지지 않는 것을 확인하곤 다시 일행의 뒤를 쫓았다.

얼마 지나지 않아 먼저 간 남궁구와 남궁교명, 강무련, 나하연이 적호단주와 흑살대주를 만나고 있었다.

적호단주가 뒤늦게 진화를 발견하고 눈살을 찌푸렸다.

"대체 무슨 일이야? 다짜고짜 모두 데리고 산을 내려가야 한다니."

"독마제가 무슨 짓을 했는지 온 산맥으로 독기가 뻗고 있습니다."

"독기가? 그럼 방금 그 소리는?"

"독기가 박죽산으로 넘어오기 전에 길을 끊었는데, 그게 얼마나 효과가 있을지 모르겠습니다. 일단 어서 단원들을 모아 이곳을 피해야 합니다."

진화의 심각한 표정에 적호단주와 흑살대주도 심상치 않음을 느꼈다.

삐이이이이익!

적호단주가 적호단과 청룡단에 신호를 보냈다.

"우리도 어서!"

강무련이 한 번 더 재촉하자, 흑살대주도 수하들을 불러 모았다.

후우우우우웅---!

뿔 나팔 소리가 산 전체에 퍼져 나갔다.

다행히 적호단과 청룡단, 흑살대는 무사히 산을 빠져나왔다.

"독마제의 독이 무섭긴 하군."

적호단주가 검게 죽어 버린 요석산을 보며 감탄 아닌 감탄을 했다.

독마제의 독은 요석산을 모두 태우고도 모자라 주변의 크고 작은 산들까지 모두 태웠다.

노군산마저도 숲의 절반이 누렇게 변해 있었다.

다만 박죽산만은 숲의 가장자리만 조금 누렇게 변해 있었다.

"우리 피해는 없어서 다행이긴 한데, 결국 놈들을 놓쳤군. 혼현마제가 있을지도 모르는데……."

적호단주가 아쉬운 듯 산을 보았다.

'수오가 혼현마제일 가능성이 있다.'는 말을 듣고 없던 미련도 생긴 듯했다.

"작정하고 수하들의 목숨까지 희생시키면서 도망친 놈들이다. 우리가 계속 쫓았어도 지리도 모르는 숲속에서 놈들을 찾긴 힘들었을 거다."

청룡단주가 적호단주의 말에 단호하게 고개를 저으며 미련을 떨구었다.

하지만 흑살대주 또한 적호단주처럼 아쉬움이 남는 듯했다.

"곧장 계속해서 숲을 뒤졌으면 또 모를 일이지! 아까운 기회를 날린 건지도 모르겠군!"

흑살대주가 난리를 치며 적호단, 청룡단, 흑살대를 끄집어 내린 강무련을 비롯한 진화 일행을 힐끗거리며 목소리를 높였다.

생각보다 박죽산의 피해가 적은 것이 흑살대주의 아쉬움을 더 키웠다.

"앞에 있는 언덕이 무너지는 바람에 귀퉁이만 조금 타서 우리가 있던 쪽까지 아에 퍼지지도 않았구먼. 괜히 난리를 피우는 바람에…… 저 언덕은 왜 무너진 거야?"

"독부의 독이 산을 무너뜨릴 정도로 강했나 보지."

흑살대주도 요석산과 연결되었던 작은 언덕이 무너진 곳을 가리키며 묻자, 적호단주가 심드렁하게 대꾸했다.

그러자 청룡단주가 무심한 눈으로 흑살대주와 적호단주를 보며 정확한 정보를 알려 주었다.

"저건 숙청단주가 한 거다."

"제가 독기를 끊으려다 그만."

"……."

청룡단주의 말에 진화가 확인까지 하면서, 흑살대주와 적호단주의 불평이 쏙 들어갔다.

흑살대주는 뻣뻣한 얼굴로 진화 쪽으로 눈길로 주지 않았고, 적호단주는 무너진 언덕이 있는 자리에서 눈을 떼지 못했다.

진화 일행을 비롯해서 적호단과 청룡단, 흑살대는 다시 북위군과 합류했다.

문산현 코앞까지 군이 들어와 있어서 멀리 갈 것도 없었다.

북위군과 영동군이 새로 임시 진영을 꾸린 곳에는 반가운 사람들도 도착해 있었다.

남궁진휘와 일행이 합류해 있었던 것이다.

"진화야!"

"내 동생--!"

"형님, 누님!"

남궁진휘와 진혜가 진화를 마중 나와 있었다.

남궁진혜가 진화를 귀 끝이 빨개질 때까지 부둥켜안고 남궁진휘가 그런 진화를 구해 주는 척 다시 끌어안았다.

"누가 보면 한 십 년 동안 헤어졌다 만나는 가족인 줄 알겠네."

"……."

"키워 놔 봐야 소용없다고, 저 부단주 새끼 싹수 노란 건 처음부터 알았지."

"부단주가 중요한가? 난 저놈들 숙부다. 저 버릇없는 놈들. 소가주까지 저럴 줄은 몰랐군."

남궁구의 투덜거림에 남궁교명이 입을 꾹 다무는 동안, 남궁진혜의 상관과 남궁세가 웃어른이 남매 상봉을 몹시 고까운 눈으로 지켜보았다.

무림인들을 위해 따로 주어진 막사에서 정사연합 부군사인 남궁진휘와 각 무단의 단주들이 자리했다.

진화가 검마제에게 들은 말이 주요 안건이었다.

"저는 검마제의 말이 사실일 거라 생각합니다. 떠올려 보

면 제가 부수긴 했지만 그곳은 분명 역천비지였고, 계획상 수오가 혼현마제를 챙겨 갔을 겁니다."

"감시하던 백매단원에게 이상한 것을 느꼈다는 보고는 없었지 않나?"

"알 수 없지. 혼현마제는 제갈가주의 코앞에서 수십 년을 속이고 있을 정도로 연기가 감쪽같으니까."

진화의 말에 당시 함께 계획을 진행한 적호단주와 청룡단주가 말을 보탰다.

하지만 진화가 검마제의 말을 믿는 데에는 당시의 정황보다 검마제 자체에 있었다.

"검마제는 그때 거짓말을 할 이유가 전혀 없었습니다."

"우리에게 혼란을 주려는 의도라면? 자신을 대신해서 수오의 뒤를 쫓게 만들려고 거짓을 말한 걸 수도 있지 않나?"

진화의 말에 흑살대주가 반론을 들었다.

하지만 남궁진휘가 먼저 고개를 저었다.

"숙청단주의 말처럼 검마제가 거짓을 말할 이유는 없습니다."

"왜지?"

제 의견이 단칼에 묵살되자 흑살대주의 반문이 날카로워졌다.

하지만 그런 것에 눈 하나 깜짝할 남궁진휘가 아니었다.

"객관적으로 생각하시죠. 우리 측 현경 고수를 포함해서 십이좌회 어른들마저도 목숨을 걸고 싸워야 하는 상대입니다. 놈이 도망가고자 한다면 우리 전력이 얼마가 되었든 놈을 쫓을 수 없었을 겁니다. 누구보다 검마제가 그걸 잘 알았겠죠."

이유는 실력 차였다.

남궁진휘가 '진화'라고 말하지 않고 '우리 측 현경 고수'라고 한 것도 실력 차이를 꼬집기 위해서였다.

남궁진휘의 말에 흑살대주도 입을 다물었다.

"안 그래도 정사군사부에서도 혼현마제의 죽음에 의문을 가졌습니다."

"군사부에서도?"

남궁진휘의 말에 청룡단주가 의아한 듯 물었다.

그들로서는 처음 듣는 말이었다.

"예. 적호단주가 발견했을 때 시체는 이미 부패가 진행되었을 정도로 죽은 지 시일이 지난 듯 보였는데, 그런 상태에서는 그 정도 수준의 환영술을 유지할 수 없다는 것이 군사부와 술사들의 생각입니다. 게다가 적호단의 상황에 따라 환술이 달라졌다면, 혼현마제가 근처에 있었을 거라는 것이 술사들의 의견이었습니다."

"혼현마제가 아니라 다른 술사가 있을 가능성은?"

"없진 않습니다. 다만 적호단 전체를 밤새 속이고 마지막에 동굴까지 파괴할 만한 술사는 혼현마제 수준뿐이라고 하

더군요. 혼현마제 수준이라니…… 그런 술사가 또 있을 리 없죠. 하여 군사부에서도 혼현마제의 발견 시점 상태나 죽은 시점에 대한 상세히 보고하라는 전갈이 왔습니다."

"그렇다면……."

"혼현마제가 언제, 어떻게 역천대법을 성공시켰는지는 차차 군사부에서 연구해 볼 사안입니다. 우리는 군사부의 판단과 여러 정황 그리고 검마제의 말을 종합하여, 혼현마제가 '수오'라는 제자의 몸으로 살아남은 것으로 가정하고 놈을 찾도록 합시다."

남궁진휘의 결론에 더 이상 반론은 없었다.

"다행히 혼현마제가 어느 방향으로 갔는지 알고 있고 독기가 다른 남은 길을 모두 끊어 버렸으니, 우리가 뭘 해야 할지는 다들 아시겠죠? 놈을 찾는 것도 시간문제일 겁니다."

"……."

반론이 아니라 다른 말도 없었다.

대체 다른 뭘 알아야 하는 걸까.

앞으로의 일은 아주 간단하다는 듯한 남궁진휘의 말에 진화를 비롯한 무단주들이 입을 꾹 다물었다.

-뭐가 시간문제라는 거지?

**-젠장, 똑똑한 놈들은 이래서 문제야.**

적호단주의 전음에 답하는 이는 흑살대주뿐이었다.

다만 진화와 남궁현도 남궁진휘와 눈을 마주치지 않으려

시선을 아래로 깔고 있었다.

남궁진휘가 진화를 데리고 움직였다.

정확하게는 진화를 앞세웠다.

"후후후후, 좋구나. 황자님을 앞세우니 군문에 닫힌 문 없이 죄다 길을 비켜서니."

"……제가 오기 전에 뭔가 불편한 일이 있으셨습니까?"

"으음, 아니야. 그냥…… 권력자를 등에 업고 호가호위하는 기분이 좋달까. 후후후."

남궁진혜가 음흉하다고 말하는 바로 그 웃음소리를 흘리는 남궁진휘를 보며, 진화는 그가 오기 전에 남궁진휘에게 뭔가 불편한 일이 있었을 거라 확신했다.

그 확신은 북위군의 지휘부 막사에 도착했을 때에 사실로 드러났다.

"황자 저하를 뵙습니다."

"안에 위장군은?"

"계십니다."

부장의 인사와 함께 진화가 자연스럽게 안으로 들어갔다.

그때, 뒤쪽에서 남궁진휘의 목소리가 들렸다.

"오, 저도 들어가도 됩니까? 신분패나 증명서, 기타 관계

서류 구비는 필요 없나요? 안 그래도 무림세가 나부랭이의 청룡패로는 안 된다 하시어 정사연합에 신청해 놓았는데."

"크흠, 일전에는 절차상 양해 부탁드립니다."

"호오, 절차요……. 후후후, 괜찮습니다. 군문의 절차라 하시니 무림세가 나부랭이가 양해까지 할 필요야."

"시, 실례가 많았습니다."

"뭘요. 황자님도 같이 오셨으니 그럼 들어가 보겠습니다. 후후후후."

남궁진휘는 끝까지 괜찮다는 말은 하지 않은 채, 저를 기다리는 진화에게 시원하게 웃어 보였다.

안에서도 막사 앞에서의 소란을 듣고 있었던 건지, 위장군 원수경이 웃음을 참는 듯한 얼굴로 진화와 남궁진휘를 맞이했다.

"허허허, 그래. 이번 전쟁에 무림과 우리 군이 협력할 방도가 있다고 했다지?"

"신 제국이 무엇을 노릴지 알고 있습니다."

"신 제국이 무엇을 노릴지 안다?"

남궁진휘의 말에 위장군 원수경이 눈을 빛냈다.

가볍게 되묻는 말투와 달리 대장군이 뿜어내는 기세가 남궁진휘를 향했다.

물론 기세로 압박하며 묻는다고 순순히 대답해 줄 남궁진휘가 아니었다.

"군부에서 그들을 맞상대해 주시면 그동안 무림은 뱀 사냥을 할까 합니다."

"우리가 놈들을 맞상대하지 않으면?"

답을 주지 않는 남궁진휘의 모습에 위장군이 어깃장을 한 번 놓았다.

하지만 이번에도 위장군의 의도는 통하지 않았다.

애석하지만 남궁진휘는 어깃장의 전문가들 밑에서 구르고 구른 인물이었다.

"한 제국군의 군략에 따르면, 북위군과 영동군, 남해군은 이곳에서 오래오래 신 제국군의 전력을 분산시켜 놓고 있어야 하지 않나요? 이번 일이 그 절호의 기회일 거라 확신합니다."

"무림의 뱀 사냥에 제국군이 필요한 것은 아니고?"

"이번 일로 한 제국군이 놈들의 앞을 막는다면, 놈들은 장안보다 이곳에 군을 증원할 가능성이 큽니다."

"……증원군이라."

결국 한 제국군의 군략을 파악한 남궁진휘의 말에 위장군이 먼저 넘어갔다.

신 제국군을 오래 붙잡을 수 있을 뿐 아니라 증원군까지 끌어들일 수 있다면, 장안을 얻는 것은 물론 예정보다 북위군의 공로가 더 커질 수도 있기 때문이다.

그때.

"형님, 뱀 사냥에 군사들이 필요한 겁니까?"

진화가 이번 작전에 대해 처음 듣는 양 남궁진휘에게 물었다.

"그런 것이라면 제게 말씀하셔도 되는데요."

진화의 손에는 백만 대군을 움직일 수 있는 황룡금패, 그러니까 위장군의 지휘권을 단번에 가져올 수 있는 그 황룡금패가 들려 있었다.

"이런 진화야, 의선께서 말씀하시길 세상에는 과로사(過勞死)라는 것이 있다더구나. 그러니 그 무서운 건 어서 넣어 주겠니?"

남궁진휘가 학을 떼듯 진화의 손에 들린 황룡금패를 물렸다.

그 모습을 보며 위장군의 표정이 미묘하게 변했다.

'설득이 아니라 협박을 하러 온 건가? 아니, 황룡금패를 거절하는 건 진짜 같은데…… 대체 뭐지?'

위장군이 남궁진휘와 진화의 의도를 고민했다.

하지만 그들이 설득을 하러 왔든, 협박을 하러 왔든, 그게 무엇이든 황룡금패는 확실히 통했다.

"정사연합 군사의 고견을 청하지."

"군략이 아닌 무림의 지략이 필요한 순간이군요."

이럴 것까지 예상했던 걸까.

위장군의 말에 남궁진휘가 기다렸다는 듯 미소 지었다.

진화는 어느새 황룡금패를 집어넣고 아무것도 모른다는

얼굴로 둘을 보고 있었다.

위장군은 이황자가 어쩌면 조정의 판단과 사뭇 다른 인물일지도 모른다는 생각을 했다.

다음 권으로 이어집니다